光秀

歴史小説傑作選

冲方 丁／池波正太郎／山田風太郎
新田次郎／植松三十里／山岡荘八
細谷正充 編

PHP
文芸文庫

○本表紙デザイン＋ロゴ＝川上成夫

光秀　歴史小説傑作選　目次

純白《しろ》き鬼札

冲方丁

一

下克上とは、道を作ることである。

道なくば、人も物も銭も運びえない。城は、道の先に築くものだ。そのことをよりよく理解した者が、最後に勝つ。地上に万里《ばんり》の道を築き得た者が、やがては天下を統《す》べる。

目の前に、まさに自分が整備に携わった道が続いていた。可能な限り均《なら》され、水はけもよく、両脇は庭園のごとく整えられた、美しいとさえいえる道であった。

ときに天正《てんしょう》十年（一五八二）、六月一日。

惟任日向守《これとうひゅうがのかみ》こと明智〝十兵衛《じゅうべえ》〟光秀。齢《よわい》五十五。

人間五十年と言われる世では、もはや老将と言っていい年齢である。

その光秀が、道のことを考えながら、愛宕山《あたごやま》を下り、城に戻ったとき、すでに陽は山嶺《さんれい》にかかろうとしていた。前日は雨が降りしきっていたが、この日は晴天である。光秀は地上の道を照らす夕陽を浴びながら、全軍に出立を命じた。燃えるような西陽を背に、およそ一万三千の兵が、続々と城を出で、山道を進んでいった。

その先頭にあって、光秀は、いつにも増して入念に行軍の速度を推し量った。

自ら整備を監督した道だ。どれほどの人数が、どの程度の速度で進めるか、正確にわかっていた。それでも、頭の中で計算を繰り返した。そうしながら、この後、我は忠臣たちにどのように説明してみせるのだろうかと、まるで他人事のように考えていた。

決意を告げることは容易であった。恐懼《きょうく》はとっくに通り越している。神意か人為かと問うこともやめていた。ただ心に芽生えた想念を実行に移すばかりであり、そうすることにいささかの躊躇《ちゅうちょ》もない。

だが重臣たちからは、いかなる故か、と問われるだろう。

いったいいつ、そのような決意を抱いたのか、とも。

――どう答えるのが、最もよいか。

己個人の、煩悶の果ての決意である、といったことを語るべきとも思う。

治天《ちてん》の政経は一変し、生き場所を失う者が続出する。その因果を事細かに説明したくもある。だがそのような理屈は難解で、眩惑とみなされてしまいかねない。それでは軍勢の士気に障《さわ》る。

それよりは、これが下克上の習いである、といった正体のない詭弁《きべん》に頼るべきだろう。

我々はずっとそうしてきた。今さらしてならぬことがあろうか。詭弁に頼るなら、それくらい単純な方が良い。

そんなことを漠然と考えるうち、夜になった。光秀は定めていた通り、野条《のじょう》という場所で勢揃いを命じた。家臣たちは一糸乱れず従った。なぜここで止まるのか、といった疑念の声は起こらない。光秀は常に計算高く、機密をもって策を練る者として知られており、兵から受ける信頼は抜群だった。

これから進む先に、分かれ道がある。どちらに進めと命じようと、全軍が従う。ここに来て従わぬ者は、その場で味方に殺されるだけだ。

あるいは、殺されるのは自分だろうか。

――謀叛《むほん》。

その一事に恐れをなした者どもの手で、己一人、殺《あや》められる。それは、それでいい。

こうまで達観できるのは、ひどく昂《たか》ぶっているからだと遅れて覚《さと》った。切々として、逆らいがたい昂ぶり。まさに神がかりの境地であり、久しく感ずることのなかった熱い血気に満たされ、まるで若い頃の自分に戻ったようだ。そう思ってふいに笑みが浮かんだ。

――ずっと、この熱に従ってきた。

それは単純明快な喜びの念であった。どのような悪札を引こうと、つきの無さに直面しようと、身中で燃える喜びに従い続けた。その喜びを自分に与え、焚《た》きつけることができる者こそ、主君とするにふさわしい相手だ。

（泥土《でいど》にまみれてなお支障なきものを購《あがな》おう）

いつか自分にそう告げた主君の姿は、昔のまま変わらず輝かしく、己の内にあった。その存在は今なお、己に血気をもたらしてくれていた。そしてそう感じるがゆえに、

――かくもまばゆきを討つ、鬼札とならん。

将として、その血気を全軍に伝播《でんぱ》させることができる。その確信がわくとともに、光秀は下馬し、己が軍勢と、行くべき道を一望した。兵と道。天下取りの切札がまさに目の前にあった。

――今この手で、天下を取る。

神がかりの血気をみなぎらせながら、下知《げち》を待つ重臣たちがいる場へ歩んでいった。

二

その夜も、賭博《とばく》三昧となった。

越前国《えちぜん》・一乗谷《いちじょうだに》にある、かの壮麓なる朝倉《あさくら》家の殿舎の一つで、場が開かれた。

光秀は、できれば不参加でいたかったが、

「十兵衛の差配が最も面白い」

という評判が立ってしまったため、断ることもできない。

参加者は、当主である朝倉義景《よしかげ》をはじめ朝倉家の者たちが多い。みな貴種重臣の人々である。武闘派で知られる朝倉景鏡《かげあきら》も、しばしば顔を出した。そして、何でも真に受けるたちの義景に、この勝負に勝ったらあの馬をくれだの、自分は側室を賭けるだのと冗談を言い、ともすると当主を軽んじているとも受け取られかねない態度をするのだった。

当主である義景は、そうした態度を咎《とが》めるどころか、面白がって一緒に笑ったり、大まじめに受けて立とうとしたりするのだから始末に負えない。

参加者の他の面々も似たり寄ったりで、穏和で純朴と言えば聞こえは良いが、要は富裕で世間知らずの集団であった。戦国の世にあって、越前は長々と平和を享受してきた国である。危機といえば、加賀《かが》の一向一揆か、近頃すっかり力を失った若《わか》狭《さ》武田の配下の者どもが益体《やくたい》もない謀叛を起こすくらいである。

そういえば朝倉家でも家臣の中に一揆を企てて謀叛を起こそうとした者がいたが、義景はこの者を誅戮《ちゆうりく》せず、追放で許してしまった。あるいは単に、攻めきれずに逃がしてしまったというべきか。なんであれ、もともとが景鏡の讒言《ざんげん》に過ぎなかったと光秀は見ており、狭い国の中で下らぬ争いごとを起こすばかりで、国の外に目を向けようという者はほとんどいなかった。

心が内へ向かう人々であることから、下手をすれば君臣ともども賭博の熱が度を超して揉め事になりかねず、いったん揉めれば泥沼化するのが常だった。そういう危なっかしい場を上手くまとめてやるのが、この頃の光秀の主な役割になっていた。

自分はあまり参加せず、賽《さい》を振ってやったり、札を配ってやったりする。そうしながら、それとなく場の進行に手を加え、可能な限り五分五分の勝負にしてやるのだ。

双六《すごろく》では出た賽の目に合わせて最適な選択を目で合図してやったり、かるたでは札の順番を意図的に入れ替えて不利な者を助けてやったりした。

要はいかさまである。それをごく自然にやり、勝敗を平たくしてやる。

その差配が上手い、というので引っ張り出されるわけで、ちっとも儲けることができない胴元のようなものだった。

下らない役目だが、それでも人と札を見ることは嫌いではなかった。

特に、義景たちが好んだかるたは、きらびやかな絵が描かれた四十八枚の札と、何の絵もない真っ白い鬼札を加えたもので、南蛮では占術にも使うと聞いて興味を抱いた。

刀剣、棍棒《こんぼう》、高坏《たかつき》、銭の四つの絵が、それぞれ十二枚ずつある。一から九までは数札といって、一の札には刀剣がひと振り、二の札にはふた振りと、だんだん増えていく。また、一の札には恐ろしい竜が描かれており、どうやら四つの道具は、その竜と対峙するためのものだと知れた。というのも、刀剣ないし棍棒で竜と戦っていたり、高坏や銭でもって竜を宥《なだ》めたりする絵図になっているからである。それが九の札までで、十の札には侍女、十一の札には騎乗の剣士、十二の札には王が描かれている。

これらの札の絵図と数を用いて役を作り、賽の目に従って競う。運と戦略が勝敗を左右する、なかなか魅力的な遊戯である。そして朝倉家の面々は、自分たちの都合でどんどん新たな遊び方を考え出していった。賭け金が際限なく上がっていくようにしたり、どんな札の代わりにもなる真っ白い鬼札を何枚も増やして逆転を容易にし、賭け金を釣り上げやすくしたりする。

光秀からすれば、度を超した発想である。誰も彼も大勝することばかり考え、大敗することを考えていない。光秀は、いつ誰に、どの札を配るかを計算し、ひそかに楽しむことで自分を慰めていた。賭けの上限が桁違いで参加は無理だから、そういう楽しみ方しかできない。そうして、当主とその家臣たちが一喜一憂しながら遊興に溺れる様を、遠くから見るように観察した。

そもそも、賭博は人の心の箍《たが》を外す行いであるとして、当時の武将はこれを禁じる者が多かった。たとえば四国《しこく》の長宗我部元親《ちようそかべもとちか》などは、自ら賭博禁止の条例をしたため、これを家臣に厳守させたという。だが何かにつけ驕慢《きようまん》と遊興が過ぎる朝倉家では、当主自ら賭け事にひたり、さもなければ美女と酒に時を費やすというのが、いつもの姿であった。

――変わったものだ。

ふと光秀はそう感じた。十年前、光秀が越前に来た頃、ここまでひどくはなかった。そのはずである。だが今の義景たちの姿を見て、以前はどうだったか思い出せなかった。

――己も、そうなのか？

かつて城を奪われ、一族とともに命からがら逃げ、紆余曲折を経てこの地に来た頃の自分は、どうであったか。この平和な国で、気づけばあっという間に時が過ぎていた。以前の自分と、今の自分とが、どのように変わったか、あるいは変わっていないのか、咄嗟《とつさ》にわからなかった。

「――ときに、明智よ」

勝負が一段落したところで、ふいに義景から声をかけられた。

「はい、義景様」

「細川殿はなんと申しておった？　首尾良き次第になると思うておったが……」

「それがしには計りかねることでありますが、首尾良き次第とは聞いておりませぬ」

「期待はできぬでござりましょう」景鏡が傲然《ごうぜん》と口を挟んだ。「一向宗のやつばらを懐柔せしめるなど、我等の手にも余ること。さきの将軍の弟君とはいえ、容易に靡《なび》きはせぬでしょうな」

「さようか」義景は落胆を隠さず呟いた。「将軍家の威光も、さしたることなきかと思いとうはない。むしろ一向宗の者どもに、その価値がわからぬのであろう」

「義秋《よしあき》様がこの地におわすという、まことの価値は、我等が重々わかっており申す」

　他の者たちが口々に義景や景鏡に賛同するのをよそに、光秀は会話から取り残されたていで札を回収し、次の勝負の準備を整えていた。

　――価値がわからぬのはお前たちだ。

　そう言ってやりたかった。

　前《さきの》将軍の足利義輝《よしてる》が、松永久秀《ひさひで》や三好《みよし》氏らに殺害されるという事件が起こった。そのため仏門に入っていた弟の覚慶《かくけい》が、細川藤孝《ふじたか》ら幕臣の助けを得て還俗《げんぞく》し、義秋と名乗ったのである。

義秋は松永久秀の手を逃れ、僅かな幕臣とともに若狭武田を頼った。もともと若狭武田は将軍家から絶大な信頼を得ていた家である。だが室町《むろまち》幕府とともに衰退の一途を辿り、とても義秋を擁立して次代の将軍にすることができない。そこで義景が、景鏡を使者として義秋を迎えた。

それまでにも義秋は諸大名に支援を要請しているが、どこも内憂外患の状態にあって応じる者とてなかった。

それで義秋は、朝倉家の支援を求めつつ、見返りに一揆の和睦をはかるなど内政に貢献しようとした。朝倉家が後顧の憂いなく義秋を上洛させ、将軍位につけられるようにするためである。

だが、うまくいかなかった。

「首尾良き次第」

と義景がいうのは、一向衆が、無条件で朝倉家に従うということを意味した。全面降伏の勧告である。単に和睦させようとした義秋とは根本的に考え方がずれている。かえって両者の確執の深さがあらわになり、火に油を注いだようなものとなった。

——無為になる。

光秀は将軍家の一件について、そう予測した。なりふり構わず支援を求めたにもかかわらず、朝倉が動かないのであれば、いずれ義秋の方から離れていくだろう。義景たちは、義秋は自分たちを頼らざるを得ないと信じ切っているが、いずれ誰かが次代の将軍を擁立することになる。

あるいは松永久秀らが、別の者を将軍として擁立してしまうかもしれない。

――天下を取れる好機かもしれないのに。

それをみすみす逸することになる。とはいえ、朝倉家にとっては今いる地こそ栄えある天下だった。富裕で安全でぬくぬくとした、小さな天下である。

――天下三分、危急存亡のとき、か。

つい、心の中で、『三国志』の一節を連想した。朝倉だけではない。今や諸国が、それぞれの領土という小さな天下を守ることに汲々《きゅうきゅう》としている。隣国はすなわち敵である。それどころか、油断すれば身内にすら領地を奪われる。父子が城を落とし合い、母や妻の一族郎党を滅ぼす。それが今の世だった。

将軍を擁立するということは、必然、京を目指すことになる。

五畿七道、すなわち日ノ本の天下国家を鎮護《ちんご》する、という大願なくば将軍擁立などできはしない。実際にできなくとも、公言することになる。ありとあらゆる敵と面倒ごとを一身に招くことになる。今このとき、そのような者などいるはずもない。松永久秀たちですら、すぐさま新将軍の擁立を実現できていないのが証拠だ。

──己も、そうか。

朝倉家の御殿で、主人の遊興のために働くばかりの自分は、さながら瓦礫《がれき》のごときものだと思った。心の声が、このまま朽ち果てる気かと問うていた。

──平和に生きて何が悪い。

そう心の声に反論してやった。自分には守るべき妻子がある。一族がいる。明日をも知れぬ日々に耐えて今の居場所を得たのである。ここで生きる以外にすべはない。

それにしても、と純粋に興味を抱いて考えた。もし将軍を擁立する者が出るとすれば、それはどこの誰であろうか、と。

よほどの馬鹿か、傲慢な命知らずであろう。とても長く生きられるとは思えない。だが、少なくとも小さな天下を飛び出す心は持っている。そのことを羨《うらや》むべきかどうか判然とせぬまま、もし本当にそんな人物がいたら、見てみたいものだ。何の気無しに、そう思った。

三

義秋の仲介は、義景らの予想に反して実を結んだ。加賀の一向宗との和解が成立し、一揆の憂いがなくなったのである。むろん、義景が期待した「首尾良き次第」

というわけではなく、朝倉家の側の譲歩もあったが、一揆の不安があるのとないのとでは雲泥の差だった。越前の内政はいよいよ安定し、朝倉家は事実上の管領としての立場を得た。

この成果があり、義秋はひそかに朝倉家を訪れ、上洛の算段について問うた。とともに義景の母である高徳院《こうとくいん》に位を叙することまで仲介した。

義景は自邸で義秋を元服させ、以後、義昭《よしあき》と名乗ることになった。だが朝倉家がしたのはそこまでだった。

その年の夏、義景の幼い世子《せいし》が突然死した。当主の家の内側については光秀も詳細を知り得なかったが、水面下でお家争いがあり、毒で死んだという噂が立った。真実はわからない。なんであれ義景はよほど衝撃を受けたようで、国の経営も将軍擁立の大義も完全に放り出し、陰鬱《いんうつ》な日々を送るとともに、これまで以上に、尋常ではない遊興の日々に耽溺《たんでき》した。

——脆《もろ》いな。

国が富むほどに人が弱くなる印象で、朝倉家の前途に暗雲が立ちこめるようだった。

なんとしても将軍になろうとする義昭とその家臣たちも、同様に感じたのだろう。

光秀は、義昭が越前を去ろうとしているのでは、という話を、朝倉家の家臣の一人から聞いた。さもありなん、としか思わなかったが、話はそれだけではなかった。

「義昭様は、そこもとに仲立ちを頼みたがっているとか」

そう言われて光秀は呆気にとられた。

「何故《なにゆえ》それがしに？」

「身辺の縁を頼りたいのでは」その家臣は光秀を覗き込むようにしていった。「いずれ細川藤孝殿から聞くことになろうが、なんであれ、詮無《せんな》きこととお伝えするがよかろう。義景様は、義昭様が越前におられることをお望みゆえ、な」

将軍家の世継ぎを生殺しにしておいて勝手なことを言うものだと心底呆《あき》れたが、顔には出さず、微笑んで承知した旨を告げた。

ほどなくして幕臣たる細川から、本当に話があった。

細川は義昭を寺から脱出させて以来の侍臣《じしん》の一人で、このとき窮乏のどん底にあったといっていい。日用品にも事欠く有様だったが、それでも義昭を将軍位に就けるべく精力的に奔走し続けていた。

その細川が、長崎称念寺《ながさきしようねんじ》門前の光秀の居宅に直接現れ、こう告げたのであった。

「織田上総介《かずさのすけ》殿を頼りたく、前の将軍の家臣にして朝倉公に仕えるそこもとが血縁にあると知り、無理を承知で仲介をお頼みしたく参上した」

——何を言っているのか。

反論したい点が多すぎて、咄嗟にどう返していいかわからなかった。

まず、織田上総介というのは、光秀が知る限り、尾張の小大名である。しかも一族との内紛を抱え、外にもそこら中に敵がいる。そんな人物を頼ってどうするのか。

それに、前の将軍の家臣という点は、光秀自身、越前にいた十年の間にほとんど忘却していたことがらである。光秀の一族が城を失い、路頭に迷ってのち、ときの将軍・義輝のもとで禄を得たことがあったのは事実である。そもそも明智氏の本流である土岐《とき》氏は、室町幕府において三管領四識《しき》家につぐ諸家筆頭の家格であった。だが今の世では、さしたる役もなく、そもそもまともに給与も支払われず、にっちもさっちも行かなくなって我から暇《いとま》を乞うて改めて朝倉家を頼ったのである。そのとき光秀はせいぜいが侍郎か足軽大将で、名実ともに将軍の家臣であった藤孝とは大いに差があった。だいたい藤孝も、そのとき光秀の存在など目に入っていなかったはずである。こうして越前に義昭とともに来て初めて、光秀が義輝の配下であったことを知り、織田上総介への仲介を期待して接触してきたのだ。

ただ、血縁という点では、確かにその通りだとしか言いようがない。光秀の叔母が、斎藤道三《さいとうどうさん》に嫁いでおり、その娘・濃姫《のうひめ》は、織田上総介の正妻である。光秀にとって濃姫は従妹にあたり、つまり織田上総介は、光秀の義理の従弟《いとこ》というべき存在となる。

だが斎藤道三は、その息子・義龍《よしたつ》に攻め滅ぼされた。道三と同盟していた明智家はその余波で攻められた。光秀とその妻子や弟らは、一族の血を残すことを使命として落ち延びたのである。

その光秀の一族に、これまで織田家が何をしてくれたというのか。今の今まで血縁者が尾張にいることすら思い出しもしなかった。

こうしたことを述べ立てたかったが、藤孝を失望させ、ひいては義昭が越前を去る事態を招いてはまずかった。朝倉家に世話になっている身としては、義昭にはこのまま引き続き、飼い殺しになっていてくれた方が都合がよいのである。

――自分のように。

ちらりとそんな想念がわいたが、心の隅に押しやり、当たり障りのないよう言った。

「織田上総介殿は、確かにそれがしも新進気鋭の人物とお聞きしております。ですが一族の内紛を抱えた上、美濃《みの》には斎藤義龍という強敵がおります。彼《か》の者が将軍御上洛を実現するには、三河や伊勢とも同盟せねばならず、北条、武田、上杉とにらみ合い、ひいてはここ越前に比する武力を有さねばなりません。その上で松永久秀のようなやからと対峙し、将軍をお守りするというのは、とても無理でしょう」

光秀自身は我ながら理路整然と反論できたと思ったが、藤孝はなぜか訝《いぶか》しむようにしげしげと見つめ返してきた。無意識にしているらしく何度か首をかしげてから、おもむろにこう言った。

「その考えは正しいと存ずる。いや、実はそこもとをたいそう明晰《めいせき》な御仁と見ていたが、正直、ここまでとは……」

「では、ご納得を――」

「だが、いつの話をしておられるのかな?」

「……いつ?」

「織田上総介殿は無事、一族を支配し、斎藤義龍を破って美濃を平定したとのこと。それがために義龍もまた、ここ朝倉を頼ろうとしているとか」

光秀は危うくあんぐり口を開きかけた。その光秀をなおさらに見つめながら藤孝が言った。

「織田勢は伊勢へ攻め入り、三河と同盟し、四ヵ国に勢力を伸張する勢い。また、浅井《あざい》家とも婚姻の縁を結び、近年、最も目覚ましき国と存ずる」

信じがたい言葉の数々に、激しい衝撃を立て続けに受け、身も心もいっぺんに揺さぶられる思いだった。

――十年の眠り、これほどか。

自分が安寧《あんねい》の地に埋没しているうちに、父祖の仇《かたき》がとっくに土地を追われ、しかも己が食い扶持《ぶち》を得ている朝倉家を頼っているというのである。朝倉家の面々を純朴な世間知らずと心の中で笑っていた自分こそ、半ば眠りながら生きていたようなものであったのだと思い知らされた。

そしてさらに藤孝が告げた言葉こそ、眠れる男を覚醒させる契機となった。

「このところ、織田上総介殿は、『天下布武』の朱印を用いられているとか。実は以前にも我が主《あるじ》、義昭様の御上洛を実現すべく彼の御仁をお頼りしたものの、当時はそこもとの述べられたように、内憂外患の際《きわ》であった。なれば、と義昭様のお力で織田・斎藤を和睦させせんとしたものの、上総介殿がこれを反古《ほご》としたゆえ、断念した次第」

光秀はその大半を聞き逃した。

――天下に武を布《し》く。

ただそれだけに脳裏を占領されていた。そんな大言壮語を吐く男がいるのかという思いに呆然となり、気づけば突飛な連想がよぎっていた。五畿七道に広がる道と、かるたの絵札である。何十枚もあるそれが、ぱっと頭の中で飛び散るようだった。刀剣、棍棒、高坏、銭をもって竜を打倒する絵図が次々に舞い、なかでも刀剣を掲げて起《た》つ王の絵図が、京へ続く道の上に浮かんでいるさまが、ひときわ強く心に迫った。

四

結局、光秀は藤孝の願い通り、将軍上洛支援の要請を記した御内書を携えた藤孝とともに、岐阜《ぎふ》と改名された地へ赴くこととなった。

この時点で、半ば幕臣の身分となっている。少なくとも藤孝はそのつもりで光秀に接していただろう。義景の意に反して、義昭を朝倉家以外の大名と引き合わせることに荷担するのだから、そうなるしかない。

無事、城に入ることができたが、どこかの部屋で面謁《めんえつ》するのだと思っていたら、馬場が近くにある広々とした庭に案内されて面食らった。そこに人だかりができており、武士や商人のみならず得体の知れない南蛮人までもがいて、いったい何の集まりかと訝しんだ。

「殿はあちらにおられます」

案内してくれた家臣が人だかりの向こうを示して言った。聞けば、たいていの用件は立ち話で済ませるのだという。型破りもいいところで、見たところ誰も平伏していないどころか、膝をついて話している者もいない。

「それはさすがに――」

藤孝も口ごもった。まさか将軍御上洛の件を、公衆の面前で話すわけにもいかない。

かと思えば、ふいに人垣が割れ、その間から男が真っ直ぐこちらへ歩み寄った。両腕に新品の鉄砲を二つ抱えていた。どうやら商人が持ってきた鉄砲の品定めをしていたらしい。まるで子どもが玩具を手に入れて脇に抱えているような姿だった。

その姿のまま、これより光秀にとって見慣れたものとなる、癇癖《かんぺき》持ちの男が険しい顔をして迫った。目つきは鷹に似て獰猛《どうもう》そのものだ。射貫くような眼差しが、すぐそばから藤孝と光秀に向けられた。

「久しゅう、細川殿」

やや甲高い声で男が言った。藤孝が慇懃《いんぎん》に頭《こうべ》を垂れた。

「お目通り頂きかたじけのうございます、尾張守殿」

「一件について間もなく叶う。相談、のちほど」

「は――」

あまりに一方的に言われ、藤孝が困惑して言葉に詰まった。

光秀も同様である。今のは何のことか。まさか御上洛のことを言ったのか。これほどまで無造作に返答すること自体考えられなかった。

「そちらが明智十兵衛か」

だしぬけに呼ばれた。光秀はなぜかぎくっとなりながら頭を垂れた。

「はい。尾張守様がそれがしの名をご存じとは――」

「お濃がえりゃぁ誉めとったわ」

いきなり口調が変わった。笑いらしきものがその声にふくまれている。驚いて顔を上げると、信長の表情から険しさが消えていた。

「今、なんと……？」

「城からおん出るとき、身重のかかあを背負うて逃げたと聞いとるが」

「は、確かに、その通りでございます……」

妻は熙子《ひろこ》といい、光秀とは鴛鴦《えんおう》の仲で知られている。武家には珍しく、婚前から互いに知る仲だった。婚儀を前にして熙子が痘瘡《とうそう》にかかり、顔にあばたが残ったことから、その父親が代わりに妹の方を光秀に嫁がせようとしたところ、光秀が反対して熙子を娶《めと》ったのだった。

城から落ちのびる際、みごもっていた熙子をおぶって歩き続けたことが急に思い出された。家来の者たちが何度も代わろうとしたが、きっぱり退け、最後まで熙子とその腹の中の子を背負った。そのときの重み、落城の悔しさ、得も言われぬ心細さ、ふがいなさが、遠く時を超えていっぺんに胸に迫った。

「そのようなことまでご存じとは……」

はからずも血縁の者としていたわりと親愛を示してくれているのかと思ったが、男はあっさりと話題を変えた。

「たいそう鉄砲が上手だそうだな」

口調まで変わっている。藤孝も周囲の人の群も、どう話が流れていくのかと光秀と男を交互に見守っていた。

「多少の覚えがある程度でございます」

「百発百中か」

完全に光秀を無視して男が言った。光秀はぎょっとなった。その通りだったからだ。光秀の仲立ちをもくろんだ藤孝の意図を受け、事前に光秀について情報を集めさせたのだと知れた。とともに、光秀は自身がそのことを忘却していたことを思い知らされた。

朝倉家に出仕を願った際、諸般の作法とともに武具全般の扱いを試されたのである。光秀は一家安泰をかけて見事に応じてみせた。中でも鉄砲の腕前は、居並ぶ者たちの度肝を抜くほどであった。城を追われてのち、鉄砲のみならずあらゆる面で己を錬磨《れんま》した。血道《ちみち》を上げる努力だった。だがそのことも朝倉家での安寧の日々の中でいつしか忘れていた。

「鉄砲の目利きは、何を見て選ぶ」

男が両腕の銃を心持ち掲げてそう訊いてきた。大して真剣に訊いていないようでもあり、返答次第では二度と口をきかないと言っているようでもあった。話しかけてもらうのを待っている周囲の人々のことなど見てもいない。苛烈なまでの傍若《ぼうじゃく》無人《ぶじん》さだった。

「華美と対極にあるものを選びます」

きっぱりと答えた。なぜか意地のようなものが込み上げてきていた。蔑《ないがし》ろにされたり、慇懃《いんぎん》無礼《ぶれい》に扱われたりするのとは違う、心のひだを無遠慮に突き回されるような、土足で入り込まれるような気分がするのだった。

「ほう？」

男が顎をしゃくって詳説《しょうせつ》を促した。

「装飾のより少なきもの、仕掛けの単純なもの、細工がし難きものこそ上々。合戦においても鉄砲は最も重く、かつ繊細なしろもの。泥を浴びせ、蹴散らかしてなお正しく作動し、暴発せぬものを選ぶべきと存じます」

「暴発を試すか」

そう言って男がいきなり笑い出した。ともすると耳障りになりそうな甲高い笑い声であったが、光秀にはなぜかそれが急に心地よく聞こえてきた。

「使う方も命懸けの武器よな。人を使うのによく似ておる」

光秀が何か言う前に、男は急にきびすを返した。

「泥土にまみれてなお支障なきものを購《あがな》おう」

その言葉をどこかそこら辺の宙に放り投げるようにして口にすると、尾張守こと織田上総介信長は、一言の挨拶もなく馬場の方へ歩いていってしまった。藤孝がその背へ慌てて頭を下げ、大勢の者たちが男の後を追った。

光秀は一種呆然として男の背を見送った。

泥土にまみれて、というのが、なぜか自分の今後の十年を指摘されたように思えていた。

これよりほどなくして足利義昭は、引き留める朝倉義景に丁重な礼を述べた書状を残し、越前を去った。朝倉家に見切りをつけ、織田家との上洛の約束を信じたのである。

光秀は改めて、義昭に仕えて幕臣となる一方、織田家から銀五百貫をもって仕えるよう打診され、これを受けた。朝倉家にいたときとぴったり同額の給与である。給金の額まで調べ上げられていたのかと光秀はますます呆気に取られ、思わず、という感じで承諾したものだ。

そうして気づけば、朝倉家の安寧に首までつかっていた自分が、尾張のうつけこと織田上総介信長によって、その温かい泥のごとき平和から、力ずくで引きずり出されていた。

五

――なんたる悪札を引いたものか。

たびたびその思いに襲われた。そのつど、なぜか己の生命が激しく燃え上がるような感覚に満たされた。

光秀の生活は、足利義昭と織田信長の仲介役となり、また両者の家臣として二君に仕えて以来、何もかもが朝倉家にいたときとは真反対となった。

まず、織田家中は徹底した競争主義、成果主義、合理主義の世界であった。実力を発揮しない者は無名のまま置き捨てられる。太鼓持ちやおべんちゃらはまったく通用しない。年功序列と家格が万事においてものを言う京や一乗谷の常識とは画然と違った。

扶持《ふち》や領土が欲しければ知恵と力で手に入れねばならない。無能な者からは奪ってもよい。斬新が誉められ、多くを試みることが奨励《しょうれい》され、失敗は挽回すればよく、無為無策は穀潰《ごくつぶ》しとして咎められる。心身を休めるいとまなど金輪際《こんりんざい》なかった。

加えて、信長は家臣の一々を頭にたたき込んでいる。人材こそ国の資源とみなし、誰と誰が縁戚で、いつどこでどのような能力を発揮したか、どのような志の持ち主かをとことん把握せねば気が済まないようなたちだった。うかつな讒言《ざんげん》は信長の逆鱗に触れるようなもので、競争力で勝てぬやからとみなされ、下手をすればその場で成敗された。

その信長自身が誰よりも働いた。絶えず頭脳を回転させ、五体を酷使することを厭《いと》わない。行軍では他の兵と同じく信長も寒さに震えながら野営し、泥まみれになって働き、先陣を切って突き進んでゆく。

そのくせ驚くのは、いつ不甲斐なき者とみなされ、首を刎《は》ねられるかわからぬという恐ろしい緊張感に満ちた主従関係にありながら、そこに、おかしなほど気の置けない間柄が入り交じることだった。

信長は、しばしば家臣にあだ名をつけた。それも、笑うに笑えない、人を小馬鹿にしたような子どもの悪口のごとき名をくれてやるのである。

光秀の場合、

「キンカン」

というあだ名で、これは禿頭《はげあたま》を意味した。といっても光秀は豊かな頭髪の持ち主である。もっといえば、女人が好む面相をしていた。京や一乗谷での生活のお陰で、所作や身なりも尾張・美濃の武士たちより、ずっと洗練されている。ありていに言って女性に慕われる男である。そんな男を、わざわざ衆目の集まる前で、こき下ろすようなあだ名で呼ぶ。

その理屈も、光秀の二字から、『儿』と『禾』を抜き出して重ねると『禿』になるという馬鹿馬鹿しいもので、信長の駄洒落《だじやれ》好きの産物であった。

「手柄を立てよ、キンカン」

信長からそう言われるたび、なんだか相手も自分も周囲の者どもも、みな図体がでかいだけの無邪気な童《わつぱ》であるかのような気がしたものだ。

そして、その童どもが先を争うようにして、危機また危機の死地へ赴くのである。

何しろ信長には敵が多すぎた。信長が力をつければつけるほど、諸国はみな敵となってゆく。信長一人が存在するだけで、それまで縁もないどころか牽制《けんせい》し合っていた諸勢力が突如として連合し、包囲しにかかるということがひとたびならず起こった。

光秀は、義昭上洛の直後から、その危難に遭った。

永禄《えいろく》十二年（一五六九）正月、信長の庇護のもとで上洛を果たし、本圀寺《ほんこくじ》に御座《おわ》す義昭を、三好勢が急襲したのである。しかもこのとき信長の軍勢は岐阜に帰ってしまっていた。藤孝から仲介役を頼まれるや否やの、絶体絶命の危機である。当然、光秀の理性は大いに嘆き、なぜ安寧を捨てたのかと己を咎めた。

――悪くじ、悪出目、悪札の三拍子ぞ。

だがそのくせ五感は異様なまでに冴え渡り、身はかつてない血気を覚えるのだった。死地にあって苛烈なほど自己の生命を感じ、少ない味方たちとともに寺の床板や畳を盾にして矢玉を防ぎ、屋根から鉄砲を撃ち返し、弦《つる》が切れんばかりに弓を放って応戦した。

織田勢とその同盟者の軍勢が救援に駆けつけたときなど、

――九死に一生を得た。

その場にへたり込みそうになるほど安堵する己と、

――もう終わりか。

戦闘終結を惜しみさえする、けだもののように凶猛な己がおり、どちらが本性か自分でも判然としなくなっていた。

まるで二君に仕えたがために、自身の中にも二人の己が同時に存在するような不思議な心持ちであった。

安堵する己は、将軍となった義昭のもと、藤孝とともに幕臣として、幕府存続のために働いた。

凶猛な己は、天下布武という大言壮語が現実のものとなることを疑わない信長のもと、いつしかその夢想じみた野心の信奉者となっていった。

信長が大それた野心を抱けば抱くほど、家臣たる己の身は猛《たけ》り、より過酷な務めと、より強烈に自他の生命の燃焼を感じることのできる場を求めるようになっていたのである。

将軍義昭を無事に守り抜いてのち、間もなく義昭と信長は衝突するようになった。

信長は、当然のように将軍義昭の権威を利用し、かつその自由を束縛した。義昭も義昭で、信長の勢力を背景に将軍位を得ておきながら、無条件で諸将が自分に従うなどと信じる始末だった。

光秀は両者の関係持続のため奔走する一方、信長配下数名とともに京都奉行に抜擢されて初めて政務を担い、かつ織田家の盾として矛として合戦に赴いた。

その頃、光秀の郎党として加わってくれるようになった一族の者たちなどは、光秀の猛烈な働きぶりを危ぶみ、たびたび労ろうとしたものだ。

「我は、泥土にまみれてなお支障なきものゆえ、造作もなきこと」

光秀はそう笑って、ことさらに面倒な役目を引き受け、信長も信長で、

「貴様に浴びせる泥を用意した」

などと、次第に難題を任せるようになっていった。

中でも二つ、途方もない「泥」を浴びせられ、明智十兵衛光秀ことキンカンの名を織田家中に知らしめることとなった。

第一の「泥」は、信長を守り抜く殿軍の一員として浴びた。

元亀《げんき》元年（一五七〇）四月、金ヶ崎《かねのさき》の退き口である。

その年、信長は義昭の名で、朝倉義景に上洛を命じたが、義景はこれを拒否した。信長にとっては、どちらの目が出ようと構わない勝負だった。義景が従えば越前を長きにわたり当主不在にしてやり、義景が拒めば叛逆として攻める。いずれにせよ美濃と京の間にある越前の攻略の端緒《たんちょ》となる。あからさまな挑発ともいえた。

後者の目が出たことで織田は徳川とともに、諸国へは若狭征伐を名目とするなどし、越前朝倉を打倒すべく進撃した。だがここで織田の同盟国であった浅井が、よもやの裏切りを働き、織田と徳川は撤退の憂き目に遭った。

光秀はその殿軍にあって、朝倉勢の追撃にさらされ、かつて己が居座った安寧の地の兵どもに激烈な「泥」を浴びせられた。

――こたえられぬほどの悪札を引いたものだ。

このときも光秀は胸の内で毒づき、冷静に、かつきわめて獰猛に、一隊を率いて戦った。光秀だけでなく、同じく殿軍にいた木下隊はじめ、織田軍全体がそうだった。深刻な損害を受けながらも最後まで統率を失わず、窮地にあってどの隊も壊走せず、信長を京に退かせたのである。

——なんと負けに強き軍勢か。

敗走したにもかかわらず、光秀は、窮地をともにした軍勢の偉大さに感動していた。

織田といい同盟相手の徳川といい、負けることに強い。敗勢にあって粘り強く生き延び、苦汁をなめるたびより強大になろうとする。朝倉家のように安寧を守るだけでは決して手に入らない強さだった。

京に戻った光秀は、他の家臣らとともに信長から恩賞を受けた。あの金ヶ崎で殿《しんがり》にいた、という一事だけで、織田家中で一目置かれるようになった。

その翌年、早くも第二の「泥」を浴びた。

元亀二年九月、比叡山《ひえいざん》焼き討ちであった。

前年六月の姉川《あねがわ》の戦いで、浅井・朝倉に対し、織田・徳川が勝利してのち、浅井・朝倉が比叡山に立てこもり、正親町《おおぎまち》天皇が調停したことから全山が合戦の焦点となった。一方で、六角《ろっかく》氏や三好勢、さらには石山《いしやま》本願寺の勢力が織田勢包囲をはかった。

――悪くじの尽きることのない御家運だ。

光秀はますます強大となる諸国の包囲に、むしろ織田信長とその勢力が、万人にとって畏怖《いふ》の対象となりつつあることを肌で感じた。武田や上杉といった強国の主たちですら、織田を攻めねば自分たちが滅ぼされる、という危機感を抱くようであった。

そしてこのとき、信長は諸大名の度肝を抜き、朝廷すら恐懼《きょうく》せしめる策をとった。まず大坂・越前間の通行を海陸ともに封鎖し、包囲する諸勢力の連絡網を断った。さらに一向宗の一揆と呼応する浅井を退けるや否や、一揆に参加した伊勢の村を焼き払い、灰燼《かいじん》に帰さしめるとともに、一揆の拠点となった城をことごとく攻めて殲滅《せんめつ》した。

道を分断することで連合する敵をそれぞれ孤立させ、最も脅威となる相手に戦力を集中し、徹底的に戦う。それが信長の常套《じょうとう》手段であった。下克上とは道作りであり、反対に整備された道を奪われれば、どれほど強固な砦を持とうとも負けるしかない。

さらに信長の覇道の特質は、それらの策ですら、より大きな勝利のための下地作りに過ぎないということだ。一揆を退けた信長は、三井寺《みいでら》に本陣を置くと、改めて比叡山攻略を最優先課題として告げ、家臣たちを驚かせた。光秀もその断固とした決意を聞き、総身が粟立つのを覚えた。

これまで浅井・朝倉との戦いのさなか、信長はたびたび比叡山に譲歩や講和をはかったが、ことごとく拒絶されてきた。

正親町天皇の弟である覚恕法親王《かくじょほっしんのう》を主とするなど朝廷の加護厚く、地理においては陸路の要衝《ようしょう》をなし、軍事においては数万の兵を置いておけるおびただしい坊舎を有する。山から延びる道という道を支配し、政治・貿易・軍事・信仰の拠点として一帯に君臨してきたのが比叡山である。越後の上杉景虎《かげとら》が四宝としたものを、全て持っていたわけである。

ここにおいて比叡山を敵城とみなし、織田方につかないのであれば攻め滅ぼす、というのが信長の決意であった。

これにはさすがの歴戦の諸将からも反対の声が起こった。佐久間信盛《さくまのぶもり》などは、王城鎮守《おうじょうちんじゅ》たる山を攻めるなど前代未聞の戦《いくさ》であると言ったという。

だが信長は聞かず、比叡山の包囲を命じた。その時点で怖《お》じ気《け》づく者はついにいなかった。軍事拠点という点では、比叡山を攻めざるを得ないことは承知していたからだ。これはやむをえないことだと、みな自分に言い聞かせているようだった。

光秀は違った。むしろ、いつものように、理性でこの事態を嘆いた。

――悪運が膨れあがって日ノ本を揺るがすまでになった。

この事態を招いたのは、ひとえに信長が成し遂げた下克上と、掲げた天下布武ゆえである。信長の意志が、ついにこうして大名勢のみならず、民衆を先導する寺社勢力とも対峙することとなった。将軍家を傀儡《かいらい》とするばかりか、朝廷をも畏怖せしめんとするまでに至った。

そう思うだけで、脳裏は冴え渡り、身は凶猛たらんとして血気に満たされた。

そして信長は、自分の野心に呼応する者たちを見定めて選《え》り抜き、配置させた。

光秀はその一人に選ばれた。しかも気づけば攻略の中心に位置していた。

「なで切り」

すなわち皆殺しの段取りを緻密に構築してのけたことから、そうなった。光秀としては、やるからには徹底せねばならないという信長の精神に呼応したまでだが、諸隊の指揮官の多くがその無慈悲な作戦にぞっとなったような顔をした。

その光秀の案が呼び水となり、もはや織田軍全体が慈悲無き戦闘に傾いた。池田《いけだ》恒興《つねおき》なども、

「一人も討ち漏らすことなく討ち取るには」

と視界を保つために早朝の攻撃を提案し、信長がその考えを採用したため、夜のうちに山麓《さんろく》を取り巻くことになった。

比叡山の延暦寺《えんりゃくじ》はこの包囲に驚き、慌てて黄金の山をかき集め、信長と和睦《わぼく》し

ようとしたが遅かった。そうして日が昇るとともに、総攻撃が命じられた。坂本《さかもと》・堅田《かたた》を焼き、数万の兵が一斉に山へ攻め上った。

僧も僧兵も区別無く斬り捨て、山に立てこもった住民は女子どもに至るまで皆殺しとなった。炎が山を襲い、延暦寺も日吉大社《ひよしたいしゃ》も灰燼に帰して消え去った。

光秀の理性はその無惨さにおののいたが、身は猛り狂うがごとく熱を帯びていた。長く諸勢力の戦略拠点ともなってきた山中の施設をことごとく破壊し、焼き払い、山中の人々もろとも灰と化さしめた。異臭が立ちこめて身にしみつき、参道は血で真っ赤だった。

おびただしい人死にを見届けて山を下り、信長が本陣とする館に報告に上がった。

信長は報告を聞くと、やけに澄んだ目で光秀の背後を見やり、かすかに口元をほころばせて言った。

「たいそう泥にまみれたな」

光秀が振り返ると、石畳に己の足跡があった。

ただの泥ではなかった。人の血でぬかるんだ土だった。気が遠くなるような赤さの血泥《ちどろ》だった。

「粗相《そそう》いたしました」

光秀は主に向き直って詫びた。信長の前に出るときは簡易であれ、なるべく身なりを整えるのが常だった。義昭に幕臣として仕えたことで戦場に出るときは顔に戦化粧を施すことを覚えたが、汗で乱れたそれもいったん拭い、新たに化粧し直すということまでした。

「支障ないか」

信長が静かに訊いた。

「いささかもありませぬ」

真っ直ぐな思いを込めて告げた。むしろこのとき初めて、かつてない「泥」を浴びたのだとやっと気づいたが、だからといって血気を失うこともなかった。ついに京周辺における最大規模の軍事拠点を壊滅しおおせた、という昂揚《こうよう》感の中にあった。

信長が急に笑い出した。甲高い、それでいて光秀の耳に妙に心地よく聞こえる声だった。

光秀はその様子に、いつかよぎった連想を再び覚えた。かるたに描かれた刀剣の王の姿が久々に心に迫った。竜を殺《あや》めてその血を浴び、それを誉れとする王だった。

その信長が、初めてあったときのように急に口調を変えて言った。

「お前ゃぁが後始末せい」

それが、光秀の仕事となり名誉となった。

信長が比叡山を出て上洛してのち、光秀は山に立てこもっていた敵の首級と、施設の完全破壊を確認して回り、ついで寺社領を綿密に把握した。

信長は後日、この寺社領を、光秀をふくむ五名の家臣に分け与えた。このとき得た領地に加え、近江《おうみ》の一郡五万石を与えられ、ともに光秀の拠点となった。そして信長の許しを得て、城を築くことになった。

信長と出会って僅《わず》か三年半余。気づけば、一国一城の主になっていた。

六

十年がまたたく間に過ぎた。

朝倉家にいたときのような眠れる十年とは異なる、限りなく覚醒し続けんとして過ごした、血気横溢《おういつ》たる十年であった。

天正九年（一五八一）もまた、光秀は正月から多忙の日々を送った。完成して七年目となる坂本城、信長の居城である安土《あづち》城、そして京を行き来し、変わらず信長の天下布武のために邁進していたのである。

思いは変わらないが、身辺も世も大いに変わった。激変といってよかった。

己を顧みるに、このとき近江一郡五万石に加え、丹波《たんば》一国二十九万石を得て、三十四万石の大名にまで立身していた。

郎党・家臣もおびただしく増えた。有能な人材も、腹心の配下も得た。従弟であり女婿《むすめむこ》でもある明智秀満《ひでみつ》には福智山《ふくちやま》城を与えることができた。信長に降《くだ》った稲葉《いなば》一鉄《いってつ》のもとから、勇名高き斎藤利三《としみつ》が明智勢に加わり、光秀はこれを臣下とし、黒井《くろい》城を任せた。どれも丹波を攻略したことによって得た城である。

そうした寄騎《よりき》を合わせると、二百四十万石に達する勢力となった。近江は東山道《とうさんどう》において五畿の出入り口にあたり、丹波は山陰道《さんいんどう》を攻略する足がかりである。大勢力をもって、五畿七道のうち畿内を中心に二道を治める。事実上の、近畿《きんき》管領とすらいえた。

かつて身を寄せた、信長に滅ぼされる前の、朝倉家を凌駕《りょうが》する勢力である。

そしてこのとき、光秀は、幕臣ではなくなっていた。

丹波平定こそ、将軍義昭との決別を意味した。たびたび信長と衝突するようになった義昭は、二度までも挙兵し、ついに信長によって京から追放された。そして光秀に、親義昭派の武将が多くいる丹波の攻略が任せられたのである。

それは信長に仕えて最初の三年と同じく――あるいはそれ以上に困難な務めとなった。多くの兵を失い、信長が浅井にされたような、予想外の裏切りにあって危機に陥ることもあった。

合戦だけでなく病で危うく己の命を失いかけるということも経験した。結局は生き延びたものの、その際の看病がもとで、半生をともにした妻の熙子が、代わりに病死してしまった。そのときは不思議と理性も心も身も一つになって悲痛をとことん味わったものだ。

そうしたことがらのどれが「泥」であったか、判断はつかなかった。常に泥土にまみれていた気もするし、誉れ高く晴れやかに生きてきたという実感もある。

理性が悪運を嘆くほどに望外のものを得てきた。その第一は、領土でも金銀財宝でもなく、身中に起こった己自身の血気であることもわかっていた。それを力ずくで与えてくれた主の健在こそ、己にとっての安堵に他ならなかった。その思いがあったからこそ、こうして栄達の道を歩めたのだ。

そしてその主君安堵のために、多くの滅亡があった。朝倉も浅井も滅んだ。斎藤義龍も死んだ。武田信玄も上杉謙信も世を去った。とても敵《かな》わないと思われた強敵たち、突破し得ないと思われた包囲のことごとくを乗り越え、信長という唯一無二の主君のもと奔走してきた。

諸事に忙殺されながら、気づけばそんな追憶が頻繁によぎり、

——まるで昔話をしたがる好々爺《こうこうや》の心境だ。

己に呆れて笑みを浮かべるようになっていた。

無為の十年、激烈の十年。いずれも味わうことができた己はなんと幸福であるか。

そうした思いは、これまでであれば合戦の場で発揮されたものだが、この頃は、もっぱら政略や文治の場で発露されるようになっていた。

この年の二月と三月に、光秀は信長から命じられ、京で御馬揃えを司った。皇居周辺で、きらびやかな出で立ちをした織田勢の雄姿を見せるのである。信長をはじめ、その子息たち、各将、はたまた信長昵懇《じっこん》の公卿衆のうち乗馬が達者な人々に、それぞれ騎馬を伴わせて往来を進ませる。通常は爆竹を鉄砲に見立てるなど、派手な演出を入れるものだが、これは朝廷からの願いで催されたことと、その朝廷内で不幸があったことから、光秀はこたびの御馬揃えは粛々として荘厳たるよう注意を払わせ、騒音を戒めることを徹底させたものだった。

こうした織田側の気遣いを示しつつ、光秀は信長の朝廷工作の先鋒となって働いた。

治天の策――すなわち信長と朝廷の一体化である。

具体的には、まず正親町天皇から誠仁《さねひと》親王に譲位させる。そして新天皇たる誠仁天皇に、信長を准三宮《じゅさんぐう》として遇させる。この時点で信長は皇家の一員となる。さらに誠仁天皇から、その子にして信長の猶子《ゆうし》となった五宮《ごのみや》に譲位させる。

事実上、信長は天皇の義父となり、院政を敷くことが可能となる。これぞ信長を「治天の君」とする秘策で、どこのどのような大名も決して手の届かない、「神格信長」の完成となる。

下克上を生き抜いた武将は、誰もが神がかりを日常とするようになる。それがいつしか、民衆にとっては、現世において神と並ぶ存在となってゆく。武将その人が、信心の対象となるのだ。

人々の畏敬の念が、一人の人間を、神がかる人から、神そのものへ変えていく。そうした人心の働きを、戦国武将として治世にいち早く取り入れたのは上杉景虎と武田晴信《はるのぶ》であった。今では信長が、京という日ノ本の中心にして聖地において、朝廷を通した神格化を果たそうとしていた。

後世、秀吉や家康が自身を神格化することで、日ノ本全土を統治する正当性を得んとしたのと同じである。それを、信長は誰よりも早く計画していたのだった。

信長が神となり、五畿七道を、日ノ本の全六十六ヵ国を支配したとき、この自分の念願も成就する——光秀はそう信じた。

そしてそんな思いを揺るがす出来事が、幾つも起こった。

徳川が遠州高天神城《えんしゅうたかてんじん》を落とし、武田方が後詰《ごづめ》できなかったことから、その弱体化が明らかとなった頃のことである。

家臣の斎藤利三が、光秀に面会を乞うてきた。光秀はすぐに利三と会った。そしてその口から、予想外の言葉を聞いた。

「上様は、信孝《のぶたか》様を御大将とし、三好康長《やすなが》らを補佐として四国に攻め上らせる由《よし》。殿は、いかがお聞き及びにござるか」

「なんと」

光秀は僅かに目を見張ったが、それ以上は驚いた様子をあらわにせぬよう咄嗟に表情を作った。じっとこちらを見据える利三を宥《なだ》め、とともに脳裏で事態を推測する時間を稼ぐため、やんわり笑みつつ扇子を広げるなどしてみせた。

四国は、光秀が長らく工作をしていた地だった。かの土地を制圧せんとしている長宗我部元親の正妻が、斎藤利三の妹であったことからの工作担当である。

主眼は、まず信長と元親の間を取り持ち、四国を当面の抗争から除外することにあった。具体的には信長から「切り取り自由」の朱印状を、元親に与えた。自由に四国を支配して良いという約束である。

だがそれはあくまで方便で、戦国の世の習いといってしまえばそれまでだった。やがて信長は、元親に、「二国まで安堵する」とか、「やはり支配権は確約しない」といった最初の約束を反古にするようになった。

それはそれでいい。両者を仲介した光秀もそう思ったし、元親自身もそうであろう。元親は「四国は自分の自由」と信長の言を突っぱね、四国制圧を続行している。誰もが、いずれ信長と長宗我部の対決は避けられないと見ていた。

だが――

「御大将は、殿がふさわしきはず」

利三がただでさえ低い声をますます低めて口にした。

信長は、調停工作をした者が、決裂時には戦陣の先頭となることを通例とした。対武田、対朝倉、対上杉、対毛利《もうり》――いずれもそうである。

対長宗我部の一件で、光秀を外すことは異例といっていい。百歩譲って信長の三男である信孝を大将とするのはいい。だが補佐に三好氏を選ぶとは思えない。

だが本当にそうだとすると、信長はいったいどのような思惑を持っているのか――このとき光秀にも、咄嗟に答えが出せなかった。

「推測無用。このことは他言せぬように」

とだけ利三に告げた。

利三は、百も承知というように無言でうなずいてみせた。

それからしばらくして、今度は別の子息が話題になった。

九月。信長の次男である信雄《のぶかつ》が、伊賀を攻めたのである。

実は信雄は以前、軍令を無視して伊賀を攻めて失敗し、重臣を戦死させたことで信長から大いに叱責されたことがあった。その雪辱《せつじょく》戦というべきであろうが、何から何まで段取りされた合戦だった。信雄の補佐として、滝川一益《たきがわかずます》、丹羽長秀《にわながひで》が参陣し、さらに信長の旗本馬廻である近江衆や、光秀が領地安堵に協力してやったことがある筒井順慶《つついじゅんけい》の大和衆《やまとしゅう》も加わった。

これで勝てないわけがない。伊賀はひとたまりもなく制圧された。そして信雄に伊賀四郡のうち三郡までもが与えられ、残り一郡は、信雄の叔父である信包《のぶかね》のものとなった。

――織田一門の足固めか。

信長がいよいよ全国を支配するにあたり、足下を盤石にせんとしている。

おおかたの者がそう受け取った。光秀もそう理解した。だが光秀の心がざわめいた。これまで理性に抗《あらが》い、身の着火点として働いてきた心が、この事態のどこかに違和感を覚えていた。

だがそれが何であるか、どうしてもわからぬまま、年が過ぎていった。

天正十年（一五八二）、さらに予想外のことがあった。しかもまたしても信長の子息が関わっていた。

正月、武田方の木曾義昌《きそよしまさ》が裏切り、信長に通じることとなった。この義昌の謀叛を促した工作に、三男の信孝が主要な役割を果たし、首尾良く義昌と徳川家康を仲介したのだという。

武田勝頼《かつより》はただちに義昌の討伐に動き、この義昌の救援要請に従い、信長も動いた。

そして信長の長男である信忠《のぶただ》を筆頭として、甲州征伐が行われたのであった。

このとき、光秀は当面の合戦がない者たちの一人だった。柴田勝家《しばたかついえ》や羽柴《はしば》秀吉といった主立った重臣は、それぞれの敵と対峙しており動けずにいた。

――役目が来るか。

光秀はひそかに武田方との最終決戦に赴けという命令を待った。

が、その命令はなかった。

いや、出征を命じられたことは命じられたが、もはや戦いとは呼べなかった。

「十分に兵糧《ひょうろう》を用意して付き従え。兵数は多いに越したことはない」

というのが信長の命だった。戦うのではなく、信忠らが武田方を滅ぼすところを観戦しに行くのである。証拠に信長は、

「関東見物」

などとも言っていた。

このところ戦を与えられず、武功を得られないことに苛立っていた明智方の軍勢

は、この物見遊山のごとき行軍にすっかり腐った。それでも光秀はしっかりと軍勢を整え、命令通り多数の兵士を引き連れて行った。

到着するなり、滝川一益の軍が武田勝頼を討ち、戦功一番との報に直面した。滝川はここで上野《こうずけ》一国とさらに信濃二郡を与えられることとなった。

そして信長は、この甲州征伐を嫡男《ちゃくなん》である信忠の成果とし、改めて、

「天下の儀もご与奪」

の旨を告げた。

家督を嫡男に譲ることを宣言したのである。これで、その下の次男三男にも領地を与え、長男を補佐させる体制を作ろうとしていることが明白となった。

いや、信長がそのように画策していることはわかっていた。一門に領地を与えることは何ら不自然なことではない。

だがまさにこのとき——武田方が滅びを迎え、その功がそっくりそのまま信忠に与えられたのを目の当たりにしたとき、光秀の心が一挙にざわめいた。

——天下を譲る。

信長はそう告げたのである。単に織田家の家督を継がせるというのではない。天下の交代を、血縁による継承をもくろんでいた。

それ自体は問題ではなかった。信長とて不死ではない。いつかそうするときが来

る。

だが時機が問題だった。

五畿七道に至る道々はまだ掌握には遠く、「神格信長」も成らず、六十六ヵ国の支配も成っていない。なのにここが織田家の野心の極みであるかのような態度を示している。

——急いでおられる。

織田一門の体制作りが急速に進もうとしている。急進は、信長に限り、単なる焦りなどを意味しない。その先の構想があるからこそ急速な変化が可能なのだ。つまり現時点で、すでに全国支配を完成させた後のことを、信長は考えているということになる。

己を神格化し、天そのものとなり、ついにはこの国における野心の成就となる——

突然、その考えが根底から覆《くつがえ》るのを光秀は悟った。いったいどういうことか判然としなかった。いや、心がそれを正しく見抜くことを拒もうとしていた。

——この国における野心。

それが信長とその配下全員にとって、成就すべきことだった。そう信じたはずだった。なのに何もかもが音を立てて崩れ去ってゆく思いに襲われた。

――天下。

血気の源泉たるその野心を、信長は捨て去る気なのではないか。理屈を通り越してそんな確信がわいた。

――信長様がいない天下。

そこに取り残される自分の姿を、光秀はありありと想像した。

七

安土城に凱旋《がいせん》した信長を、多くの使者が訪れた。特に朝廷は、正親町天皇と誠仁親王からの武家伝奏《てんそう》の勧修寺晴豊《かじゅうじはるとよ》を勅使とし、戦勝祝いを届けさせるとともに、信長の叙官の意志をはかった。

信長は叙官についてはっきりした態度を示さず、せっかく授けた官位を辞すなど、朝廷の面々を困惑させること甚《はなは》だしかった。正親町天皇もまた誠仁親王に譲位することを望んでおり、信長と利害は一致している。ここで信長に叙官を受け入れてもらい、ひいては譲位の儀へと進みたがっていた。

だが信長が何の位を求めているかわからない。そのため正親町天皇は、太政大臣・関白・征夷大将軍のいずれも望むとおり推挙する心づもりだった。いわゆる三《さん》職推任《しきすいにん》である。

勧修寺晴豊もそのことを知っており、信長の意を汲もうとした。が、上手くいかず、いったん安土城を辞去してのち、なんと十日と経たずして再び勅使として現れた。

何の魂胆かとかえって怪しんだ信長は、家臣の森蘭丸《もりらんまる》を遣わし、勧修寺晴豊の再来の意を問わせた。とともに、光秀を呼びつけ、

「公卿どもの意は？」

不機嫌な顔で問うた。常に陰謀に取り巻かれてきた信長である。自分の周囲で工作をする者をとことん憎悪していた。

「譲位の件もありますゆえ、なんとしても上様に官位をお授けになりたいのでございましょう。ですが、何をもってすれば上様がご満足なされるかわからず、どうにかして上様の意向を知ろうとしているのだと推察します」

光秀はすらすらと答えた。長らく義昭と信長の仲介役として働き、京都奉行を務めてきたのである。今なお公家たちと親交を持ち、朝廷の中枢にいる人々から独自に情報を得ていた。

「益体もないやつばらよ」

信長が一転しておかしそうに笑った。光秀はじっとその様子を見守った。何をもって、今の信長は満足を得るか。光秀もまた正親町天皇に劣らず、懸命に見抜こう

としていた。

「何を持ってくると思う？」

「将軍職、関白、太政大臣のいずれかでしょう」

「天皇位以外、何でもか」

そう言って信長はまた笑った。まるで、天皇になれというのだったら、なってやると言わんばかりである。この日ノ本でこれ以上の不遜はないだろう。むろん、信長が本気で言っているとは思えない。あくまで藤原《ふじわら》氏のように外戚として君臨するのが信長の目的である。常に宮中に御座《おわ》し、おびただしい儀式の一々を司らねばならない身になろうとは思っていないはずである。

が、光秀は、もしやその意志もあるのかと空想した。そうであってくれた方が、よほど心平らかでいられるとすら思った。

「キンカン、いかがした」

「は――」

「貴様、疲れたつらをしておる」

「そのようなことは……むしろ、このところ戦に立てず、家臣ともども覇気をもてあましてございます」

思い切って正直に述べた。信長は笑みをおさめ、小さくうなずいた。

「すぐ役目が来る。それまで言われたとおり大人しく在荘し、英気を蓄えておけ」

「かしこまりまして御座います」

「馳走の用意は怠りないか」

「はい。徳川殿の来着を心待ちにしております」

「貴様のもてなしは評判がよい。くれぐれも粗相なきよう」

「承知いたしました」

光秀はその場で信長に問い質《ただ》したいという思いを秘め隠し、大人しく辞去した。

結局、信長は勧修寺晴豊を接待したのみで何の返答もせぬまま京に帰してしまった。

その頃、安土城へと一目散に駆ける早馬があった。毛利勢の高松城《たかまつ》を水攻めにしている羽柴秀吉からの急報である。

安土城に徳川家康が到着し、光秀主導の歓待の席が催されるさなか、その急報が信長のもとに届けられた。

高松城の清水宗治《しみずむねはる》の後詰に、毛利の軍勢が打って出てきたため、秀吉側もまた信長に出馬を要請したのである。

家康を饗応して三日目、光秀は再び信長に呼び出された。すでに急報のことは知らされていたが、そこで改めて信長から出馬の旨を告げられた。

「これぞ天意よ。わし自ら打って出て、中国の猛者《もさ》どもを討ち果たし、九州まで平らげてくれる」

そう言って信長が呵々大笑《かかたいしょう》した。

光秀はそこに変わらぬ信長の姿を見た。その口から放たれる天下布武の意志は、そのときも光秀の血気を目覚めさせてくれた。だが同時に、信長が意図して告げようとしないことも浮き彫りになるようであった。信長に仕えて十年余、その考えを読み、願うところを一つにし、主君の影のごとく追いかけ、陽に対する月のごとく精一杯輝かんとしてきた。

まぶしかった。その信長に、今こそ問うべきだった。そうしなければ自分がどうにかなってしまいそうだった。

「四国の件は、お告げ下さらないのですか？」

信長が笑みを消した。怒りを抱いたかに見えたが、このときはまだそうではなかった。むしろ光秀が怒りを秘めているのではないかと探るように見つめてきた。

「信孝にやらせる」

きっぱりと信長が言った。

「三好康長殿の猶子《ゆうし》とすると、もっぱらの噂でございます」

「変わらず耳ざといな」

「三好氏を使い、四国に兵站《へいたん》を築いて長宗我部と対峙させる。毛利を攻めてのちは、羽柴秀吉殿も、彼の地へ討伐に向かうのでしょうな」

「長宗我部は、貴様の配下の妹を娶っておったな」

「はい。それが織田家の姫であれば、また話は違いましたでしょうか」

問うたとたん空虚なまでの悲しみに襲われた。信長は目をそらさず、淡々とうなずいた。

「違ったかもしれぬ」

「羽柴殿には、信孝様を庇護させるおつもりでしょうか」

「そうなろうか」

「こたびの徳川殿の饗宴の主眼は、かの御仁に、ゆくゆくは織田一門の宰相となってもらうこと。すなわち、信忠様の補佐となってもらうためと存じます」

信長が笑い声を発した。

「ようわかっておるな」

「とすれば信雄様には、柴田勝家殿や滝川殿が――」

「貴様だ」

「ですが、それがしは――」

「貴様に任す。柴田も滝川も、老いた」

光秀は絶句した。配下の齢について、かくも酷薄に言い捨てられるのかと言いたかった。それではこの自分はどうなのか。五十を超えてしまった自分は。涙で目の前の男の顔がにじんだ。かつて血気をみなぎらせてくれた男の声が、今や耐え難い悲痛の念をもたらしていた。

「六十六ヵ国を統《す》べ、帝の外戚たるを成就し、まことの天下人となられたとき、上様はいかなる治世を――」

「かねて、言うていたではないか」

信長が告げた。この男にしては信じがたいほど和《なご》やかな声音だった。

「日ノ本の王たることが成った暁には、船団を作らせ、海を渡り、唐国《からくに》へ攻め入ると」

「この国の天下はどうなるのです」

「とうに譲った。これより攻め上る中国、九州、四国、いずこも、我がものではない」

「上様――」

「合戦はいつまでも続かぬ。この国の戦は、じきに終わるのだ、キンカン」

その言葉に、光秀はよもや味わうとも思っていなかった衝撃を味わった。だが初めての衝撃ではなかった。十年以上前、細川藤孝に、いつの話をしているのかと言われたときとまったく同じ衝撃だった。

頭ではわかっていた。心がそれを拒んだ。日本中の武将たちがそうだった。

天下が統一されれば、合戦がなくなる。下克上も終わる。戦いのために整備されてきた道が、人々の往来や商いのために用いられることになる。二度と、どの武将も命がけで自由に道を疾駆することがなくなってしまう。それぞれあてがわれた地を守り、田畑を耕し、子を育てる。戦国以前の生活に戻るのである。そこで育った子らのほとんどは、自国の風景以外の世界を知ることなく大人になり、老い、死んでゆく。そうした平和において、血気は不要である。武将として生きてきた身からすれば、墓に入れと言われるのと同じ生活である。

同時に、武将達はこの国の政経の転換という、これまでにない危機を迎えるだろう。家臣に与えるべき新たな領土を得るすべがなく、恩賞の仕組みが根本的に成り立たなくなる。合戦によって大量に消費されていた物資が余り、戦場で働くために育った者たち全員、浪人となる。その転換についていけない者は、この国で生きるすべを失う。

それが自分たちの世代の末路だった。本当の転換は、次の世代によって成されるのだ。信長が重臣達を補佐とした、子らの世代によって。

光秀は今の今まで血気と野心の夢の中にいたことを悟った。現実を拒むという点では、朝倉家の安寧の夢と何ら変わらなかった。その夢から突如として醒めたとき、天下を取るということの意味がまったく変わっていた。

これから手に入れる領土の全て、五畿七道の六十六ヵ国全て、自分達のものではなかった。子孫繁栄のための、新たな政経を発明する場となる。自分達はそれを見届けるしかない。

そして信長はその布石を着々と打っていた。そうしながら、自分自身をその新たな時代から度外視していた。

「なぜ……この国に君臨されぬのですか。唐国へ攻め入れと臣下にお命じになられればよきことではございませぬか」

「いかなわしでも、この先の政経は創れぬ。生まれ育ちが、これからの世にそぐわぬ」

信長は笑った。目に涙を溜める光秀にも、同じように笑うべきだと言っているようだった。

「五畿七道を、八道、九道とすべき地を求め、海を渡る。その方が性に合う。同じ性分のやつばらを道連れとしてな」

それもまた一つの解決策だった。これからの時代に適応できぬ者たちを、より過酷な戦場へ送り込む。さらなる巨大な天下への野心を焚きつけ、七道が八道になるもよし、ならぬもよし。だがそれは、いわば壮大な口減らしだった。

「さだめしそこは戦の無間《むげん》地獄か、キリシタンどものの言う煉獄《れんごく》といったところであろうよ」

所詮《しょせん》、厄介払いに過ぎない。そのことを隠しながら、渡海の夢を抱かせて地獄の道連れとするほかない。信長はそう言っていた。

「さもなくば、名家の子息を殺して回るか、いずれ我が子に殺されるかであろうよ」

ひどく軽い口調だった。その分、陰惨な未来をありありと予見していることが伝わってくる。

己の子らが争いに敗れぬよう、あらかじめ諸家の有望な若者に咎《とが》を押しつけ殺す。あるいは父子相克《そうこく》と新旧世代の争いが極まり、かつて斎藤道三と義龍が争ったような事態に突入する。下克上が最初から繰り返され、戦いの無間地獄が日ノ本のありようとなる。信長自身、そんな未来しか見いだせないことへの絶望がひしひしと伝わってきた。

「それがしも、上様のお供をしてはなりませぬか」

「ならぬ」

「なにゆえでございますか」

「貴様は、戦に向いておらぬのよ、キンカン」

咄嗟に何を言われたのかわからなかった。なぜか息が詰まり、血の気が引くあまり、ぼんやりと主君を見つめることしかできなくなっていた。

「一乗谷の平和に住まっていた頃の貴様が、本来の貴様だ。それを、わしが変えてしまった」

何を言っているのだろう。本当にわからない。主君の言葉がこれほど理解できないなどということは過去にないことだった。

「それというのも貴様のような英才が必要だったからだ。わしが穏和だった貴様を血泥の道に引き込んだのだ」

そこでいきなり理解が訪れた。心が懸命に理解を拒んでいたが、それ以上は光秀の理性が現実の否定を許さなかった。

「よもや……そのようなことを、本気で――」

「わしの本心だ。もうよい。毛利を討てば、終わりだ。もう貴様に戦はさせぬ。これ以上、貴様に血と泥を浴びさせはせぬ。もとの貴様に戻り、その英才を子孫安寧に用いてくれ」

光秀は危うく気が遠くなりかけた。信長の優しい声がたとえようもなく恐ろしかった。いつもの苛烈な叱責の方がまだ幸せだった。この僅かな会話で、これまでの半生を木っ端《こっぱ》微塵に打ち砕かれる思いがした。

「どうかお願いでございます」

気づけば光秀は涙を噴きこぼし、床に額をこすりつけ、懇願していた。

「それがしにお供をさせて下さいませ。彼の地を攻めよと仰せ付け下さいませ」

「キンカン——」

「それがしに四国をお与え下され！　長宗我部元親の正室が、我が臣の妹であろうと構いませぬ。その妹が首だけになって帰ってこようと、何を気にすることがございましょうか」

「よさぬか」

「後生でございます！　それがしにも九州を攻めよと申しつけ下され。唐国に渡れとお命じ下され」

「よせと言うておるわ！」

「もしお命じ下されなければ、それがしこそ、織田一門の仇となるやもしれませぬぞ」

涙を流しながら言い放った。叫ぶのではなく、震え声でささやくようだった。

信長が息をのんだ。光秀の心は他に口にすべき言葉を持たなかった。身中が悲しい血気に昂ぶっていて止めようがなかった。

「策謀の限りを尽くし、羽柴殿や徳川殿と一戦仕《つかまつ》りましょうぞ。そしてこの手で、信忠殿を、信雄殿を、信孝殿を、次々に討ち果たし、下克上の道を邁進いたします——」

「たわけっ！」

信長が跳ねるように立ち、その勢いのまま、平伏する光秀の肩を蹴り飛ばした。

ひっくり返った光秀の脇腹を、さらに蹴った。

「この——たわけ！　ええい……、この——たわけめが！」

主の怒声に、人払いされていた小姓たちが飛んできた。他の家臣たちも何ごとかと足音を立てて現れた。信長の謁見を待っていた者たちも離れた場所から恐る恐る覗いていた。そこに、家康もいた。信長と光秀の様子を目にするなり顔を伏せ、何も見てはいないというていで速やかに立ち去った。

「後生でございます……」

信長に激しく打ち据えられながら、なお、光秀は這いつくばって弱々しく懇願し続けた。

八

織田家中で出世頭と名高い光秀が、信長に折檻《せっかん》されたという噂はまたたく間に広がったが、誰もその理由は知らず、憶測ばかりがまことしやかに語られた。

信長はむろん、光秀も子細は語らない。ただ光秀は、四国の件で、上様の御不興を買ってしまったといったた言いつくろい方をした。それはそれで真実でもあった。

間もなく、羽柴秀吉の出馬要請に伴い、信長は重臣たちに出陣の用意をするよう命じた。

光秀も、信長の命に従って坂本城に戻り、十日のうちに準備を整えた。

その間、光秀のもとに、信長からの使者が訪れ、主の命をこう伝えた。

「出雲《いずも》と石見《いわみ》の二ヵ国を与えん。しからば、丹波と近江一郡は召し上げるとの由」

毛利から領地を奪い取っていい、という命令であった。代わりにそれまでの領地を取り上げる。いずれも織田一門に分け与えるつもりであることがわかった。

まだ獲得してもいない土地を与えるという。ともすると放逐《ほうちく》するかのような言い方だが、むしろそれが織田家の常道だった。丹波にしろ近江一郡にしろ、そもそもそうして獲得していったものだからだ。

攻略すべき道はまだまだ残っている。領地も、一国一郡持ちから、二国持ちへと拡大されるのだから出世だった。信長は光秀を咎めているのではなく、慰め、励ましていた。そして、

(もう貴様に戦はさせぬ)

それが、信長から与えられる最後の栄誉というわけだった。

あるいは、これまでの光秀の働きを考慮しての、手切れ金だった。

光秀は諾々《だくだく》とその命を承《うけたまわ》ったと告げて使者を帰した。

自身は、坂本城から丹波亀山《かめやま》城へと軍勢とともに移動した。そこでしばし兵を待機させ、戦勝祈願のため愛宕山に登り、腹心の者たちに連歌師《れんがし》を交え、連歌を詠んで奉納した。

気力の失せた、呆然とした思いでいたため、奉納したのが、どんな歌であったかも思い出せなかった。

それから光秀は、習慣として何度かくじを引いた。幾つも引いて、より精密に吉凶を見て取るのが武将の習いである。いつもは一つ引くたび、神経を張り詰めさせて神意をはかるが、もはや吉凶に興味がなくなっていた。身は虚脱しっぱなしで、心は麻痺したように何も感じなかった。

だが、最後に引いたくじを開いた瞬間、はっとなった。

真っ白な紙がそこにあった。

何も記されていない。神社の者が、うっかり白紙のまま入れてしまったものであろうか。そう理性は考えたが、心はその純白の紙に引き寄せられた。ふいに鼓動が身中に響き始め、やがてこれこそ神意であるという驚くべき確信に襲われていた。

脳裏に、いつか見た、かるたの絵図が舞い飛んだ。

天下に、五畿七道の上に、真っ白い札が浮かんでいるのが見えた。何も描かれていない、どのような札の代わりにもなれる、鬼札である。

――下克上とは道を作ること。

急にそんな考えがわいた。まったくその通り。自分は主君のため、おびただしい道を整備してきた。この京でも。五畿七道に通ずる道を。天下への道を。

ふと、今いる場所を見回していた。愛宕大権現《だいごんげん》。そこからやや離れた場所に亀山城がある。ゆっくりと東を向いた。木々に隠れて見えなかったが、その先に、京の町が広がっていた。

そこに信長がいる。

諸将に軍勢の準備を命じたことから、信長自身は僅かな手勢のみで上洛していた。そして毛利勢との戦いの前に、上洛時の常として本能寺に逗留《とうりゅう》し、公卿衆や商人たちと面談しているはずであった。

どくっ、と鼓動がひときわ強く身中で響いた。

(貴様は、戦に向いておらぬのよ、キンカン)

己に絶望をもたらした声がよみがえった。

にもかかわらず、その声に心が昂ぶり、総身に血気がわくのを覚えていた。

――戦に向いている人間など、どこにいる。

あるいは、向いていない人間など、どこにいるのか。戦が人の本性なら、なぜ平和など求めるのか。平和が人の本性なら、なぜ戦など起こるのか。人はどちらでもあって、どちらでもないのだ。万人がそもそも泥土の中におり、それゆえ、まばゆいものに惹かれて動くに過ぎないのではないか。戦の泥土にあっては平和がまばゆく、平和の泥土にあっては戦がまばゆく見える。それだけのことではないのか。そして人にそう思わせる根源こそ、

――天下。

その想念に他ならないのだ。

支配も自由も、征服も融和も、天下という白紙の想念の内にある。過去も未来もそこに包含されている。武で獲ろうと、未知の政経がその獲得の手段となろうと、天下という想念そのものに変わりはない。自分はそのまばゆき想念を追い求めた一人の男の姿に、尊さと救済を、そして生の充実を見いだした。

その男が、ここにいるぞと呼んでいる。

いや、これこそまさに天のお告げというものか。

彼方《かなた》にいる男が、その手にしているものを、力ずくで獲ってみろと言っている。戦に向いているかいないか、試してみよ。このあとの政経において安寧の眠りにつ

くだけの人生が待っているのなら、今ここで眠りを破ってみせよ。

武将達を失望させない世を、お前が創ってみせよ。

──天下を取るべしと神が告げたもう。

光秀は白紙のくじをたたみ、懐《ふところ》にしまった。その手が興奮で震えていた。

家臣とともに山を下りながら、己の頭脳がめまぐるしく働き始めるのを覚えた。

頭は冷たく冴え、心は昂ぶり、身は急速に熱を帯びている。

亀山城に戻り、光秀はただちに準備と出発を命じた。本来進むべき中国方面とは逆の、京への道である。このことで兵を不審がらせないため、

「信長様が、我が軍の陣容と軍装を御覧になりたいとの仰せである」

と触れ回らせておいた。

そして軍勢を老《おい》ノ坂《さか》と呼ばれる場所へ向けて進ませると、その先にある分かれ道を前にして、いったん全軍に停止を命じて勢揃いさせた。そして馬首を右へ左へ向け、自ら下知して回り、三段の備《そなえ》を整えさせた。

「人数は何ほどであるか」

斎藤利三に問うた。

「一万三千は御座あるべし」

──よし。

とっくに知っているはずなのに、十分な兵力がこのときこの場にあることに感謝した。まさに神仏からの賜りものだった。

光秀はその軍勢から離れ、明智秀満を呼んだ。

「談合すべき子細あり」

と告げ、重臣たちを集めさせ、自分は床几《しょうぎ》にて待った。やがて集められたのは、斎藤利三、明智秀満、明智光忠《みつただ》、溝尾茂朝《みぞおしげとも》、藤田行政《ふじたゆきまさ》の五人である。彼らが揃い、無言で光秀の言葉を待った。

「我に叛意あり」

五人が瞠目《どうもく》した。だが驚きの声一つ漏らさない。一瞬で緊張を帯び、背筋をただして主君の説明に聞き入る姿勢を見せた。

どいつもこいつも、これぞ下克上を生きた者どもである。叛意、と聞いても動揺を見せるどころか、早くも血気を溢れさせている。

光秀は彼らにどう説明するかと思案する必要すらなかった。必要なのは命がけの確信である。それは武将において神がかりを示すことを意味した。この瞬間、思案は一切退けられ、ただ心が望むまま、神がかりの言葉を高らかに口にしていた。

「甲州征伐の折の無為、四国の儀、先日の打擲《ちょうちゃく》の一件、はたまたこたびの丹波召し上げ。上様におかれては、我が遺恨の種を存分に播《ま》いて下さったものだ。いずれにせよ、これらはすべて目出度《めでた》きことになるかもしれぬ。有為転変《ういてんぺん》は世の常であり、ひとたび栄えたものは、いつしか衰えるもの。ならば思う存分、老いたる命を楽しもうではないか。我は今宵《こよい》、たとえ一夜限りであろうとも天下を心ゆくまで楽しもうと決めた。お前たちが我に賛同せぬのであれば、この身一つで本能寺に乱入する。狼藉《ろうぜき》をもって上様のもとへ押し入り、この手で天下を奪ってくれる。かなわねば綺麗さっぱり腹を切って楽しむ。さあ、お前たちはどうする。上様は寡兵で本能寺におられる。今このときこの地にあって千載一遇《せんざいいちぐう》の好機に従い、天下取りに赴くか。それとも来た道を戻るか。ただちに選びたもう」

五人が、みるみる破顔した。凶暴な歓喜の顔である。どの男も立派な武将の顔だった。主君が天下を取ると決意し、血を滾《たぎ》らせない臣下などいるはずもなかった。

「まこと目出度し！」

「今より上様とお呼びしましょうぞ！」

「それがしも、この世を存分に楽しみとう存じます！」

五人が喜びの声で応じ、早々に、段取りを決めてくれと光秀を急かした。戦いを口にするからには光秀の脳裏には緻密な戦略があるはずだと考えているのだ。

光秀は言った。今は六月一日である。夜は短く、残り五里の道のりを急いで進み、黎明《れいめい》には本能寺を取り囲んで準備を整え、すぐさま片をつけるべし——五人がその意見に賛同した。一帯の軍道を整備したのは自分達である。誰もが正確に進路を思い描くことができた。細かい点を素早く確認すると、みな堂々たる足取りで各隊の持ち場へ戻った。

再び軍勢が進み始めた。長く一列になって進んだのではなく、三手に分かれての行軍であった。それぞれ、光秀、秀満、光忠が率いた。

いずれも、ほとんど火を焚かず、馬のいななきを抑えるため布を嚙ませるなど、完全な奇襲の態勢で進んだ。やがて光秀の一手が沓掛《くつかけ》に至り、そこで兵に小休止を命じるとともに、先遣《せんけん》を放った。この者に、光秀はこう命じた。

「味方の中には、本能寺に我らのことを知らせに行く者があるかもしれない。もしそのような者を見つけたら斬り捨てよ」

安田国継《やすだくにつぐ》という先遣を担ったこの男は、途上、暗いうちから畑に出ていた農民たちを見つけた。そして、万一のこともあると判断し、何も知らない彼らを片っ端から斬り捨てた。それが、この変事における最初の死者となった。

先遣を放ってのち、ほどなくして進軍が命じられた。そして桂川《かつらがわ》に達したところで、光秀は上士下士に軍令を出した。

「馬に履かせた沓《くつ》を捨てよ。兵は草鞋《わらじ》を足半《あしなか》に履き替えよ。鉄砲足軽は火縄を一尺五寸とし、両端の口火を切り、五本ずつの火先を逆さまにして下げよ」

光秀らしい、具体的で誤解の余地のない指示であった。丹波平定ののち、光秀は同じ要領で独自の軍法を作っていた。地方によってばらばらだった枡《ます》の基準を統一させ、石高に合わせて賦役を課すなど、それまでにない軍事の基準を定めたのである。

そうした統率の工夫が、このとき最大限に発揮され、この突然の戦闘態勢に動揺する兵は皆無といってよかった。いったいどこの誰を討つための行軍かまったく知らされないまま、誰も逆らわず進み続けたのも、具体的な指示に従うという単純明快さが、根本的な疑念すら忘れさせてしまうからだった。

彼らは土地から引き離され、一単位として軍に組み込まれた者達である。かつて上杉謙信が編み出したという五種編成による兵法と、その特質を、光秀もまたしっかりと磨き上げている。

あるいは上杉氏以上に、光秀は人間の習性を知り尽くしていた。何ヵ国も渡り歩いて得た知見が、人々を無慈悲な殺戮《さつりく》機械に変えるための工夫をもたらしてくれていた。

(穏和だった貴様を血泥の道に引き込んだ)

渡河《とか》を命じたとき、またぞろその言葉がよみがえった。その通りであろうとなかろうと、もはや無意味だった。この十年、自分もまた何万という人々を殺戮者に変えて血泥の道を進ませてきたのだから。

軍勢が桂川を越えると、光秀はそこで初めて、目指すべき戦地を伝えた。

「――我が敵は、本能寺にあり」

そして伝令に指示し、自分が口にした通りのことを触れ回らせた。

「今日より殿は天下様にお成りになる。下々の者は草履取りにいたるまで勇み悦ぶがいい。侍どもは彼の地での手柄次第で、恩賞は思いのままである。兄弟や子がある者は跡継ぎのことは心配するでない。たとえ兄弟も子もない者であっても、必ず縁者の筋を探し出し、間違いなく跡を継がせよう。迷うことなく忠節を持って戦う者ほど、高く処遇される」

敵が誰かもまともに教えない。徳川を倒すらしいと兵が勝手に推測するに任せた。必要なのは、兵どもに、たとえ死んでも不安はないと言って聞かせることだ。自分の死も敵の死も、等しく彼らの利益になると信じ込ませる。兵どもから人間らしい思考を奪う、最後のひと工夫であった。

光秀は己が率いる一手を、丹波口から洛中へと進攻させた。このとき斎藤利三は先手の大将として働き、南北の通りにある木戸門を押し開かせた。また、大勢が街路で渋滞して進軍が遅れたり、騒音で市民に感づかれたりせぬよう、さらに兵を分散させて進ませた。

兵どもの大半が、本能寺がどこにあるかも知ってはいない。だが京の町は碁盤の目のごとく道々で区切られているため、要所要所で案内役がいればよかった。兵は合流地点を見失うこともなく、速やかに、かつ可能な限り静かに、目的地へ向かうことができていた。

三手に分かれて進んできた軍勢が、洛中で再び一つになった。本来であれば不可能な道行きである。出兵直後だからこそ行軍も奇妙に思われない。信長が彼方の地に、遠い未来に、その知略を働かせている今このとき、本能寺周辺は無防備そのものだった。

――これが、わしの桶狭間ぞ。

かつて信長が巨獣相手に打ち勝った話は幾たびも本人の口から聞いている。巨大な相手には、地の利を最大限に活かし、天の利を求めて五感を研ぎ澄ましながら、的確に敵の急所へ全兵力を差し向けねばならない。

やがて空が白み、六月二日の黎明《れいめい》が訪れたとき、その本能寺を、殺意に満ちた軍勢がびっしりと取り囲んでいた。

光秀の計算通りの到着であり、包囲完成だった。暗いままでは討ち損じる可能性が高くなり、といって明るすぎれば事前に察知されてしまう。まことに最適たる軍勢展開であった。

「いざ攻めん！」

光秀の号令とともに、兵が鬨《とき》の声を上げて四方から攻め入った。

本能寺は、いわゆる寺ではない。砦に等しい構造を有している。その門に、橋に、兵が殺到した。庭へ駆け入り、たちまち蟻がたかるように土塁や塀を乗り越えてゆく。

光秀は馬上から見るその光景に、かつてなく心昂ぶり、視界がうっすらと赤くなるかに思えるほどの血気を味わった。義昭とともに本圀寺《ほんこくじ》に立てこもったときのことが脳裏をよぎった。果たして信長とその側近たちは、いかなる抵抗を見せるのかと、敷地の外から見守り続けた。

早くも、先手が堂内に侵入したことが伝えられた。だが、坊舎はほとんど無人で、あちこち蚊帳《かや》が吊されているだけで誰もいないとか、数人ほど討ったという声が伝わってくるだけだった。

――上様は本当にここにおられるのか。

そんな不安が芽生えるほど、抵抗を受けたという知らせが来なかった。京には信忠もおり、妙覚寺《みょうかくじ》に宿泊している。信長はそちらにいるのか。決して討ち漏らすまいとして、一ヵ所ずつ攻めたことがあだになったのではないか。そういう不安を押し殺し、ただ待った。

そしてついに、厩舎《きゅうしゃ》、本堂、御殿で戦闘が起こったと立て続けに報告が入った。

そのうち、御殿の方から、さらに喜ぶべき知らせが来た。

「敵将と思《おぼ》しき者あり！　白き単衣《ひとえ》に弓を持ち、手勢とともに御殿にて応戦とのこと！」

ぱっとその光景が光秀の脳裏に浮かび上がった。

群がり来る軍勢へ、果敢にも天下人たるその身を顧みず、自ら弓を取って立ち向かう。

かつて兵卒とともに野営し、自ら斬り込み、声を上げて戦った、若き日の信長そのままだった。

──見たい。

光秀は心からそう思った。かつて信長が今川義元を討ったときのように。いや、単に領地を守った信長と異なり、光秀の場合は正真正銘の下克上であった。その感激は強烈なものとなり、気づけば見開いた双眸《そうぼう》から涙が溢れていた。信長は最期まで信長だった。光秀はそのことに感謝した。初めて、自分が信長から天下を奪おうとしているのだという実感に襲われた。

（いかなわしでも、この先の政経は創れぬ）

果たして己はどうであろうか。この国にとどまり、子々孫々の天下を支えろと命じられた己は。

流れ出る涙をなんとか周囲に気づかれぬまま拭ったとき、決着を知らせる報告が来た。

「敵将と思しきかの者、弦切れ、十文字の槍持ちて抗うも、手傷を負いて退き、そののち御殿の内より火が起こってございます。首をとらんとしてお味方がいよいよ攻め立て、火勢強きところへ乗り入れんとしております」

「深追いせず取り囲み、出てきた者を討ち取るよう伝えよ」

光秀はそう告げた。そもそも一斉攻撃の際、討った者の首級は一切捨て置くよう命じてあった。

本来であれば、なんとしてでも信長の首を取らねばならない。だがそうする気は起こらなかった。これまでと悟れば信長はただちに自害し、自ら火を放つことも想像できた。

——上様は天下と一つになられる。

信長の肉体は今日限りで消える。だが代わりに、万人がその姿をとどめ続ける。そして己が、その存在を神君《しんくん》として称えるのだ。そこに首など不要だった。今川義元の首も、信長は今川方に返したではないか。むしろ無い方がよかった。

御殿の方から、幾筋もの炎と煙が立ち上るのが見えた。塀の向こうで、それは巨大な塊となって、天を焦がさんばかりに燃え立ち、稀代の英雄の魂魄《こんぱく》を天に届けた。

光秀は馬首を返した。まだまだ仕事が残っている。子らを、未来を滅ぼすという仕事が。信長の嫡男である信忠を討つ。その首も、取らせる気はなかった。父子ともども英霊としてこの国にとどまり続けてくれればそれでよかった。

信忠は妙覚寺にはいなかった。本能寺での戦闘を知り、誠仁親王の住まう二条《にじょう》御所に移ってそこに立てこもった。京都奉行であった村井貞勝《むらいさだかつ》もそこにいた。二条御所を包囲させた光秀は、貞勝の提案に従い、使者を通して誠仁親王とその側近たちの解放を約束した。

そうして、やんごとなき人々が去ってのち、再び号令を下した。たちまち大軍が寡兵に襲いかかったが、本能寺の時よりも苦戦することとなった。信忠が父に負けじとしてか、自ら矢面に立って戦い、精鋭揃いの側近がこれに従って猛烈な抵抗を見せた。

これに対し、光秀方は、隣接する近衛前久《このえさきひさ》の屋敷に兵を侵入させ、その屋根から鉄砲と弓を浴びせかけた。ついでおびただしい火矢をもって御殿に火を放ち、信忠方をいぶり出しにかかった。

信忠は父と同じ道を選んだ。自ら火をかけさせて敵を足止めしたのである。

御殿の内部の状況を知ることができなくなったが、信忠が自刃して果てたのは確実だった。光秀は、延焼せぬよう兵士に手だてを命じた。そして、逃げ延びた信長勢・信忠勢を狩り出すよう告げた。強敵は一人も残さず討ち取るのが織田家臣団の慣例である。かくして血に飢えた殺戮者たちが、落人《おちうど》を追って町々を駆け、戸を破って回った。

本能寺と二条御所は燃え、稀代の英傑とその子が滅び、京は混沌の騒ぎに見舞われた。光秀は生まれて初めて、自らの決断でその身に血泥を浴びた。それこそまことの栄誉と信じた。

――我、鬼札として天下を取れり。

光秀は懐に手を入れ、愛宕山で得た白紙のくじを取り出そうとした。己に神意をもたらしたその品を生涯のお守りとするつもりであった。

不思議なことに、二度三度と探ったが、くじは見つからなかった。

夢か幻のように跡形もなく消えていた。

光秀は意味もなく周囲を見回した。その頭上では旱天《かんてん》に黒煙が漂い、どんよりと陽を翳《かげ》らせていった。

一代の栄光——明智光秀

池波正太郎

夢魔の十五日間

明智光秀が、織田信長麾《きか》下の武将として丹波を経略したとき、八上《やかみ》城へ立てこもる波多野秀治《はたのひではる》兄弟の抵抗に手をやき、

「わが老母を人質として、そちらの城へ入れようから、心を安んじて城を明け渡し、右大臣（信長）に従うがよい」

ついに和談を申し入れ、波多野兄弟もこれを承知し、光秀の老母と引きかえに城を出て信長のいる安土《あづち》へとやって来たところ、信長はいささかの容赦《ようしゃ》もなく、兄弟を磔《はりつけ》にしてしまったという。

だから当然、光秀の母も波多野方の手にかかり、光秀の見ている前で殺されてしまい、光秀は、この信長のとった過激な処置に対する怨恨《えんこん》をふかく胸に蔵し、これが後に、本能寺における叛逆《はんぎゃく》の素因の一つになった……というのは通説だそうな。

しかし、信ずべき史書には、光秀の老母の記述などがまったく出ていない。

七年も前（昭和三十五年）のことだが、筆者が芝居の脚本を書いていたころ、松竹の依頼で「敵は本能寺にあり」というシナリオを書いたことがある。

亡くなった大曾根辰保《おおそねたつお》監督が松本幸四郎の光秀で撮《と》った映画だったが、このときも、光秀の老母を出すか出さぬかで、いろいろもめたが、芝居としてはおいしいと

ころなのだし、どうも光秀同情のテーマでやることだし、「やっぱり、おふくろを出そうや」

と、いうことになった。

このとき、いろいろ調べて見たが、どうも光秀のおふくろさまの人質はなかったものと見てよい。

高柳光寿博士は、その著『本能寺の変』において「これらの話は、みな俗書・悪書の類《たぐい》のいうところで、まったく信用のできない話である」と、いわれている。光秀が主人を出せば家来たちの命は助けようと、ひそかに調略を行なったというのである。

ともかく、八上城が落ちたころから三年間は、信長も天下制覇《てんかせいは》を目前にして破竹のように勢力を伸長し、天正十年（一五八二）春には武田勝頼を討滅して、いよいよ中国征討に向かうことになった。

武田を討って甲斐から安土へ戻った織田信長は、一息する間もなく備中・高松城を包囲している羽柴《はしば》秀吉をたすけ、一挙に中国を平定すべく、安土を発して京へ入った。

先発を命じられた明智光秀が、とつじょ、京都・本能寺の宿所に信長を襲ってこれを害したのは六月二日の未明であった。

そして早くも十三日には、疾風のごとく中国から引返した秀吉の軍に敗れ、光秀は近江《おうみ》へ逃がれんとして小栗栖《おぐるす》の竹藪の中で土民の槍に刺されて死ぬのである。営々と築き上げて来た戦国の武将としての地位も人生も、明智光秀は、この夢魔のような十五日間にすべてを失ってしまったのだ。

だが、織田信長という偉大な人物を殺したことによって、光秀の名は不朽のものとなった。もしも光秀が、どこまでも信長の家臣として忠実に歩みつづけていたなら、信長はなおも十年は生きて天下に号令し、したがって秀吉や家康にも影響は甚《じん》大《だい》であり、時代の様相は別のものとなって展開したろう。そして光秀はと考えて来ると、またおもしろい。おそらく彼は忠実な一大名として信長や秀吉のために、表にはあらわれない仕事に黙々とはたらきつづけ、後代、映画の主人公になるような足あとを歴史に残してはいなかったに違いない。

明智家系諸説

明智光秀の家系については種々の説がある。

太田亮博士によると——。

明智氏は、美濃国《みののくに》・可児郡《かにぐん》・明智村より起る。この地は中古、石清水《いわしみず》領・明知庄のあったところで、明智氏は土岐《とき》・木田の二氏族から出ているが、光秀の家は前者土岐氏の支流である、という。

美濃国・明知は、岐阜市の東方約十里にあり、多治見・美濃太田間の〔太多線《たいた》〕広見駅から名鉄に乗り換え約十分で御嵩《みたけ》町へ着くが、この近くの顔戸《ごうど》というところがそれである。

『尊卑分脈』によれば——。

源頼光七世孫・土岐光行——光定——頼貞——頼基——頼重（明知彦九郎と号す）とあって、これが明智氏の祖ということになる。

また『土岐系図』によると——。

源頼貞から頼清——頼兼となり、この頼兼が明知二郎と号している。

また『新撰美濃志』によれば——。

明知彦九郎頼重は土岐五郎頼基の子で、美濃国・土岐郡・明知郷を領し、頼重はじめて明知と号し、その子—知十郎頼篤《よりあつ》から、国篤——頼秋——頼秀——頼弘——頼定——頼尚《よりひさ》——頼典《よりのり》——光隆とつづき、そして光秀につらなる。

そしてさらに、これは光秀の家系として一般に用いられているものだが——。

源頼光——光信——光行（中略）明智七代・明智十兵衛光継とあり、その子光綱（下野守《しもつけのかみ》）の子が光秀になっている。

このころの戦国大名たちの家系については、ここにのべるまでもあるまいが、どちらにしても正確は期しがたいものが多い。

光秀の生いたちにしてもそうだ。

或いは若狭国《わかさのくに》の刀鍛冶《かたなかじ》の子であったともいい、美濃・土岐郡の桶屋の子であったともいう。

だが、明智光秀という武将の人柄や教養という点から推して見て、彼が明知郷の領主の子として生まれたという説をとっておきたい。

稲葉山城主の斎藤道三が、弘治元年（一五五五）に息・義竜《よしたつ》と争い、翌二年二月に戦死をとげたとき、明智勢は道三方に味方し、落城と共に光秀は逃がれ、以後、諸国を流浪・遍歴《へんれき》することになった。

光秀が、永禄の末ごろに、朝倉義景の下に庇護され、さらに織田信長へ仕えるようになるまでの約十年ほどは、足跡《そくせき》不明であるといってよい。

このころの信長は、徳川家康と手をむすび関東の北条、甲斐の武田、越後の上杉などの大勢力を後手に押さえつつ、義父・斎藤道三の居城・稲葉山へ入って、これを岐阜と命名し周辺の国々の経営に、すさまじいほどの精力的なうごきを見せていた。

天下人となるためには、京をおさめ、皇室の安泰をはからねばならぬ。

上洛は戦国大名の最後の目標であったが、信長はこの点、もっとも有利な近距離にあった。

当時の足利《あしかが》将軍義昭は、名のみの将軍であって、諸方の大名の下へ身を寄せては援《たす》けを乞うありさまなのである。

信長はまず将軍を助けて天下を平定するというかたちのもとに、皇室とも関係をむすんだ。

岐阜と京都の間に、または将軍と信長との間に、明智光秀が果たした外交的な活躍は、かなり目ざましいものがあったといわれている。

「天下は信長のものだ」

と、光秀は見きわめをつけていたのであろう。

将軍・義昭は、その後、信長の抬頭《たいとう》ぶりの激しさを見ると、中国の毛利氏をはじめ近江の浅井、朝倉氏などとも手をむすんで信長に反抗するようになる。

義昭は、武田信玄にも通じて、信長の後方をおびやかそうとしたり、さらに、三好、松永氏などと同盟し、本願寺とも通じ、しきりに信長の勢力を崩そうとした。

天正元年（一五七三）四月――。

信長は、柴田勝家、細川藤孝、荒木村重などに命じて京へ入り、義昭が入っている二条城を包囲した。

このとき、明智光秀も一部将として参加している。

将軍は結局、天皇に泣きつき、天皇は双方の間に入って調停されたが、結果は将軍義昭の無条件降伏ということになった。

かくて義昭は追放され、室町幕府の残照はまったく消滅する。

また、この年には英雄・武田信玄が病没したし、織田信長にとっては、まことにめでたい年であったといえよう。

このころ、明智光秀は信長から近江国の内十万石をあたえられ、坂本の城主となっている。

牢人時代の光秀については不明なのだが、そのころに蓄積した彼の武人としての教養は衆にすぐれたものであったらしい。だからこそ、信長は惜しむところなく光秀を抜擢《ばってき》し、その功にむくいたのだ。

信長は、役にも立たぬものを家来にしておくような生ぬるい性格ではない。

いや、昨日まで役に立っていても、今日は無用のものと知れば容赦なく、これを打ち捨ててかえりみないであろう。

尾張の一城主の子と生まれて、秀吉・家康の天下平定の土台をきずいた信長である。桶狭間《おけはざま》に今川の大軍を破った豪胆機敏な若き日の彼の性格は中年になってなおも強烈なものとなり、目ざす理想に向って猛然と進みつづけた。

役に立たぬものなら、たとえ我子でも許さぬ信長なのだから、これに仕えて出世をするということが、いかに瞬時の油断もゆるされぬ活動を要求されることか――。

明智光秀にとっても必死の数年間であったろう。

光秀は歌をよむし詩も詠じ、茶道にも通じている。

それでいて戦さをさせても相当にやれる。

信長は、光秀と秀吉という二つの車輪をたくみにつかい、思うさま活躍せしめたようだ。

天正元年七月――。

光秀は従五位下・日向守《ひゅうがのかみ》に任ぜられ、信長の推輓《すいばん》により朝廷から〔惟任《これとう》〕の姓をさずけられている。

ともかく織田信長は、

「光秀は掘り出しものじゃ」

と、寵遇《ちょうぐう》ただならぬものがあったし、光秀もまた懸命の忠義をつくしたのだ。

謀叛まで

さて――ここで光秀の丹波平定にもどる。

八上城攻略成ると、あとはスムーズに諸方の城も落ち、信長も大よろこびで、

「丹波平定は、すべて日向守のはたらきによるものである」

と、ほめたたえ、近江十万石に合せて丹波をあたえた。

このとき、明智光秀は五十二歳になっている。

翌年には永い間、手をやいていた本願寺との講和もととのい、本願寺光佐は摂《せっ》津《つ》・石山（大坂）を退城して行った。

一方では、徳川家康が信玄亡き後の武田勢を圧迫しつつあるし、秀吉を差し向けてある中国方面の戦況も有利に展開しつつある。

信長は、

「もう一息――」

と、思ったことである。

天正十年（一五八二）春――。

織田・徳川の連合軍が甲州に攻め入った。

ここに武田氏は滅亡する。

本願寺といい武田といい、永年にわたって信長を苦しめていた大敵の息の根が一度に止まったのだ。

残るは、中国の毛利氏のみであるといってよい。

中国を平定すれば、信長の勢力は京都を中心にして日本の中央にゆるぎないものとなり関東以北や九州の大名たちは必然、従属せざるを得ない。

信長は、意気揚々と甲州から安土の居城へ凱旋《がいせん》をした。

これが四月の末である。

羽柴秀吉は備中・高松城を包囲していたが、

「右大臣様おんみずから御出馬下されたし」

と、いってよこした。

高松城には清水宗治が入っており、秀吉の水攻めにも屈せず、しかも毛利輝元、小早川隆景、吉川元春など毛利一族が大軍を発して秀吉の後面をおびやかしている。

さすがの秀吉も音《ね》を上げたらしい。

「猿めが泣き出したそうな。よし、出て行ってやろう」

信長は莞爾《かんじ》として中国出動の命を下した。

このさい、一挙に毛利勢を破砕してしまうつもりであった。

ちょうど、徳川家康が安土へ遊びに来て、信長は、家康の甲州攻めの功労をふかくねぎらい、家康の饗応《きようおう》役として、明智光秀をあたらせた。

光秀が、この饗応役に失敗して、信長の激怒をよび、頭をなぐりつけられたなどという挿話《そうわ》は、すべて、光秀の怨恨説にむすびつけたもので、信ずるに足らぬということになっている。

しかし接待役を免ぜられ、ただちに中国出陣を命じられたことは確かだ。

これが五月十七日である。

これから約半月後に、信長は光秀の叛逆《はんぎやく》にあうわけだが、この半月の間に光秀の胸のうちに芽生《めば》え、はぐくまれた謀叛《むほん》の決意については、文学の上において、すでに種々な解釈がなされている。

一に怨恨説。

二に、ライバル秀吉に対処するため、絶好の機を得たいま、信長を殺して天下をつかみ秀吉を屈服させてしまおうとしたこと。

三に、永い間、胸の中にひそんでいた天下制覇《せいは》の夢が、とつじょ、かたちをなして行動を呼んだこと。

四に、一、二、三のすべてが一しょになって光秀に決意をさせたこと。

文学上の解釈は自由であるが、ともかく、中国出陣の命をうけて、光秀が坂本の城へ帰ったときには、彼も別に謀叛をするつもりはなかったに違いない。

坂本から亀山の城へ彼が移ったのは五月二十六日である。

十七日から二十六日までの約十日間に、光秀は坂本にいて出陣の準備に多忙をきわめたことと思われる。

坂本から安土までは琵琶湖《びわこ》の岸辺を通って約十余里の行程だから、光秀も何度か騎乗の士を安土へ差し向け、出陣の打合せを行なったと見てよい。

むろん、信長からの指令もとどけられたろう。

信長が、わずかな供廻《ともまわ》りをつれたのみで、まず京へ入り本能寺へ泊し、諸将の集結と歩調を合せて出陣することも、光秀の耳へ入った。

二十六日に亀山へ入った光秀は、翌二十七日に愛宕《あたご》山へ登り参籠《さんろう》をした。このときすでに光秀は、信長がわずか三十人ほどの供廻りを従えたのみで、二十九日に京都へ入る予定を知っており、

（謀叛《むほん》すべきか否か……）

に迷いつつあった。

光秀は何度も〔みくじ〕を引いたりして落ちつかぬ様子だったという。

二十八日は、愛宕山の西ノ坊へ滞在し連歌師・里村紹巴《じょうは》たちと百韻の連歌をおこなった。

このとき、光秀が、

「ときは今、あめが下しる五月《さつき》かな」

と詠み、西ノ坊主《あるじ》が

「水上《みながみ》まさる庭のまつ山」

と受け、紹巴は、

「花落つる流れの末を関とめて」

と詠んだ。

光秀物語にとって有名な場面である。

光秀は、ここで、はっきりと謀叛の心を表明している。

「あめが下しる」というのは〔天下を取ろう〕という意味だ。

西ノ坊や里村紹巴が、この光秀の句をうけて詠んだ句も、光秀の決意を察していたものと思われる。

ということは、光秀の謀叛が、この二人にとって突然のものではなかったということだ。

光秀もまた、心をゆるした二人に、こうした決意を句にふくめて表現したということは、それまでの信長と自分との関係を西ノ坊も紹巴も、よくよく知っていてくれていたという土台があったからであろう。

「いよいよ、やるぞ」

と、光秀はいい、二人は、

「わかっております」

と、受けたのである。

光秀と信長との間には、史書にあらわれてはいない何ものかが存在していたのであろう。

それも、一方的なものであった。

なぜなら、信長はいささかも光秀の謀叛なぞを思っても見ず、無防備にひとしい供廻りで京都へ入って行ったからだ。

このことは——愛宕山を下って亀山へ帰り、六月一日の夕刻になって、とつじょ出陣をふれ出し、

「右大臣が陣立の様子をごらん遊ばされる」

といい、全軍を亀山の東方に集結させ、光秀が五人の重臣に謀叛の事を打ちあけたときの模様を見ても知れる。

光秀の聟《むこ》でもあり重臣でもある明智左馬之助光春（秀満ともいわれる）は、養父・光秀の決意をきくや、

「一度、口外をされたからには、あとへひかれませぬ」

と、答えた。

この光春の言葉には、実行へのおどろきはあっても、光秀の叛逆を不審《ふしん》と思うふくみはない。

思うに、家臣たちも光秀が信長へ対する心の推移《すいい》を承知していたように思われ

る。

内攻的で、文武の教養もふかく、つつしみぶかく忠実な光秀の胸中には、光秀とは、まったく対照的な信長の激性的な鋭敏な、そして非情な性格に向けられた何物かが鬱積《うっせき》していたのであろう。

信長は、なるほど光秀を重く用いはしたが用い方も乱暴であり、ほめるときは思い切ってほめあげても、叱るときは知識人の光秀が耐えかねるほどの叱り方をしたのではないか。

『太閤記』や『明智軍記』その他にのせられているいくつかのエピソードは、たとえ事実ではないにしても、二人の関係をよくあらわしている。

前にのべた光秀の母の件もそうであるし、刀をつきつけたり、頭を押えてなぐりつけたり、口をきわめて罵倒《ばとう》したり、これでは光秀が恨むのも無理はあるまいというほどのいじめ方をしている。

こしらえた話だとしても、ある程度、信長が家来をつかうありさまがしのばれる。

内攻的な光秀だけに、

（この殿の下《もと》にいては……）

行末どうなることか——もしも自分に少しの失敗でもあったときは、どうなることか知れたものではないという不安もあったろう。

興味ある生存説

本能寺に、みごと信長を討ち、さらに二条御所に信長の長子・信忠を討った明智光秀の、いわゆる〔三日天下〕については、くだくだしくのべるまでもあるまい。

いま信長を討てば、そのまま信長の〔遺産〕をつかみとることができると、光秀は思っていたのだろうか——。

備中にいたライバル羽柴秀吉の、あまりにも早い行動は予定にいれていなかったとしても、光秀は、みずからの政治的な工作によって諸国大名を手もとへ引きつけることができると信じていたのだろうか……。

それにしては、あまりにも山崎における敗戦は、みじめなものであったといえよう。

光秀の女聟《むすめむこ》である細川忠興《ただおき》さえも、舅《しゅうと》の光秀へ味方することをこばんでいる。

光秀も一応は近江を平定し、信長の居城だった安土の城へ入り、さらに秀吉の居城・長浜をおとし入れた。

けれども、今までは光秀の麾下《きか》にあった大和の筒井順慶や茨木の高山重友でさえ、光秀を裏切り、秀吉方へついたのであるから、いかに光秀が天下人の器量をそなえた人物に、ほど遠い男であったかが知れよう。

織田信長にしても、光秀が謀叛《むほん》するなぞということは夢にも考えたことはあるまい。

その点では、光秀を全く問題にしていなかったのだ。

だからこそ、京都とは目と鼻の先にいる光秀の軍勢の存在を危険視することもなく、うたがうこともなく、まるで安土の居館へ入るのと同じような無防備と安心をもって本能寺に泊《はく》したのである。

信長は、光秀を信じ切っていたといってよい。

「おれあっての光秀じゃ」

と、いうことなのだ。

それにしても、信長の死を知るや電光のような速さで毛利氏と講和をむすび、あくまでも信長の死を秘《ひ》して備中から引返し、早くも十二日には、山崎に光秀の軍と戦った秀吉の天才的な軍事行動力を、ほめあげねばなるまい。この秀吉の進出が、もっと遅れていたなら局面は、もっと変っていたろう。

近江を中心にして光秀の勢力もふくらんでいたろうし、それにまた光秀自身、得意の政治工作によって種々な手を打っていたに違いない。たとえ、そうなったとしても、光秀が秀吉に勝って天下をとるようになった、とは筆者には思えない。

とにかく秀吉の迅速《じんそく》な行動には、光秀もおどろいたことだろう。

明智、羽柴両軍の兵力は、それぞれ二万前後というところか——。

勝負は、たちまちにきまった。

十三、十四日両日とも明智軍は敗けつづけ、光秀は山崎の北東にある勝竜寺城へしりぞいたが、

「もはや、いかぬ」

近江へ残しておいた軍勢とともに戦うつもりで、夜に入ってから脱出をした。

坂本城へ向ったわけである。

このとき、光秀は近臣六、七名を従えたのみで小雨のけむる夜ふけに城をぬけ出し、羽柴軍の包囲をぐって脱出した。

伏見・大亀谷から山越えして小栗栖へ出た。大津へ向かうつもりであったが、ここで土民の襲撃をうけて倒れた。

光秀は、家臣・溝尾勝兵衛《びょうえ》茂朝《しげとも》に介錯《かいしゃく》をさせ、溝尾は光秀の首を藪の中に埋めて坂本へ逃がれたという。

光秀生存説というものがある。

これについては、「歴史読本」(昭和三十八年十月号・人物往来社刊)に、光秀の末孫といわれる明智滝朗氏が興味ふかい一文を草している。

重複はさけたいが、美濃や大阪府下に、光秀生存を裏づけるような遺跡《いせき》もあっ

て、これを明智氏が丹念にしらべあげたルポであって、これによると光秀の影武者となったのは溝尾勝兵衛ではないか、とも思われるし、また文禄年間に書かれた『明智旧稿実録』によると、柳川某という家臣が、光秀の容貌と酷似しており、これが身代りになったと記されているそうだ。

これを書いたのが明智光春の次男・千葉春道という人だそうだから、なお、おもしろくなる。

これらの史料の真偽について、筆者はのべる力はない。

しかし、七十五歳になった老光秀が、慶長五年の関ヶ原合戦に徳川方へ与《くみ》してはたらき、川に投じて溺死《できし》してしまったという話は、ますますおもしろい。

一夜の変貌

明智光秀には女三人、男二人の子がいたことになっている。

女三人のうち、一人は織田信澄の妻だ。

信澄は、信長の弟・信行の子である。本能寺の変の後、信長の三男・信孝によって殺されている。

次の一人は、荒木村安の嫁に、後に三宅弥平次の妻となった。この弥平次が明智の姓をもらい明智光春となるのである。この稿では、光春としたが高柳博士及び松平年一氏の『戦国人名辞典』その他では、明智秀満となっており、高柳博士には、秀満について記したたのしい歴史随筆がある。

秀満は、本能寺襲撃後、安土城守備に任じたが、山崎の敗報をきくや、ただちに部隊をしたがえて坂本城へ入り、光秀の妻子や自分の妻などとともに城へ火を放ち、自害をした。

もう一人の女子が、細川忠興室のガラシャ夫人であって、本名を於玉《おたま》という。光秀ほろびてのち、丹後の味土野《みとの》に押しこめられたが、やがて秀吉にゆるされ、めでたく忠興のもとへ帰った。彼女がキリシタンの洗礼《せんれい》をうけ、ガラシャと名乗ったのも、格別の悲劇を味わいつくした女性としてうなずけるものがある。

関ヶ原のとき、石田方が、徳川家康の会津《あいづ》征討に加わった諸将の妻を人質にしようとしたとき、彼女は夫・忠興の後顧《こうこ》となるをおそれ、大坂屋敷に火を放ち、自害をした。

男子は、光慶・十治郎・自然・乙寿丸の四人であるという説と、十五郎ほか一名という説がある。

後者が正しいことは、津田博士の例証によって、あきらかであろう。

光秀の嫡子は、まだ十三歳であったというから、坂本落城のときには、義兄の明智秀満に手をかしてもらい、死んだことと思われる。

秀吉は、十五日に光秀の首を実検した。

そして十六日には首を京都・粟田口に曝《さら》したという。

秀吉が、光秀の首を見あやまるはずはない。

とすれば、光秀生存説も成り立たないことになる。

明智光秀については、これからも正確な史料が出ないとはいえぬが、ともかく、彼の前半生——ことに信長の家来となるまでのことは、よくわからぬといってよい。

詩歌に長じ、朝廷にも通じ、すぐれた武将でありながら当時の一流文化人でもあったという光秀の全貌は、まだあきらかにされてはいない。ただし、彼のした〔謀《む》叛《ほん》〕は、まさに歴史の流れを変えさせた。

武田信玄や徳川家康や、豊臣秀吉にもできえなかったことを、彼はやってのけた。信長という巨大な光芒を彼は一夜のうちに倒した。

みずからの腕一つで、魔神のように戦国の世の流れを変えて行った織田信長の下で、何ごとにもさからわず、黙々として忠義をつくしつづけて来た温厚な男が、まさに一夜のうちに、といってもよいほどの変貌を見せて、猛然と立ち上がったのである。

謀叛の王者—明智光秀のこの変貌の底をさぐりつづけることは、興趣《きょうしゅ》つきぬものがあるといえよう。

忍者明智十兵衛

山田風太郎

一

沙羅《さら》が蒼《あお》い顔をして城からもどってきて、明智十兵衛《あけちじゅうべえ》という忍法者の話をしたのは、早春の或《あ》る夕方であった。

「なに、腕が生えておりましたと？」

と、書見台《しょけんだい》に向っていた土岐弥平次《ときやへいじ》はさけんだ。沙羅はうなずいた。

「ほんとうよ。ほんとうに斬《き》られた左の腕がちゃんと生えていたのです」

「作り物ではござるまいな」

「まさか。その腕で太刀もぬきましたし、裸になって見せもした。……肩のつけねに、赤い絹糸を巻いたような傷痕《きずあと》があったけれど、腕が生きた腕であったのにまちがいはありません。……それにしても、きみのわるい男……」

沙羅は身ぶるいしてつぶやいた。

弥平次は腕をくんだまま、なお秀麗な顔をかたむけていた。庭に梅は咲いているが、北国の春はなお寒く、一乗山や文殊山《もんじゅさん》から吹きおろす風は、腰からすうと底冷えさせる。

その明智十兵衛という四十ばかりの男が、この越前《えちぜん》一乗谷に、吹雪とともに飄《ひょう》然《ぜん》とあらわれたのは去年の暮のことであった。素性のしれない者がめったに一国の城下に入ることのむずかしい戦国の世にあって、彼がまもなく城主の朝倉義景《あさくらよしかげ》に目通りをゆるされたのは、重臣の中に彼を知っている者が少くなかったからだ。美濃《みの》国明智庄土岐下野守《あけちのしようときしもつけのかみ》といえば、小なりとはいえ一国のあるじであったが、十兵衛はその一子であった。ただし、土岐下野守は七、八年前斎藤道三《さいとうどうさん》に滅ぼされたが、そのとき彼はおちのびて、いままで甲賀の卍谷《まんじだに》という山中で、忍法の修行をしていたというのであった。

槍《やり》ひとすじで一旗あげようと諸国を放浪する男は雲ほどある。いろいろな兵法武術を宣伝して、その実、とんでもないくわせ者も少くない。それにしても、忍法を看板にするとは珍しい、と噂《うわさ》をきいて弥平次は苦笑した。むろん、くわせ者にちがいないが、それでも十兵衛がそのままひとかどの屋敷と五百貫の知行《ちぎよう》を朝倉家からあたえられたのは、十兵衛の系図以外の何物でもあるまい、そうかんがえると、弥平次はおなじ土岐の末裔《まつえい》だけに羨《うらやま》しかった。

土岐というのはもともと清和源氏《せいわげんじ》から出て、美濃の土岐こそいちじは守護職の地位をしめた名門で、明智十兵衛はまさにその正流であるが、弥平次の方は、土岐家がいつどこで分れたのか、系図もない生まれであった。彼自身は丹波《たんば》の小大名の家老の家来にすぎなかった。

ただ遠い先祖がおなじというだけの興味でみていた明智十兵衛が、ついに忍術をみせなければならない破目におちいったという話をきいたとき、弥平次は美しい顔に皮肉な笑いをうかべた。

十兵衛がどうしてそんな破目におちいったか、弥平次はよく知らない。しかし、忍法を看板にして仕官し、五百貫という知行をもらい、しかも本人がまだ年も四十になるやならずというのに頭の毛がうすくなりかかった、いかにも風采《ふうさい》のあがらない容貌《ようぼう》の持主ときては、城主の義景がいちどその術をみせよといい出したのもむりはない。忍術は修行したが、あれはあくまで下郎《げろう》のわざ、じぶんとしては別に軍学についても自信があるから、それによって御奉公したい、十兵衛はそういってやまなかったそうであるが、義景はきかずついに十兵衛が承知したのは、一ト月ばかりまえのことであった。

が、義景をはじめ、家臣や侍女たちをおどろかせたのは、ここにいたって十兵衛の吐いた言葉であった。

「殿のお刀を以《もっ》て、私の左腕をお斬りおとし下されい」

彼は影のうすい笑顔でこういったという。

「一ト月のちに、もういちどその左腕を生やしてごらんに入れる」

「たわけたことを――」

「とかげの尾、蟹《かに》の鋏《はさみ》はもがれてもまた生じます。とかげ、蟹に成ることが人に成らぬという法はござらぬ。……どうぞ腕を斬って下されい」

うす笑いしたその顔を見ていた義景は、ついにあごをしゃくった。小姓に佩刀《はいとう》をもてといったのである。

文弱という噂も他国にはあるが、何といっても、戦国大名にまちがいはない朝倉義景である。その一閃《いっせん》は水もたまらず、明智十兵衛は血けむりたてたおれた。左肩のつけねから断ちきられた腕は、どくどくと血を吐きながら、みるみる藍色《あいいろ》に変っていった。

腕は捨てて犬にでもくわせられたい。拙者のからだは長持に入れ、蓋《ふた》をとじ、一ト月ののちひらいて下されたい、そう注文したとおりに、失神した十兵衛はとり扱われた。

それから一ト月たった今日である。人々は城につめかけた。ふだん城に上らぬ重臣の女房娘も、これを見ることをゆるされた。家老黒坂備中《くろさかびっちゅう》の姪《めい》で、その寄人《よりゅうど》たる沙羅までが城にいって、その奇怪な忍者の首尾を見とどけてきたのはそのためである。

そしていま沙羅は、悪夢でもみたような顔色で、一ト月ぶりに蓋をひらいた長持の底に、そのあいだ一滴の水すらとらなかった明智十兵衛が、やや痩《や》せて蒼ざめてはいたものの、まさに二本の腕をぶらさげて、にゅーっと立ちあがってきた光景が、悪夢ではなく現実のものであったと報告するのであった。

「そんなばかな。……それはこうではありますまいか。つまり、一ト月まえ、殿様が腕をお斬りなされたとみえたは、実はそうみえただけのまやかしであった。……」

「それでも、斬られた腕は血をながしながら、ほんとうに残っていたという。――」

と、沙羅はいった。土岐弥平次はだまった。なんと判断してよいかわからない。しばらくまた、彼のただひとりの主人である美しい娘の顔を見つめていた弥平次は、彼女の顔色が、ただその忍者の腕への恐怖だけではないらしいことを感づいた。

「沙羅さま、まだほかに何かあったのではありませぬか」

「弥平次、そなたは近江《おうみ》小谷の浅井備前《びぜん》どのの御台《みだい》さまをご存じかえ」

弥平次は、沙羅があまり突拍子もないことをいうのでめんくらった。

「浅井どのの奥方、おお、織田弾正忠《おだだんじょうのちゅう》の妹御で、去年の春十七で浅井へ輿入《こしい》れされたという方ですな。たしか、お市《いち》さまとか――話はきいておりまするが、丹波の城がおちてから、そのままこの越前へにげてきた私が、左様な方を存じておるわけがないではありませぬか。……それが何といたしましたか」

「そのお方に、わたしがそっくりじゃという。――」

「だれがそう申しました」

「明智十兵衛どのが」

「明智どのが、浅井家の奥方を知っておるのでございますか」

「ここへくるまえに、しばらく尾張《おわり》の清洲《きよす》にいたらしい」

弥平次はふしんな眼で、沙羅のおびえた顔を見まもった。

「あなたさまが、浅井長政《ながまさ》どのの奥方に似ておる。――ふむ、それで？」

「あの明智という男は、ここの殿様と、もし腕が生えたら望みのものをいただくという約束をしたそうな。わたしはそれを知らなかった。あの男は長持を出ると、広間につめかけた人々のまえをあるきはじめた。が、そのわけをわたしは知らなかった。だから、あの男がわたしのまえに立っても、わたしはぼんやりとその顔を見ておった。すると、あの男の顔におどろきとよろこびの色がひろがって――この女《によ》性《しよう》は浅井備前どのの御台そっくりだ、殿、御褒美にはこの女人をいただき申す！　とさけんだのじゃ」

沙羅の顔がゆがみ、その眼にくやし涙がひかると、彼女はがばと弥平次のひざにつっ伏した。身をもんでいう。

「わたしは城にゆかなければよかった！」

弥平次は沙羅のうねる背中をなでさすった。さすがに一瞬驚愕《きようがく》の表情となったが、すぐにおちついた声でいった。

「それで、あなたさまは何と申されました」

「わたしは、わたしには夫がありまする、と思わずさけんで、そこをにげ出した。あとのことは知らぬ」

若い女が泣くときは、甘い花粉に似た匂《にお》いがむれたつようだ。しかし、波うつその背をしずかになでる土岐弥平次のきれながの眼は冷静な三十男のそれであった。

背中をなでられているうちに、沙羅はふいにおとなしくなった。やがて、うっとりとあげた眼は異様なうるみをおびている。ふかい息をついていった。

「弥平次、わたしがそのような辱めをうけるのも……おまえがわたしと祝言《しゆうげん》せぬからです」

「沙羅さま左様に仰せられますが、あなたは主筋、私は家来」

「そんな他人行儀なことを——そなたというひとは、どうしてもちまえのかた苦しさがとれぬのか。じれったいひと！　主筋という、なるほどもとはそうでありました。しかし、わたしの父は討死した。わたしの主家の安見《やすみ》家そのものがもう三、四年もまえに滅亡している。いまのわたしは天涯の孤児のようなもの、主と家来どころか、わたしはそなただけをたよりにしている女ではありませぬか」

「あなたには御当家、すなわち北国に名だたる守護職朝倉家の御家老黒坂備中守様という伯父御《おじご》があらせられます」

「伯父とはいうものの、その寄人として、このごろ迷惑がられておることは、そなたも知っているではないか」

「備中さまが面白からぬお顔をあそばされるのも、あなたさまが伯父御の仰せられるさまざまの御縁談を片っぱしからはねつけられるからでございましょう」

「それは、わたしがそなたが好きだからじゃ」

「そのお心はもったいのうござるが、主従そろって黒坂家の食客たるわれら、しかもあるじたる沙羅さまが、家来の私、しかも十ちかく年のちがう私にかかずろうて、伯父御の仰せをおききなされぬ。備中さまが御不快に存ぜらるるはあたりまえ、まして、それを知りつつ、私の口からあなたさまとの祝言など、なんとして申し出されましょうか」

「……弥平次、どこかへゆこう」

「どこへ。この麻のごとき乱世のどこへ」

「わたしはそなたの才智を信じている。——弥平次は生まれたところがわるかった。丹波の小大名の家老の家来などとは泥中《でいちゅう》の蓮《はちす》、もし一国のあるじに生まれていたら、天下をとりかねぬ男——と、生前の父上がしばしば申されたことを沙羅は忘れはせぬ。そなたほどの兵学者なら、どこへいっても働き場所がありましょう」

「左様な野心を起すには、私、十年、年をとりすぎました。私はもう三十二でござります」

「まだ若いではないかえ」

「ふふ、沙羅さまがおからかいなさる」

土岐弥平次の名剣のような端麗な顔に、自嘲《じちょう》と哀愁をおびた苦笑がかすめた。

「わたしは剣にも槍にもさして自信はござりませぬ。ただ、仰せのごとく、大軍をうごかす軍法にかけてはいささか自負することもございます。さりながら、大軍をうごかす地位には、いかに戦国とはいえ、一足とびにつけるものではありませぬ。それには系図が要ります」

「系図？」

「されば、あの明智十兵衛どのがこの一乗谷に参られるやいなや、ただちに五百貫の知行をたまわったに反し、ここにきて三、四年にもなる私は、いちどとして殿に見参《げんざん》がかなうどころか、日蔭の花のようにこの黒坂家の居候《いそうろう》として、だれもかえりみるものがないではありませぬか。すべて、系図の有無です。あなたさまに縁故ある朝倉家にしてすらしかり、況《いわ》んや、他国に漂泊するに於《お》いてをやです」

「それでは、弥平次、そなたはこの一乗谷で朽ちてゆくつもりか。そなたといっしよなら、わたしはそれも本望であるけれど――」

「いや、私こそ、この青い磨鉢《すりばち》のような谷で孫子《そんし》など読みながら老いてゆくのは、或《ある》いは性にあっておることかもしれませぬが、あなたさまは」

沙羅は身もだえしてさけんだ。

「あの醜い明智十兵衛という化物《ばけもの》の人身御供《ひとみごくう》になれといいやるか」

さすがに土岐弥平次は沈黙した。

二

丹波の城が三好勢《みよしぜい》に攻め落される前夜、弥平次の主人、すなわち沙羅の父は、どう思って沙羅を弥平次に託してひそかに落去させたのか。

むろん、愛する娘を死なせたくない慈悲心からにちがいないが、なぜそれを弥平次に託したのかとかんがえると、弥平次自身にもはっきりとはわからない。主人は、彼の前途を嘱望していた。彼の才能を買っていた。彼の人柄を信じていた。

――そこまでは、うぬぼれでなく、彼にもわかる。しかし、沙羅の父は、じぶんを沙羅の夫として見込んだのか、また沙羅の騎士として見込んだのか。

もし後者として望んだのであったら、おれはまことにその負託にたえたものだが、前者として望んだのであったら、いかんながら落第だ、と弥平次は微笑する。

沙羅の父の心事はさておき、いちばんわからなかったのは沙羅のこころだ。彼女は十ちかく年上の、身分のひくい弥平次をあきらかに恋しているのであった。

丹波から、彼女の伯父のいるこの越前一乗谷へおちのびてくるまでの苦難の旅、また伯父とはいえ、生まれてはじめて逢《あ》う人の多いこの国のこの家に住む心ぼそさから、ただ弥平次だけにすがる心が恋と変ったのか、はじめ弥平次はそう思った。しかし沙羅はちがうといった。落去の際、弥平次を供につけてくれと父にねがったのはわたしです、と沙羅はいった。

沙羅は丹波の城にいたころから、弥平次が好きであったらしい。粗野で、あらあらしいのみの丹波侍のなかにあって、ひとり書を読んでいる弥平次の端正で荘重なものごしが好ましかったのだ、という意味のこともいった。そして、家が滅んで、天の下にただ二人だけとなったのをむしろ倖《しあわ》せとするように、彼女は若いゆたかな肉体を弥平次の胸に、ともすれば投げかけようとするのであった。

落去の際、十九であった沙羅ももはや二十三となり、彼女はたわわな花か、熟れきった果実のようであった。――それを土岐弥平次は、さりげなくおしのける。端正に、荘重に。

そして、微笑とともにまたつぶやく。

「御家老さまが、おれを沙羅どのの騎士として託されたのなら、おれはこれ以上はない忠義者だろう」

北国の春は、くるのにおそく、すぎるのにはやい。――一乗山、文殊山はみるみる青葉に染まり、一乗谷は緑に黒ずむばかりの季節となった。そのなかに、城と町は絵のように美しく浮かび出してみえる。

狭い谷間の城下町だが、なんといっても足利《あしかが》以来百有余年、いまの義景で六世となり、そのあいだ管領斯波《かんれいしば》家の守護代までつとめた名門朝倉家であり、百年以上もさかえた町である。城をめぐる町並は、ちょっと小京都を思わせた。

夕靄《ゆうもや》と青葉に、青ずんで薄れかかった離れの一室に、それも気づかぬ風で土岐弥平次は端然と坐って書見をしていた。すると、あわただしい跫音《あしおと》が庭をはしってきた。

「弥平次、こわい。あの男がやってきた」

縁先で、被衣《かつぎ》を波うたせてあえいでいる沙羅であった。

「いまわたしが外からかえってきて門を入ろうとしたら、往来を馬でやってきたあの男が、じっとわたしを見つめ、いきなり馬からとびおりて追ってきたのです」

「あの男とは？」

「明智十兵衛」

そのとき、庭のむこうから、おちつきはらってひとりの男があるいてきた。

「大事ない。ただ丹波からきた軍学者土岐弥平次とやらに逢いたいだけじゃ」

そういう声がきこえたのは、とめようとするこの屋敷の下男小者をしりぞけるためであったろう。

きっとむきなおった土岐弥平次のまえに、夕靄《ゆうもや》のなかに浮かびあがったのは、髪の毛のうすい、つやのない細ながい顔をした四十男であった。いつか沙羅は「醜い化物」といったが、醜くはない。しかし、影うすい貧相と評してもいいだろう。その異様な影のうすさに、妖怪《ようかい》じみた感じはたしかにあった。

顔よりも、弥平次はまず相手の左腕に眼をそそいだ。

「うたがうか」

明智十兵衛はぼんやりと笑って、左の腕をくねくねさせた。弥平次は狼狽《ろうばい》した。

「いや」

逆に十兵衛は弥平次の顔を見まもった。

「なるほど、噂にきいたとおりの美男子。……おれは、そなたが羨しい」

こんどは弥平次が微笑した。べつに美男子とほめられたのがうれしいわけではなく、十兵衛の嘆声がいかにも心の底からこみあげてきたようなひびきをおびていたのが可笑《おか》しかったのだ。直感的に、この男は好人物だ、と思った。あの奇怪な忍法が、どうやら事実らしい、と知るにつけて、ぶきみの感はいよいよ増すはずなのに、かえってこの男は人間としては悪い男ではない、と直感させるものがあった。

「何か御用でござるか」

「あ」

と、明智十兵衛はうろたえた。そして、向うからお辞儀をした。

「おれは明智十兵衛」

「拙者は土岐弥平次と申す」

「土岐とはなつかしい。おれは明智と名乗っておるが、美濃明智庄に住んでおったので、もとはおなじ土岐だ。そなたの系図はどこで分れたのか」

「系図も何もない。土岐の庶流です」

土岐弥平次はめずらしく赤面した。恥じではなく、怒りからであった。しかし、明智十兵衛は弥平次よりも沙羅に視線をうつしていた。沙羅は二間《けん》もはなれて恐怖とにくしみにひとみをひからせてこの闖入者《ちんにゅうしゃ》をにらんでいる。十兵衛のほそい眼に気弱げなひかりがゆれた。

「なるほど、これほどの美男がそばについているとあっては、おれがきらわれるのはむりもない。……」

「御用はなんでござる」

もういちど、きびしい声で弥平次はききただした。

「あ、それは……これ、沙羅どの、左様にこわがられるな、おれはそなたを追ってきたわけではない。きょうは、ふとそこの往来で、この土岐弥平次というひとのことを思い出して入ってくる気になったまでのこと。姓もおれと同根、それに、うわさによれば、なかなかの軍学者だという。——」

弥平次は苦笑した。

「軍学者と申すほどのものではござらぬ。ただ、好きで読んでおるだけの兵法書、私自身はたんなる匹夫下郎《ひっぷ》です」

「いやいや、匹夫下郎の身を以て、兵書が好きとはいよいよ以て珍重するに足る。実はおれも兵学にはいささか興味がある。同志同学の士として、是非いちど、そなたと語ってみたい、そう存じてやってきたわけだ。弥平次、上ってよいかな」

けろりとしていう十兵衛に、弥平次は思わず、「どうぞ」とこたえてしまった。もっとも、相手が五百貫という知行取とあれば、一介の居候にすぎぬ弥平次がことわるわけにもゆかない。

沙羅の黒い炎のような眼は、不甲斐《ふがい》ない弥平次にそそがれた。すぐに彼女はぷいと顔をそむけ、足ばやに庭を出ていった。明智十兵衛はおどろいたようにそのうしろ姿を見おくり、悲劇的な溜息《ためいき》をついたが、すぐにこのこと座敷にあがりこんできた。

弥平次はこの人物を、しだいに喜劇的に感じ出していたが、やがて話をしてみて、彼の兵法軍学に関する素養のふかいのに驚倒した。

明智十兵衛が義景に、忍法よりも兵学を以て奉公したいと願ったというのは、たんなる法螺《ほら》でも逃口上でもなかったのである。

同様に、十兵衛の方でも、弥平次にひどく感心したらしかった。

そして、軍法についてのふたりの意見、傾向は、実によくうまがあった。

十兵衛は弥平次を十年来の友人のような眼で見まもるのであった。話は兵法咄《ばなし》から、当代の人物論にうつった。

奥羽《おうう》の伊達《だて》、関東の北条《ほうじよう》、北陸の上杉《うえすぎ》、甲斐の武田《たけだ》、上方の三好《みよし》、松永《まつなが》、中国の毛利《もうり》、四国の長曾我部《ちようそかべ》、九州の島津《しまづ》。——それらのなかで、最大の未来性をはらんでいるのは、尾張の織田弾正忠信長《だんじようのちゆうのぶなが》だ、と十兵衛はいった。

「同感です」

と、弥平次はいった。さきに桶狭間《おけはざま》で今川《いまがわ》を撃破し、ついで美濃の斎藤を降服させた信長のただものでないことは、彼も認識していた。——すると、十兵衛は、ふと皮肉に笑った。

「ここの殿の名は出ぬなあ」

そして、ひとごとのようにつぶやいたのである。

「この古雅な一乗谷が、嵐のような織田の鉄蹄《てってい》にかけられるのも、まずひいき目にみて十年以内だな。何もかも、古すぎる。いまだに、公方《くぼう》、管領、守護などと、滅んだ夢を追いまわしておるとは——信長はせっせと鉄砲を仕込んでおるというのに」

「あなたほどの方が、なぜ織田に仕官なされなかったのです」

と、弥平次はきいた。

「弾正忠は家系家門を無視し、まったく人材本位に抜擢《ばってき》する大将だということですが」

「鉄砲隊をつくるのに全精力をあげている人物のまえに、忍術をひっさげてあらわれて、どうするな。……肌があわぬよ」

十兵衛はげらげら笑った。ちょっと、この男の神経はわからない。

「実はな、おれには或る妙な望みがあったのだ」

彼はふいに声をひそめた。

「おれは、弾正忠どのの妹御、当年とって十八歳の市姫に惚《ほ》れたのよ」

「おお、去年の春、小谷の浅井備前どのへ輿入《こしい》られたという。——」

「そのおん方が寺詣《もう》でされるお姿を、清洲の城下でふとかいまみてから、ぞっとおれは恋風にとり憑《つ》かれたのじゃ。この年になるまで忍法と兵学に心血をそそいで、人間の牝《めす》など、とんと興味のなかったこのおれがよ。天魔に魅入《みい》られたとはこのことか」

三

ふかいふかい声であった。ほそい眼がうっとりといっそうほそくなって、銀のようなひかりをはなっている。弥平次の方もぞっとした。

「さるによって、もはや織田家に仕えても、お市さまのお顔は見られぬ」

「ならば小谷へ仕官の口をさがされたらよかったでござりましょうに」

「それがさ、おれもいちどはそうかんがえたが、浅井へ奉公すればお市の方はあるじの奥方さま、それを毎日、家来となって拝顔するのもこりゃたまらぬ。ひとつの地獄じゃと思うてなあ」

十兵衛はがらにもなく顔をあからめて、がらにもなく繊細な人間心理の予測をのべるのであった。そのあかい顔が、すっと黒ずんだ。

「ひょっとしたら、おれは謀叛《むほん》を起すかもしれぬ。——備前どのが憎うなって」

「まさか」

「いや、ほんとうだ。だからおれはこの朝倉家へ奉公することにした。そなたも知るように、浅井家と朝倉家はふるい昔から友邦だ」

「しかし、いくら仲のよい国でも、ここにおっては浅井どのの奥方のお顔は見られますまい」

「ここで出世をすれば、浅井へ使者としてゆく日もあろうよ。はは、まるで夢のような話じゃが」

十兵衛は恥ずかしがる少年みたいにからだをくねらせた。

「実は、何が何だかおれにも分からぬのよ。ひとまず浅井に縁あるこの朝倉に足がかりつくって——というよりほかに、いまのところ余念はない。ところがだ、たんに渡り鳥のかりのねぐらのつもりであったこの朝倉家に、思いがけなく、お市の方そっくりの女人《にょにん》を見つけ出したではないか」

さっきからしだいに感づきはじめていたことであったが、弥平次は頰《ほお》からかすかに血がひくのをおぼえた。

明智十兵衛のからだがふるえ出した。

「こんなことをいいにきたのではなかった。おれはそなたと兵法咄《ばなし》をするためにきたのであった。しかし、やはり、いってしまった。弥平次、おれは、小谷へゆけばおちるであろうと思った地獄に、思いがけずこの一乗谷で落ちてしまった！」

両腕を縄のようによじって苦悶《くもん》のていにみえる明智十兵衛を、土岐弥平次はまるで珍奇な動物でもみるようにながめている。

「わかっておろう、弥平次、それがあの沙羅であった。城でおれがあの人蟹《ひとがに》の忍法――切られてもその腕が、蟹の鋏《はさみ》のごとくまた生えるという忍法をみせたとき、夢でもみているのではないかと眼をうたがったのは、おれをみていた人々ではなく、その人々のなかに沙羅を見つけ出したおれであった」

「あなたは殿と、もしもその忍法をまこと見せるならば褒美は望みのままという御約束をなされたそうでござりますが、殿はなんと申されました」

「殿は……あれは朝倉のものではない、家老黒坂備中の寄人《よりゅうど》、せっかくだが、余のままにならぬ。女が望みなら、ほかの女をえらべと仰せられた。しかし、おれにとってほかの女は、石ころにひとしいのだ。また殿は、朝倉のものでない女ゆえ、余のままにはならぬが、そちがあの女と恋をするならば、それは自由だ、と仰せられた。すると、侍女たちがいっせいにどっと笑った」

弥平次のきれながの眼にも笑いがうかんだ。

「女どもが笑ったわけはよくわかる。風采《ふうさい》のあがらぬ、あたまのはげかかった四十男と恋という言葉のくみあわせが可笑《おか》しかったからだ。それ、そなたもそのように笑う」

「いや、これは」

「それは自信の笑いだ。おのれの美貌《びぼう》に自信のある男の笑いだ。女の心をしかとつかまえておる男の笑いだ、おれは、そなたが羨しい」

「何を仰せられます。ふらりとこの一乗谷にあらわれて、すぐに五百貫の知行を受けられた十兵衛さまが、寄人たる女人の、そのまた居候たる私を羨しいなどとは。……私など、生涯うだつのあがらぬ名なし草といえましょうか」

「恋し、恋される美しい女人ひとりをもてば、男はそれでよい！」

十兵衛はうめくがごとくいった。

「すくなくとも、それなくて何の栄達ぞや」

「恋し、恋されると申されたようでござるが、沙羅さまは私の恋人ではありませぬ。あのお方は私のあるじです」

「何を、おれにむかってそらぞらしい幕を張るか。あの女のそなたをみるときの眼をみるがよい。あれこそは、炎のような恋の眼だ」

「沙羅さまのお心はしらず、私は別に」

弥平次は、はっきりと笑顔になった。燈も入れぬ座敷に、墨のようにひろがり出した闇《やみ》を計算のうえであったが、あきらかにこの可笑《おか》しげな男をからかって、それを愉《たの》しむ表情であった。

明智十兵衛は、きょとんとしたようであった。

「弥平次、それはまことか」

「まことでござる。ふたりの仲はあくまでも主人と家来。いかに夫婦となりとうても、ここの伯父御さまが、左様なことをおゆるしになりましょうか」

「では」

と、十兵衛が息をひき、生唾《なまつば》をのむ音がきこえたが、すぐに両手であたまをかかえこんだ。

「だめだ！　あれはそなたを恋しておる。そなたでなくてはだめだ。おれがそなたにならなければ。……」

ふいにその声がぷつんと闇に消え、しいんとした沈黙がきた。悶《もだ》えのあまり、この男は絶息したのではないかと思われるほどの静寂であった。弥平次はわれにもあらぬ恐怖に襲われた。

「明智さま、どうなされました、明智さま」

「弥平次、そなた、五百貫の知行取になる気はないか」

十兵衛はしゃがれた声でいった。弥平次は相手の言葉の意味を判じかねた。

「つまり、そなたは、おれという人間になる気はないかというのだ」

「わかりませぬ」

「いや、わからぬのは当然だ。おれがそなたという人間になるといった方がわかり易い。おれがそなたになる。つまり、土岐弥平次がこの世にふたりできることになる」

「わかりませぬ」

「おれの首を斬るのだ。そうすると、つぎに生えてくる首は、おまえそっくりの首だというのだ」

弥平次よりも十兵衛の方が、恐怖に凍りつくような声であった。

「指をきれば指が生える。腕をきれば腕が生える。しかし、首をきられても首が生えるか、おれはまだ験《ため》したことがない。おお、忍法人蟹、はたしておれの術が、その驚天動地の妙に達しておるかどうか？」

四

忍者明智十兵衛のいい出したことは、まさに驚天動地としかたとえようがない。それは狂人のうわごととしかきこえなかった。

彼自身、おのれのいい出した言葉が信じられないのか、ふるえ声で、自分にいいきかせるかのごとく陰々《いんいん》という。――

「大丈夫だ。手が生えて、首が生えぬという法はない、かならずおれは生きかえる。きっと首を生やしてみせる。……」

しばしの衝撃から弥平次はわれにかえった。かわりに強烈な好奇心にとらえられた。

「きった首がまた生える、よしそれが成ろうと、しかしそれはあなたの首ではありませぬか。私そっくりの首が生えてくるとは？」

「それは、首をきられるとき、未来永劫《えいごう》、土岐弥平次になりたいと念力を凝集させて首をきられるのだ。左様さ、そのためには、あくまでそなたに代りたいと、おれを狂気のごとく鼓舞するものが必要だなあ」

「ところで、あなたさまの首はだれが斬るのでござる」

「そなたにたのみたいな」

「朝倉家の御家中の方を、浪人の私が斬っては、こんどは私の首があぶない」

「そのことは、殿におれから申しあげておく。そもそも、この世に土岐弥平次がふたり誕生するのだ。ふたりの土岐弥平次がならんでみせねば、殿も御信用なさるまい。しかし、それで五百貫の知行を頂戴《ちょうだい》するのは土岐弥平次にあらずして、この明智十兵衛にまちがいないということを知っていただけるだろう」

しゃべっているうちに自信がついてきたのか、それともこの世のものならぬ夢想にとり憑かれたのか、恍惚《こうこつ》として十兵衛はいう。

「そして、美しい顔になった明智十兵衛は、朝倉家で栄達し、もうひとりの土岐弥平次は沙羅をつれてこの国を去る。おなじ顔をした人間がふたりおっては、諸人のみならず、かんじんの沙羅がこまるからの」

彼は笑い声すらたてていった。

「弥平次、わかったろう。朝倉家で栄達する明智十兵衛はそなたで、沙羅とともにこの国を去るのはおれだ」

「……沙羅さまが、それで満足なされましょうか」

嘲弄《ちょうろう》の声ではない。魔法にかかったように相手の世界にひきずりこまれて、真剣にうち案ずる弥平次の声の余韻であった。

「そなたは沙羅に惚れてはおらぬといったではないか。おれは沙羅に惚れておる。おなじ顔をした男で、しかも惚れてくれる方をえらばぬ女があろうか。そなたの顔をもちさえしたら、おれも自信がある。きっと沙羅の心までさらってみせる！」

昂然《こうぜん》として十兵衛はいうのであった。

「弥平次、女をとるか、栄達をとるか？」

ながい沈黙ののち、闇のなかで土岐弥平次はしずかにこたえた。

「ものは験《ため》し——栄達をえらびましょうか」

三日のちの夜である。五月雨《さみだれ》がふっていた。

沙羅は伯父のきびしい叱責《しっせき》をうけて、離れにかえってきた。実はいつか城で、沙羅が「わたしには夫があります」と口走ったことが問題になって、それはあの明智十兵衛というきみのわるい忍法者からのがれるための口実であったと、そのときは伯父に弁解したのだが、すておけば世間の誤解をうけるからと、伯父の黒坂備中はまた縁談をもち出し、そしてとうとう沙羅は土岐弥平次を愛していることを告げたのであった。

伯父はむろん、そのことを感づいていた。だから先日も弥平次を呼んでひそかにきいたといった。

「すると弥平次は、なにしに以て主筋の娘御と祝言する気がありましょうや、といい、そなたがきれいな処女《おとめ》のままであることも金打《きんちょう》して誓言《せいげん》したわ」

はじめてきくことであった。そんなことを伯父に誓い、しかもじぶんには何もいわない弥平次を思うと、沙羅は怒りのためにからだがふるえた。

「伯父上が何とおっしゃろうと、わたしはどこへもお嫁にゆきませぬ。わたしは明日にもおいとまさせていただきます」

前後の分別もなく、雨にぬれるのも感じないで、沙羅は離れにかけもどってきた。

すると土岐弥平次は、短檠《たんけい》がひとつともっているのでむしろ暗いような座敷に、寂然《じやくねん》と坐って、何かをながめていた。彼の眼のまえの床《とこ》の間に置いてあるものをみて、逆上していた沙羅もあっけにとられた。

それはたけ三尺以上もある大きな壺《つぼ》であった。黒ずんだ、無数のなめくじが這《は》いまわっているような、古怪な壺である。

「弥平次、それはなに」

「何だかわかりませぬ。……明智どののからあずかったもので」

「明智十兵衛から」

沙羅は怒りをとりもどした。そういえば、先夜弥平次があの男を追いのけるどころか、座敷にあげて、夜おそくまで親友のように話しこんでいたことも意外であったし、腹だたしいことであった。

「そなたが、なんの因縁あって、あの男からそんなあずかりものをしたのです」

「因縁？　実は沙羅さま、私は明智どのの御推挙で、ちかく朝倉家に五百貫で御奉公いたすことになりました」

壺にちかよろうとした沙羅は、思わずたちどまった。ふりかえろうとするからだを、ふいにうしろからむずと抱きしめられた。

「明智どのは、まもなくまた漂泊の旅に出立《しゆつたつ》なさる。そのあとがまに、軍学を以て、この弥平次が」

「それはほんとうか」

ふりむく頬に、弥平次のあつい息がかかった。

「それでは、そなたは五百貫取りのお侍」

「もはや備中さまも反対はなさるまい。伯父御のみならず私にとっても……ひくい身分が、あなたさまとのあいだをへだてる壁でござった。もはや、はれてあなたさまを私の女房にいただいても、自他ともにはばかるところはない」

沙羅はそれまでの怒りをわすれてしまった。自負心のつよい弥平次なら、そういうこともあろうと思った。ふれられた乳房のさきまで、よろこびの血が脈をうった。――明智の壺のことはむろんわすれていた。

「よかった、弥平次」

「沙羅さま、いちど」

あえぎながら、弥平次はいった。

「あなたのおこころはわかっていた。あなたがきらいではなかったのです。それどころか弥平次は、いちどこうしてあなたさまを抱きしめたいと、いくたび夢にみたことか」

足がふるえて、沙羅はずるずると坐ってしまった。それを抱きしめ、ゆさぶり、頬ずりして弥平次はいう。

「祝言まではまてぬ。今宵《こよい》弥平次の望みをかなえて下され」

沙羅の顔もからだも、心まで波のようにゆれていた。これほど昂奮《こうふん》した弥平次をみたことがなかった。弥平次は、情熱のない男ではなかったのだ。

「どうせ」

彼女は息づく肩から、きものがずりおちるのを感じた。

「そなたにささげるつもりのからだでした。どうなりと」

唇が重ねられるまえに、そういっただけで彼女の息はつまっていた。それにしても、なんという弥平次の情熱だろう。彼の手はかきむしるようにうごいて、沙羅の帯をとき、きものをおしひろげている。

熟れきった、恋する女のからだは一糸のこらずはぎとられた。唇を吸い、舌を吸い、乳房を吸いながら、待ちに待ちかねたこの一夜の幸福を惜しむのか、弥平次は、いつまでも彼女の声と息のむせびのみを愉しんでいる。……これがもし経験のある女であったら、耐えかねて怒り出すであろう。しかし処女《おとめ》の沙羅は脳髄まであつい白泥《はくでい》と化してにえたつようで、ただもだえにもだえた。

短檠《たんけい》のひかりのゆれる下で、嫋々《じょうじょう》とうねり、はてはひきつるようなうごきをみせはじめた雪白の姿態に、さすがに弥平次もたまりかねたか、

「今……いま」

と、さけんだ。その刹那《せつな》、弥平次は女のからだをのこして、すうと立ったのである。

本能的に沙羅は両腕をさしのばした。二歩、三歩、女の指さきから弥平次はあゆみ去る。霞《かすみ》のかかったような視覚に、ふときらめくひかりをおぼえて、彼女は眼をあけ、弥平次が片手に白刃をひっさげているのをみた。

「ねたましや」

しゃがれたつぶやきがきこえた。沙羅は、弥平次の向うに——あの古怪な壺の口から、ひとつの首がにょっきりと生えているのにはじめて気がつき、ひいっとのどのおくでさけんだ。髪の毛のうすい、つやのない、ほそながい明智十兵衛の顔は、恍惚たる眼から銀光をはなって、彼女の裸身を凝視しているのであった。

「地獄におちようと、弥平次になり代りたい。永劫《えいごう》。……」

みなまできかず、弥平次の一刀はその首を薙《な》いだ。肉の音より、かっと頸椎《けいつい》を断つ音がひびいて、おどろくような血潮の量が天井へ奔騰《ほんとう》した。赤い雨のようにふりそそぐたたみの上に、すでに明智十兵衛の首はころがっていた。

その首は、血の斑点《はんてん》にそまりつつにんまりと笑って、なお沙羅をほそい銀の眼で見つめているのであった。

五

凝然と死固したように立ちすくんでいた沙羅が、ぐらりとたおれかかった。土岐弥平次は刀をすて、身をひるがえしてこれを抱きとめた。

声が、物理的に沙羅の耳に鳴った。

「おどろかれるな。明智どのにたのまれたことです。……きられた腕がまた生えたあの忍法を思い出しなされ。……十兵衛どのはきっと生きかえる。きられた首はまた生えるという。……しかも、こんど生えてくる首は、この弥平次とおなじ顔だという。……そのためには、あくまで弥平次になり代りたいという念力が要る。……その念力をおこすために、恋する沙羅さまとたわむれておる弥平次をみせてくれと……みな十兵衛どのが望んだことです。……」

うすれかかった意識のそこで、沙羅はめざめた。弥平次の最後の言葉が、彼女を鞭《むち》うったのだ。

「しかも、これは殿様も御存じのことという。……一ト月のち、あの壺からもうひとりの土岐弥平次があらわれる。……両人ならんで殿のおんまえにまかり出る。……顔もおなじ、声もおなじ、軍学の知識もまたおなじ。……そして十兵衛どのは、殿にこの弥平次を推挙してこの国を去られる。……あの方はこの弥平次の顔が是非欲しいと仰せなさる。五百貫の知行は、顔をもらった返礼でござるそうな」

弥平次は、偽った。十兵衛がこの国を去るについて、ひとりの同伴者を要求したということをだまっていた。

しかし、沙羅の耳を刺し、心をかんだのは、弥平次の先刻の言葉であった。ふるえながらいった。

「それでは、いまの……あれは、あの男にみせるつもりの見世物であったのかえ」

「いや」

弥平次は狼狽《ろうばい》した。

「あれは弥平次、真実の心です。沙羅さま、おききなされ、系図もない素浪人の私が一国のあるじに見参《げんざん》する機会はめったにない。その機会をあたえてくれ、あとがまをゆずってくれる明智どのの願いごとは、これはきいてやらねばならなんだ。まして、あれをみせねば、十兵衛どのの忍法が成らぬという。——哀れな弥平次の立場をくんで下され。弥平次出世のために、女房として力ぞえしたと思うて下され」

女房として——荒天の海をながすあぶらのような言葉であった。彼女はぐったりとなった。

「なぜ、十兵衛どのが、そうまでしてあなたを推挙し、じぶんは知行をすててゆくのです」

「それがいま申したとおり、この弥平次の顔をもらった礼、一乗谷を出てゆくのは、左様、弥平次の女房となったあなたさまを見るのが辛《つら》いからだそうで……沙羅さま、この忍法者の恐ろしき試みのそもそものもとは、あなたさまにあるのでござりますぞ」

そういうと、もういちど弥平次は沙羅の口を覆った。男の唇には血の匂いがした。

彼女がわれにかえったのは、血なまぐさい恍惚の一瞬のあとだ。彼女は全裸のまま立って抱かれている自分と、妖光《ようこう》またたく短檠《たんけい》の下にころがっている明智十兵衛の首に気がついた。それから、ひっそりとしずまりかえっているあの恐ろしい壺。

……

「弥平次、あのひとはほんとうに生きかえるであろうか、ましてそなたの首が生えるなどとは。……」

弥平次は、首と壺をみた。昂奮のさめた顔は、その死んだ首におとらぬ土気色《つちけ》を呈している。

「正直に申せば、実は半信半疑」

ぶるぶると身ぶるいすると、沙羅をおいてつかつかと床の間の方へあるいていった。

「が、ここまで乗り出した上は」

壺の蓋《ふた》をひろって壺の中をみずに、その口を封じた。それから、床の間に置いてあったもうひとつの巻物らしいものをとりあげて、短檠の燈にかざした。

「これが土岐正流の系図か」

眼はたたみにおちている刀よりもするどいひかりをはなっていた。

――座敷をよごした血をふきとる。庭の一隅を掘って明智十兵衛の首をふかく埋める。雨夜の幾刻《いくとき》かが、この惨劇のあと始末についやされた。まるで夢遊病者のようにきものをまとい、この作業に協力していた沙羅は、ふと思い出して、伯父と争って、明日にもこの家を出ると口走ったことを告げた。

「家出は一ト月あとにのばす、といいなされ」

と弥平次は歯牙《しが》にもかけない風でいった。沙羅が眼でなじると、あわてて彼は訂正した。

「ああいや、一ト月たったら、五百貫の知行取のところへ嫁にゆくといいなされ、わけあっていまはその名はいえぬが、それはちこうとな」

六

――壺の蓋をひらいてはならぬ、わが屍《しかばね》に光をあててはならぬ、忍者明智十兵衛はそういって、みずから首をきられた。

しかし、土岐弥平次と沙羅は、その壺の蓋をひらいてみずにはおれなかった。ただし、深夜の闇の中である。ふつうならみえぬ闇黒《あんこく》に、必死のふたりの眼は、壺のなかの変化を朦朧《もうろう》とみた。

七日めの夜である。本来なら、真っ赤な切断面が、もはやぬるぬると腐れ崩れているはずなのに、その頸《くび》の切口に肉がまるく、薄絹のような光沢で盛りあがっているのをみて、ふたりは息をのんだ。たしかに何事かが起りつつある。……

十五日めの夜である。蓋をとって、思わず弥平次はあっとうめいた。明智十兵衛の胴のうえには、大きな肉団子が発生し、その表面にヘンな数条のくびれが走りはじめていたのである。十兵衛の忍法人蟹《ひとがに》は荒唐無稽《こうとうむけい》の話ではなく、いまや十兵衛自身すら「いのちがけ」の秘法の真髄を具現しつつある。……

二十三日めの夜である。蓋をのけたとたんに、ふたりはとびずさり、立ちすくんだ。肉団子はまだ髪も眉《まゆ》もなく、ぶよぶよとした輪廓《りんかく》であったが、たしかに人間の顔をととのえはじめていた。しかもふたりは、とじた眼——とがった鼻——くいしばった唇——そこに、まごうかたなき土岐弥平次の顔をはっきりとみとめたのである。

「殺して……あの男を殺して」

うなされたように沙羅はさけんだ。

「あの男は……まだ死びとです」

かすれた声で弥平次はうめいた。

「それに、あの男をどうして殺す？　首をきっても、また首の生える男を」

闇の中に、凝然としてふたりは顔を見あわせた。

三十日めの夜であった。

土岐弥平次は片手に縄をさげて、恐ろしい壺のそばにあゆみ寄った。その髪がさか立っているのまでが、赤いひかりにふるえてみえる。禁をやぶって火を点じた短《たん》檠《けい》をもった沙羅の腕が、風にふかれるかのようにおののいているのであった。

彼は、蓋をひらいた。燈がゆらいだ。

壺のなかには、土岐弥平次の顔があった。黒ぐろとした髪の毛が生えているが、眼をとじて、真一文字に唇をむすんで、それはなお死せるがごとく凝固していたが、まさに弥平次そのものであった。

「沙羅どの、気をしかと」

じぶんもよろめきながら弥平次はさけんで、足をふみなおして、ふたたび壺のそばに寄った。わななく手に、壺の中の弥平次の髪をひっつかんでひきずりあげる。首はにゅっと壺の上に出た。壺の外の弥平次は、義眼のごとく眼を見はってのぞきこみ、壺の中の弥平次の頸のまわりに、赤い絹糸のような輪がうかんでいるのをみた。

このとき、歯をくいしばりつつ沙羅が短檠をちかづけたのに、燈の色がぼやっと昏《くら》くなった。壺から一筋の妖気《ようき》がたちのぼったようである。そして壺の中の弥平次のまぶたが、ピクピクとうごきはじめた。……

わけのわからぬうめきをのどのおくからもらして、壺の外の弥平次は、壺の中の弥平次の頸に、赤い細い傷痕《きずあと》にかさねて縄をかけていた。床にたらした一方の端を足でふんまえ、もう一方の端を手にまきつけたとき、壺の中の弥平次のまぶたのほそいきれめから、にぶく銀光がひかりはじめた。

「生きてくる。……生きかえってくる」

うなされたように沙羅はつぶやいた。

「……おれは生きかえったらしいな。……」

吐息に似た声がながれた。

「……精妙なり、甲賀忍法人蟹《ひとがに》。……」

きゅっと鎌《かま》みたいに唇が笑いかけた壺の中の弥平次のまえに、壺の外の弥平次は顔をさしよせた。歯をかちかちと鳴らしながらいう。——

「みごとだ、十兵衛どの。しかし、あまりにもみごとすぎた」

「……みごとすぎた？　……」

「この土岐弥平次とそっくりおなじ土岐弥平次が、この世にいると思うと、私はがまんがならないのだ。やはり私はこの世にひとりでいなければならぬ」

「……弥平次、約束をやぶるのか？　……」

壺の中の弥平次は、いまやかっと眼をむいて、壺の外の弥平次をにらみつけた。その首が、にゅーっとのびあがろうとして、のどにからんだ縄にひきすえられ、しかもまだその壺を感覚しないようであった。

「……おれはこの国を去るのだ。沙羅さえもらえば、おれはふたたびそなたのまえにあらわれはせぬ。……」

沙羅はぎょっとしたように、ふたりの弥平次を見た。「沙羅さえもらえば？」唇はそうごいたが、声は出なかった。壺の外の弥平次は、ちらとそれに眼をはしらせていう。――

「沙羅は、あなたといっしょにゆくことはいやだという」

「……いや？　そんなことはない。……おれは土岐弥平次だ。……沙羅、おれはこの弥平次に栄達の座をゆずったかわりに、そなたをもらう約束をしたのだ。……みろ、おれのどこが弥平次とちがう？　……おなじ弥平次だ。おれといっしょに旅に出るな？　……」

「殺して。……この男を殺して！」

身もだえしてさけぶ沙羅を、壺の外の土岐弥平次はぐいと片手で抱きよせた。歯ぎしりしながらいう。――

「きいたとおりだ。明智十兵衛。女のねがいどおり、殺してやろう」

そして、沙羅の唇に唇をかさねた。かっと眼をむいたままこれを見つめている壺の中の弥平次の顔が、このときむらさき色に変った。これみよがしに女の口を吸ってみせながら、壺の外の弥平次が、ぎゅーっと片手にからませた縄をひきしぼったのである。――縄は壺の中の弥平次のくびに、一、二寸もくびれこんだ。

「刀できってもまた生える化物め、しめ殺せば、もはや生きかえるまい」

女の口から口をはなし、肩で息をつきながら、壺の外の弥平次はいった。――壺の中の弥平次の顔は黒紫色になった。

もはや息の通ずる気管はないと思われるのに、このとき壺の中の弥平次は陰々とつぶやいたのである。

「……おれは死なぬ。明智十兵衛は死なぬ。……十兵衛は生きて、沙羅を追う。……お市の方さまを追う。……」

そして彼は、がくりと首をおとした。

この奇怪な忍者がよみがえったのも悪夢なら、彼がふたたび死んだのも悪夢のようであった。沙羅は、いまじぶんをめぐる出来事が、すべて悪夢のような気がした。

「ほんとうに死んだのだろうか?」

「こやつは、生きて、あなたを追うといったが。……」

不透明な声で、土岐弥平次はいった。

「こやつは、ほんとうにあなたを追うかもしれぬ」

「こわい、弥平次、わたしはこわい」

「そうはさせぬ。なぜなら、追おうにも、あなたはここで死ぬからだ」

硬直した沙羅のほそいくびに何かからんだ。いままで弥平次が足でふんまえていた縄であった。沙羅は、弥平次もまた悪夢の中の人間のような気がした。彼女の手から短檠が炎をひいておち、周囲は闇黒となった。

「何をするの、弥平次。……」

闇の中で、弥平次の遠い声がきこえた。

「私は最初から迷っていた。明智十兵衛の推挙した土岐弥平次として仕官すべきか、土岐弥平次の顔に変身した明智十兵衛として仕官すべきか、私は迷っていた。しかし、昨夜やっと決心したのだ。明智十兵衛そのひととしてこの世の波へ乗り出してゆくことを。――その方が好都合だ。その方がたかく売れる。その方がすっきりする。いま明智十兵衛を殺したのは、この世にふたりの土岐弥平次が存在するとこまるからではなく、ふたりの明智十兵衛が存在するとこまるからだ。――私には大望があった。そもそも、あなたの恋を受け入れることすら逡巡《しゅんじゅん》していたのも、たかが丹波に滅亡した小大名の家老の娘を女房として、生涯それにしばられ、一生それをひきずってゆくことをばかげているとかんがえたからだ。ましてや、私がまことは土岐弥平次であることを知っているとあっては、安心して私の女房にしてはおかれぬ。――私は土岐弥平次とそれにからまるものをすべて絶つ。あなたは、あなたをあれほど恋慕した男に、あの世でしかと抱かれるがよかろう。いいや、顔かたちだけはまぎれもない土岐弥平次に」

縄がしまり、沙羅の苦悶《くもん》する顔はひきよせられた。唇が冷たいものと合った。それが髪をつかんでのけぞらされた死びとの口だと気がついた瞬間に、沙羅は息絶えた。

夜をうずめるのは、ただ雨の音ばかりであった。恐るべき野心児土岐弥平次、いや、明智十兵衛光秀《みつひで》は、死の縄をひきしぼったまま、これまた死びとのごとく闇のなかに立っていた。

一乗谷の城の大手門をたたいた土岐弥平次の顔をした男は、「自分は明智十兵衛である。殿にはすべて御存じのことだ」といった。はじめ彼を狂人だと思った番士も、この言葉にともかく朝倉義景に報告した。おちつきはらってまかり出た男をみて、義景もまたとみにはこれが明智十兵衛だとは信じかねた。しかしその男は、明智十兵衛自身でなくては知らないさまざまなことを、徴に入り細《さい》をうがって知っていた。——そもそも、どちらが十兵衛かわからぬほどに義景の胆をぬかせるのが死んだ男の目的であったから、そこは周到にうちあわせてあったのだ。ながい雨が終って、夏らしい日がかっと照りつけた三日めの朝、一乗谷の入口にあたる阿波賀《あわか》の里の森の中に、ふたりの男女が縊死《いし》しているのを村人が発見した。その女が、以前から家出云々《うんぬん》と口ばしっていた家老黒坂備中守の寄人《よりゅうど》沙羅であり、その男が家来の土岐弥平次であることがわかったとき、義景もついに眼前の土岐弥平次が、忍法人蟹《ひとがに》によって再生した明智十兵衛であることをみとめざるを得なかった。

「さてもふびんや。……備中どのは、きまま娘の愚かな心中《しんじゅう》と仰せられたとのことでござるが、女は知らず、土岐弥平次がくびれ死んだのは、私があの男そっくりの顔をもったことによるような気がしてなりませぬ。罪ぶかい忍法人蟹は、もはやみずから封ずることにいたそう」

憮然《ぶぜん》として、明智十兵衛はつぶやいた。

彼が天稟《てんぴん》の将器たることは、まもなく諸人のまえに証明された。朝倉を長年なやましていた真宗一揆《しんしゅういっき》を潰滅《かいめつ》させて、朝倉家の勢力を加賀半州にひろげたのは、まさに明智十兵衛だったからである。彼の知行は七百貫となった。

しかるに、それから三年後、彼は朝倉家をすてて、織田家にはしった。美濃の土岐氏という系図と、朝倉の軍師としての実績を買われて、高禄《こうろく》を以て信長に迎えられたのである。さらに六年後の天正元年八月、織田の部将としてまっさきに一乗谷へ攻め入り、朝倉家を滅亡させたのは、実にこの明智光秀であった。

七

天正十年六月一日、丹波亀山《かめやま》の居城から一万三千の兵をひきいて出た惟任日向守《これとうひゅうがのかみ》光秀の顔は、星月夜にも鬼気をおびた相にみえた。

いや、彼の相貌《そうぼう》が陰鬱《いんうつ》を加えたのは、五月十七日、主君の信長から中国出動を命ぜられて、その準備のために京から亀山へかえることを命じられたとき以来であった。

重臣のめんめんは、光秀の顔色をあやしんだ。そして主人の気が鬱屈しているのは、曾《かつ》ては信長から、織田諸将中の第一とまで厚遇された主人が、いかなる風向きか、ここ数年急速に寵《ちょう》をうしなって、ときに衆人環視のなかで「気どり男よ」「腹に一物ある男よ」「猫の皮をかぶった奴め」と罵《ののし》られたりすることもあるこのごろの憂いか、さらに、曾ては下位にあった羽柴筑前《はしばちくぜん》の指揮する中国陣へ狩り出される憤りかと想像し、そのためかえって主人の沈鬱をなぐさめかねたのである。

一万三千の軍兵は黙々として、長蛇のごとく老《おい》ノ坂へすすんでゆく。馬上の光秀は、しかしその鉄蹄《てってい》銀甲のひびきよりも、耳に鳴る奇怪な声をきいた。

「……おれは死なぬ。……明智十兵衛は死なぬ。……十兵衛は生きて、沙羅を追う。……お市の方さまを追う！」

恐ろしい声であった。その声を光秀は、二十年ちかくも忘れていた。それが突然耳によみがえったのは、こんど京から亀山にかえるとき、ふと或ることをきいて以来のことである。

江州《ごうしゅう》小谷の浅井長政が滅んでから十年、ことしまだ三十四歳の女ざかりを、ひっそりと清洲にかくしていた未亡人お市の方を、ちかく所望によって柴田勝家《しばたかついえ》に縁づかせるという話なのだ。

織田家に仕えてから光秀も、絶世の美女といわれるお市の方さまを、いくどかみる機会があった。それが若くして出世のためにこの世から消し去った沙羅という娘に似ているのに衝撃をおぼえたが、彼はつよい気力で動揺をねじ伏せた。すべては二十年のむかしに埋めてきた過去だ。いまは、自分は織田でも一、二を争う将星である。些細《ささい》にして無用な悩みやおびえに心をとらわれているときでないし、立場でもない。そして彼は、沙羅はもとより、お市のことも忘れた。

ただ、ふりすてようと思っても、ふりすてることのできないひとつの妖《あや》しい現象がある。ここ数年、戦塵《せんじん》のうちにとみに老いを加えるにつれて、彼の容貌に起ってきた変化だ。顔がながくなり、皮膚のつやがなくなり、そして信長から「きんかあたま」と嘲弄《ちょうろう》されるほど髪の毛がうすくなり——それは、二十年のむかし彼が殺害した忍者明智十兵衛であった！

しかし、光秀はその恐怖もふりすてた。これは偶然の一致だ、たんにおれが年をとったための変貌だ、そう思った。わけもわからず、信長の寵をうしないはじめたのが、その変貌と時をおなじゅうしているらしいことに気がついて、ぎょっとしたこともあったが、これも偶然だとばかり迷蒙《めいもう》をふりはらった。

しかるに、なんたること、いまにいたって、耳に、忘れていた声が、忘れていた人を呼ぶとは！——「おれは死なぬ。……明智十兵衛は死なぬ。……十兵衛は生きて、お市の方さまを追う！」

突如として光秀は、おのれの胸をお市の方の姿が占めていることに気がついた。じぶんがあの哀艶《あいえん》な未亡人を死ぬほど恋していることを知った。「……十兵衛は生きて、お市の方さまを追う！」

天の川の下を、剣甲をきらめかして粛々と軍馬は行進をつづけている。いつしか光秀は、口に出して、ぶつぶつとつぶやいていた。

「お市の方さまはひとにやらぬ。おれはお市の方さまをわたさぬ。屍山血河《しさんけつか》をえがき出そうと、あの女性《にょしょう》をこの腕に奪う！」

馬上にうなだれて、闇を見つめる彼の眼が、しだいに銀光をはなってきた。彼は肩で息をしていた。まるで彼の内部から、まったく別の人間が、皮膚を破ってはじけ出したようであった。

「明智十兵衛は、お市さまを……」

「殿、何と仰せられましたか」

そばに老臣の斎藤内蔵介《くらのすけ》が馬を寄せてきた。不安げに兜《かぶと》の下をのぞきこんだが、あたりを見まわし、すぐに笑った。

「老ノ坂でござる。右すれば備中――右へゆけと申されたのでございますな。もとよりそれは下知《げち》してございまする」

明智光秀は銀色の眼を、左のゆくてはるかに模糊《もこ》として横たわるうす白い帯になげた。それは京をへだてる桂川《かつらがわ》であった。

彼は憑かれたような声でいった。

「左へ――京の本能寺《ほんのうじ》へ」

明智光秀の母

新田次郎

朝路《あさじ》は、ものかなしかった。

婚約者の波多野弥兵衛《はたのやへえ》とコブシの木の下に立っているのに、いまにも声を出して泣きたくなるほどかなしかった。その気持を、弥兵衛にも言えないし、かなしいからといって弥兵衛に涙を見せることもおかしかった。彼女は下を向いた。

「どうかしたのですか、急に黙って」

波多野弥兵衛はからりと、晴れた声で訊《き》いた。

「コブシの花が……」

朝路は庭に散っている、コブシの白い花びらをさして言った。春先にこの白い花が咲き出すと、つづいて、桃や桜が咲き出す。コブシの花は春を告げる花である。その花が散っても、少しも珍しいことではなかった。

「いいえ、いいのです。なんでもないんです。ただなんとなく」

そして朝路は、〝コブシの花が散る〟ということばを、頭の中で、〝古武士の花が散る〟というふうに書きかえて、なぜ突然こんな不吉なことを考えたのだろうか、と思うのである。

戦国時代だから、いつどうなるやら分らない不安定なその日その日の連続を、コブシの花が散るのに見たのだろうか。ここ丹波《たんば》の国も、織田信長《おだのぶなが》に攻められて、すでに丹波の東半分は織田の家臣、明智光秀の勢力下にあった。その東丹波に一揆《いっき》が起こって、明智軍がその平定に当るために丹波に入って来ているということも、朝路にはなんとなく不安であった。

丹波国の守護代、波多野秀治《ひではる》の家臣、曽地《そうじ》の城主内藤備中守《びっちゅうのかみ》顕勝の娘であるから、誰《だれ》に教わるともなく戦局は彼女の頭の中で動いているのである。だが、その不安が彼女に、いま泣きたいような気持を起こさせたと言ったら、それは嘘《うそ》である。泣きたい気持になったのは、傍に弥兵衛がいるということであり、その弥兵衛と自分のことを思いつめると、ものかなしくなるのである。

朝路は十七歳、波多野弥兵衛は二十一歳、波多野秀治の甥《おい》であった。

「コブシの花は、においが強い」

弥兵衛は手を伸ばして、コブシの花の小枝を手折《たお》ると、それを朝路に与え、その花を持った朝路の手を両手で包むようにして、

「コブシの花のにおいは、朝路さんの髪のにおいに似ている」

そういいながら、朝路の黒髪に顔を近づけた。髪のにおいが、弥兵衛を衝《つ》いた。

弥兵衛は突然襲って来た激情に立ち向うように、朝路を力いっぱい抱きしめた。ふるえている朝路を、そのままにしておくわけにはいかないと思った。小鳥の声が

しきりにするけれど、人の姿も気配もない。そこは、もともと朝路の祖父の内藤興斉が、茶屋として作った離れの庭であった。

弥兵衛は、軽々と朝路を抱き上げた。朝路の草履《ぞうり》が落ちる音がした。その音とともに、朝路の泣きたい気持は消えていた。熱いものが、奥の方から燃え上り、大きな期待とともに、これでいいのかしらという恐怖が彼女の胸の中で騒いでいた。

弥兵衛は、やや乱暴に彼女を扱った。そんなに強く抱きしめられると呼吸ができない、と彼女が叫びたくなるほど、その腕の力は強かった。弥兵衛は朝路を抱いたまま、沓脱《くつぬ》ぎから茶室に入っていった。

「私たちのことは許されているのだ」

弥兵衛は、そんなことを口走っていた。祝言《しゅうげん》があと二ヵ月先に迫っているのに、それまで待てない自分に言いわけを言った。弥兵衛は朝路に、祝言が終わらぬ前はいやだとはげしく抵抗されたらと、ふと思うのだが、そんな形式的なことはどうでもいい、今は戦国時代だぞ、いそげいそげと、朋輩《ほうばい》が言ったことが、彼の頭の中のどこかで彼をせき立てていた。

「朝路どの――」

と言っただけで、弥兵衛は朝路の後頭部に彼の手を当てがって、畳の上に倒れた。朝路は眼《め》をつぶっていた。そうなることを予期していたようでもあった。それなのに、朝路の閉じた眼から、涙が溢《あふ》れていた。

弥兵衛は、その涙に打たれた。朝路の無言の抗議に見えた。理不尽な行為に対する非難に読み取れた。弥兵衛は、そういう経験は初めてだった。女の身体《からだ》をどう扱うのか、だいたいのことは他人からは聞いて知っていたが、女の心の動きはわからなかった。朝路の涙が、悲しみでも抗議の涙でもなく、泣きたくていた気持の延長に起こった昂奮《こうふん》状態であることを、見て取ることはできなかった。彼女の頰《ほお》が、もう間もなく咲くであろう桃の花のように、上気していることにも気づいてはいなかった。

太鼓のはや打ちが聞こえた。弥兵衛は、太鼓の音の方へ反射的に頭を向け、そしてもう一度朝路の方へ眼をやったとき、朝路は眼を開いていた。

「すまなかった」

弥兵衛は立ち上った。

朝路が眼を開けたのは、弥兵衛の逡巡《しゅんじゅん》に対して向けた眼であったが、弥兵衛はその眼も拒絶の眼と見た。

弥兵衛が朝路から離れると、朝路はこんどこそ、ほんとうに涙を出して、声を上げて泣いた。泣きながら彼女は、着物の裾《すそ》の乱れを直した。弥兵衛が去っていく足音を聞きながら、もうこれで弥兵衛とは永久に会えないかもしれない、と思った。

曽地城といっても、それは二百かせいぜい三百の兵しかこもれない、山の上の砦《とりで》であった。内藤備中守顕勝の邸《やしき》はその山の麓《ふもと》にあり、家族もそこに住んでいた。

内藤邸の楼で非常召集の太鼓が鳴ったのは、戦さが始ったしらせであった。東丹波の一揆鎮定中の明智光秀の軍三千が、突然向きを変えて八上城《やかみ》へ向って押しよせた、という情報が入ったからであった。

「信義を無視した織田信長殿のなされかた……」

と、内藤顕勝は怒った。丹波の地は天正二年以来、織田勢にしばしば攻められた。天正五年の十月からは明智光秀と細川藤孝の連合軍に攻められて、波多野秀治の弟、波多野秀尚は亀山城《かめやま》を棄《す》てて、八上城に合流した。波多野秀治は抗戦をあきらめて信長に帰順を申し出て、本領安堵《あんど》の約状を得た。その信長が、不意に明智光秀の大軍をさしむけてよこすとは、思いもよらないことであった。

「明智の軍は、すでに福住《ふくずみ》に迫っております」

という情報が入った。そうなれば、防戦するしかなかった。内藤顕勝は曽地城へ兵糧《ひょうろう》を担《かつ》ぎ上げ、武器を上げ、家族を送りこんだ。そして、内藤家の領内の地下《じげ》侍《ざむらい》に至急、砦へ集るように命令を伝えた。

明智軍は、八上城を狙《ねら》って進軍して来たが、八上城を囲む前にまず、城より二里東に当る井串城の荒木山城守氏綱《やましろのかみうじつな》を攻撃した。

荒木氏綱はかなりの抵抗を見せたが、二日で明智光秀の軍門に降《くだ》った。

多紀《たき》郡井串《いくし》地方に、つぎのような俗謡が残っている。

井串極楽、細工所《さいくじょ》地獄、塩岡《しょうか》岩が畠立ち地獄

井串、細工所、塩岡岩、共に地名である。極楽は戦争をしたが被害が少なかったところ、地獄は多くの損害を出したところである。

井串城が落ちた翌日には、曽地城が明智軍の重囲に陥《お》ちた。小さい砦で防ぎようがなかった。内藤顕勝は明智光秀の降伏勧誘状を読んで、城門を開いた。

（丹波の国の守護代はもともと、内藤氏であったのを、波多野に奪われたものである。昔のことを思うと、波多野に忠節を尽すことはおかしい。降参すれば、曽地の領地は安堵してやる）

この明智の書状の内藤氏というのは、曽地の内藤顕勝と内藤飛騨守《ひだのかみ》忠俊（徳庵ともいった。吉利支丹《キリシタン》信者となり、如安《じよあん》といった。後日、高山右近《うこん》とともに国外追放を受けて、マニラで没した）などの一族を指したものである。

内藤顕勝は人質として、一男一女を光秀にさし出して降伏した。朝路はその日のうちに光秀の居城坂本へ送られた。

天正六年四月のことである。

二

明智光秀は、三千の兵で、八上城を包囲した。八上城は現在の篠山《ささやま》町の東の高城《たかしろ》山の頂上にあった。高城山は周囲一里（四キロメートル）、高さ一、五一八尺（四六〇メートル）ある独立峰で北側を篠山川が流れ、西側に篠山盆地を見おろし、南側に多紀の連山を背負う要害の地であった。

光秀はその高城山の周囲を馬で回って見て、その城を攻めることが容易でないことを知った。

高城山は、密林に蔽《おお》われていた。中腹から上は赤松の林である。頂上に築いた城も、ほとんど松にかくれていて見えなかったが、最高地点に、松林よりも高く突き出して見える望楼から察すると、噂《うわさ》のとおり、頂上付近の地形を利用して、十数棟《むね》の館《やかた》があり、そこに将兵がこもっているものと推察された。

「この城を取るには、力押しではだめだ」

光秀はふりかえって、彼の従弟《いとこ》であり、部将である明智光忠に言った。

「でも、一度は押して見なくては」

光忠は若いだけあって、一戦も交《か》わさずに、包囲戦に入ることが気に入らないようであった。

　光秀は、そのことにはそれ以上触れずに、篠山川をへだてて高城山と正対する般《はん》若《にゃ》寺の本陣に戻《もど》ると、部将を呼び集めて、まず光忠の意見を聞いた。光忠が真先に発言した。

「あれこれと策を弄《ろう》せず、まず真正面の市の谷口と弓月神社口の両方から高城山におし登って、芥丸、西蔵丸の二つの砦を取って、ここをかためて置き、今度は奥谷口からおし登って、茶屋丸砦を取って、ここをかためます。この二つの砦をおさえれば、もう八上城は落ちたも同然です。あとは、じりじりとおし上げていけば、ひと月足らずで落城するでしょう」

　光忠は、こんな山城一つなんのことがあろう、という顔だった。

「なるほど、もっともな意見である。その手始めとして、いや小当りとして、弓月神社口から攻め登って見るがいいだろう」

　光秀が言った。妙ないい方だった。弓月神社口から攻めかかれとは言わないで小当りするのもいいだろうが、責任は持てないといったふうな言葉に聞こえた。若い光忠は、一瞬むっとしたが、その言葉は、従兄の光秀が掛けてくれたはげましの言葉だと、しいて受取ると、

「では二、三日中に弓月神社口より、わが手の者をつれて攻めかかります」

光忠が言ったが、光秀は大きく頷《うなず》いただけであった。こういうとき、光秀は先の先のことを考えていて、みだりには口をきかないことを知っている部将たちは、一様におし黙っていた。光忠は、その空気を、そらおそろしいように冷たく感じた。従兄の光秀の性格が、率直に軍議の席に現われたのだと思った。

光忠は、その日のうちに準備を始めた。物見を山へ入れて道を確かめたが、弓月神社口からの道は一本道で、その付近に間道はないようであった。その付近の農民に聞くと、

「お山には入ってはいけねえことになっておりますので」

と言った。山のことを知っているものはなかった。

その朝、光忠は五百の兵を率いて、弓月神社口から山道に入った。物見の報告のとおり、昼でも暗いような森の中に、一本の道がついていた。その道が、谷からやや明るい尾根道にかかっても、いっこうに人の気配はなかった。その尾根道には、枝道もなかった。道から一歩離れると、原始の森のように木々が繁《しげ》り合っていた。もう少し登って行って声を掛けたら、敵の芥丸の砦に声が届きそうなところまで来ると、先頭を歩いていた梶原左衛門が立止って、

「人の気配がする。かたがたご用心……」

と、うしろに告げた。一人しか通れない道だから、その囁《ささや》きは一人ずつうしろに

伝えられて行って、しまいのほうでは囁きでなく、怒鳴り声になっていた。五百人といえば、まとまった軍勢だった。

最後尾にいた男が、突然矢に当って倒れた。それと同時に、一列になった五百人に向ってどこからともなく矢が飛んで来た。密林で、矢など射かけられそうもないところから矢が飛んで来たのである。矢の方向を探すと、木の上に敵がかくれていた。

「それ、あそこに敵が……」

と密林の中へ入ろうとするのだが、容易には入れない。そうこうしているうちに木の上の敵は逃げ去って、別なところから矢が飛んで来た。矢ばかりではなく、先頭を歩いていた組小頭の梶原左衛門は、道の両側を覆《おお》っている篠竹《しのだけ》の中から突き出して来た槍《やり》に、横腹を刺された。それを合図に、両側の藪《やぶ》から、つぎつぎと槍が出て、光忠の軍を傷つけた。

敵を追って森に入っても、敵は戦おうとはせず、たくみに逃げてしまう。逃げたからもういいだろうと引返すと、どこからともなく矢が飛んで来たり、槍が突き出されたりした。

弓月神社口の一本道に対しては、攻撃用の道が何本か用意してあって、そこに波多野軍はひそんでいたものと思われた。そのかくされた道へ出て敵を追って行くと、道は途中でなくなったり、迷路に入ったりした。まごまごしていると、敵が現われて槍を突き出す。

光忠は退却の法螺《ほら》を鳴らした。こんな山の中で戦っていたら、全滅しかねないからであった。

「味方の戦死二十一名、負傷五十八名……」

光忠は、光秀の前で報告した。

「比較的、損害が少なくてよかった。それ以上深入りしたら、もっとひどい目に会ったであろう」

光秀は、ほとんど顔色をかえなかった。感情を失ったようにつめたい顔で、恐縮しきっている光忠に、

「山城をひかえての戦いというものが、少しは分ったであろう」

と言った。光忠は、山城を攻めることのむずかしさを、その時、はじめて知らされた。

「山城を持ちこたえるのは、山の高さとけわしさだけではない。木々や草藪の一本一本が、すべて山側の味方になるのだ。山城を守る者は地形地物を利用して、かぎりなく多くの抜け道を網の目のように張りめぐらせて置くものだ。その道がどうなっているかは、敵側にしか分らない。敵兵を捕えて聞いたところで、全部を知るこ

とはできないのだ」

光秀はそのように教えると、

「こういう城を落す道は唯《ただ》一つ、兵糧《ひょうろう》攻めである」

光秀は高城山の周辺一里にわたって、柵《さく》を設けて、敵と外部との連絡を遮断《しゃだん》した。完全包囲陣が完成するのに、約一ヵ月かかった。そこで光秀は、指揮を光忠に一任して、安土《あづち》に向った。信長からの呼出しがあったからである。

当時、信長は摂津の伊丹《いたみ》城と尼《あま》ガ崎《さき》城によって叛旗《はんき》をひるがえした荒木村重に手を焼いていた。信長が光秀を呼びもどしたのは、村重を説得させるためであった。

光秀と村重は親戚《しんせき》関係だった。村重の嫡子《ちやくし》、新五郎のところへ、光秀の娘が嫁に行っていた。

光秀は理を説いたが、村重は一度叛《そむ》いた以上は、たとえ一時は許されても、必ず信長に攻め亡《ほろ》ぼされるに違いないと言って、光秀の言を容《い》れないばかりか、新五郎の妻を離別して光秀と縁を断った。

「荒木村重の説得ができなかったうえ、娘まで離縁されたとなると、そちの面目は丸つぶれだな。面目をつぶされっぱなしで丹波へ出かけるのも、心よくないだろう。どうだ光秀、今度は高槻《たかつき》の高山右近を説得して見ないか。右近とそちとは、まんざら知らない仲ではないだろう」

織田信長は、光秀に新しい用務を与えた。高山右近は、荒木村重の家臣であり、高槻の城主であった。

右近と光秀とが、まんざら知らない仲ではないと信長が言った言葉の裏には、光秀が村重を通じて右近を知っていたというほかに、高山右近と光秀の母とは共に熱心な吉利支丹信者であり、司祭のオルガンチノを通して知り合いだということであった。

光秀と右近との折衝は半月にわたって行なわれた結果、妥協の線が見出された。高山右近は、信長がキリシタンの保護を約束するならば信長側につこう、と言った。光秀はこれを信長に伝え、信長は、京都にいる司祭のオルガンチノを呼んで、信仰の保護を約束した。高山右近は信長に降《くだ》った。

光秀は荒木村重の説得に失敗したが、高山右近を信長の陣営に加えることに成功したので、面目をほどこして、再び丹波へ帰ることになった。その途中、彼は坂本に立ち寄った。

光秀は城に帰ると、彼の母の志野に高山右近のことを話した。

「右近様がお味方に。さぞかし、それはデウス様のお導きでございましょう。そうそう右近様で思い出しましたが、京都におられる司祭のオルガンチノ様は、ローマから持って来られた三つのロザリヨを、高山右近様と内藤忠俊様と、そして丹波の波多野秀治様に贈られたとか」

「ロザリヨを波多野秀治へ？」

光秀は、ロザリヨというものが、吉利支丹信徒が首にかける数珠《じゅず》であることを知っていたが、波多野秀治が、それほど熱心な信者だとは知らなかった。そのことについて改めて志野に訊《き》くと、

「あなたは政治や戦さのことには詳しいけれど、宗教のことには無頓着《むとんちゃく》な人ですね。国を治めるには、多くの人民たちが心の糧《かて》として、なにを求めているかを調べなければなりません。波多野秀治様の御祖母様（秀治は養子に来たのだから義理の祖母）は、摂津の守護代の能勢《のせ》家から来られた方です。その能勢家の御当主、能勢城主の能勢丹波守久基様は高槻の高山右近様と親交があり、かねてからイエズスの教会に入られております。能勢家の紋章は矢を十字にして、それを丸で囲んだ、こういう紋でございます。そして波多野家の紋は……」

志野は畳の上に絵を書いた。

能勢家

波多野家

「お分りでしょう。十字架《クルス》の紋章です。波多野家は、もともと左三つ巴《どもえ》の紋であっ

たのを㊉に改め、秀治様の代になって、さらにクルスの紋にかえられたのです」

光秀は、志野の顔を見ながら別のことを考えていた。波多野秀治が吉利支丹であろうがなかろうが、紋にクルスを使おうが使うまいが、どうでもよかった。光秀の頭の中には、丹波国平定だけがあった。そのことを彼は母の話に結びつけようと考えていた。

「それだけではございません。今年の春から、丹波の曽地の城主、内藤顕勝殿の娘の朝路がこの城に人質になって来ております。内藤顕勝殿は内藤忠俊様の御親戚で吉利支丹の信者であり、その娘の朝路殿もやはり――」

ほう、といった顔で光秀は志野の顔を見た。そう数え挙げて行くと、吉利支丹で日本中がつながりそうに思える。光秀は、燎原《りょうげん》の火のような勢いで、上は大名から、下は一般民衆にいたるまでクルスの前にひざまずいていく、この新興宗教に、目を見張る思いがした。

「朝路を呼んで下さい」

と志野は侍女に命じて、驚いている光秀には、

「朝路は気立てのいい娘です。今は私のよい話し相手になっております」

と言った。

入って来た朝路は、光秀の前に手をついて挨拶《あいさつ》した。悪びれたところはなかっ

た。光秀は朝路のなにかを求めるような眼の輝きに対して、言った。

「朝路、なにか望みはないか」

「はい、八上の城へ帰りとうございます」

「八上の城には、そなたの父も母もいない」

「私の夫となるべき波多野弥兵衛殿がおられます」

光秀は、この恐るべき現実的な言葉を使う朝路の顔を見ながら、これも吉利支丹という宗教のせいかもしれない、と思った。

「私が、そうお話しなさいと、朝路に申しつけて置いたのでございます」

志野は、そういうと、朝路と顔を見合わせて笑った。

三

天正六年十二月十一日、明智光秀は丹波国の八上の陣へ戻って、留守番を務めていた明智光忠から、五月以来、現在にいたるまでの高城山包囲戦の様相を、詳しく聞いた。大きな合戦はなかったが、小ぜり合いは、しばしば繰り返されていた。敵は城の内と外で連絡を取って、夜陰ひそかに食糧を山の中へ運び入れていた。その現場を発見されて、斬《き》り合いが行なわれることは、月に二、三度はあった。

日を追って城内の食糧が少なくなって来たので、このごろは山から、かなりの軍勢が降りて来て、包囲軍の囲みの一部を打ち破り、包囲軍の援軍が到着するまでに、できるかぎりの食糧を運び入れるという方法を取ったり、高城山の麓《ふもと》の寺から山へ、食糧を秘《ひそ》かに送りこんだりしていた。

高城山にこもっている兵たちのほとんどは、この地方の出身者であるから、付近の百姓が積極的に八上城へ食糧を送ろうとしている気持も、わからないではなかった。それに長いこと、この地の領主であった波多野氏及びその家臣団と地元とは、強固なつながりができているので、山にこもっている軍勢ばかりではなく、周囲の農民にも気を許すことはできなかった。波多野の乱破《らっぱ》が、しばしば包囲軍を襲って五人、十人と殺して、首をさらって逃げた。その乱破の背後に、近くの農民がついているのがわかっていても、どうすることもできなかった。

「だが、苦心の甲斐《かい》があって包囲は成功し、城内の敵はかなり弱っているようです。あと、一ヵ月か二ヵ月かこめば、落城するのではないかと思います」

光忠はそのように報告した。

光秀は報告を聞き終ってから、旗本を率いて、包囲軍の様子を見に行った。番小屋に一々立寄って、最近の状況を訊いた。奥谷の番小屋に敵兵が一人と、その妻女というのが捕えられていた。

「図々しい奴《やつ》でございます。真昼間、女の方が柵をくぐって、中へ入っていったのでございます。警戒中の者が柵の下に穴があいているので、不審に思って、森の中へ入って見ると、こやつ等《ら》二人は、女が持ちこんだ食物はそのままにして、抱き合っていたのでございます」

番所の小頭は、そう言うと、そこに縛られている男女の方へ嘲笑《ちようしよう》の眼《め》をやった。飢えているのに、あの方を先にしたということを、言いたかったようであった。

光秀は、男の風体を見た。屈強な武士であった。おそらく、この付近の郷士であろう。しかし、その郷士が今日ここで妻女に会ったというのは、偶然ではない。前もって連絡が取れていたことになる。

「捕えるとき、その男は抵抗したか」

光秀は、さらに訊《たず》ねた。

「たいへんに暴れました。三人で取りおさえにかかったが、それを一時は振りきって山へ逃げこもうとしたから、逃げると女を殺すぞというと、静かになりました」

光秀は、それでおおよそのことを見透した。城内は、さほど食糧には困っていないのである。なぜならばその城兵は、食べるより先に女を抱いた。ほんとうに飢えていたら、女を抱くほどの元気はないだろう。そればかりではない。その敵は三人の男をふり切って逃げるほどの力を持っていた。また、敵の男女が真昼間、しのび合うことのできたのは、包囲軍の中に内応者がいる証拠である。光秀は、包囲戦は不成功であったと見抜いた。

　光秀は、しばらく考えてから女に言った。

「そちが夫と連絡するのにどのような方法を取ったか、それを言えば、お前も、お前の夫も許してやる。ほんとうに許してやるぞ」

　女は、光秀のいかめしい姿を見て、相手は間違いなく寄せ手の大将であり、大将だからいうことには嘘《うそ》はないだろう、と思ったらしく、

「銭だよ、銭をやっただよ」

「番人の兵に銭をやって、密会を大目に見て貰《もら》っていたのか。その番人の顔を覚えているか」

　女は首をふった。知っていても、それは言えないという顔であった。

「よし、女を放してやれ。男は山の中へ追いこめ」

　光秀は番所の小頭に命令してから、馬をすすめた。軍規がたるんでいるな、と思った。銭を取って、敵兵の密会を許していたなどというのも、包囲戦が長期になり過ぎたことと、包囲軍の中には、敵に心を寄せる者がいることを示していた。包囲軍は光秀の直轄《ちょっかつ》部隊ばかりではなく、光秀に降伏してはいるけれど、もとは波多野秀治の支配下にいた、東丹波の兵たちもいた。

光秀は、その翌日、新しい命令を下した。いままで、高城山の周囲に柵を設けていたのを止《や》めて、場所によって堀《ほり》を掘り、塀《へい》をめぐらせ、柵を今までの三倍の高さにした。今度こそ猫《ねこ》一匹入れないような、厳重な包囲の壁ができた。工事には、地元の百姓を集めて協力させた。

番小屋ばかりでなく、町屋作りの小屋を作り、そこに多数の番卒を置いた。敵に便宜を計るようなことをする者は極刑にする、という布令《ふれ》も出した。工事が終わったのは翌年の二月の末であった。

光秀は完全包囲の態勢を取ってから、城内へ使者を送って降伏をすすめたが、波多野秀治は頑《がん》として聞き入れなかった。

頑張っている間には天下の情勢は変わるとでも思っているようであった。

見張りの番卒の部署は、十日置きに交替させた。番卒のひとりが、竹竿《たけざお》に食べ物を結びつけて、塀の向うに投げこむところをつかまった。丹波綾部《あやべ》の出身の男であった。男は磔《はりつけ》になった。

その男のやるのを、見て見ぬふりをしていた丹波亀山出身の三人の男は、打ち首になった。

この処置が全軍に伝わってからは、塀と堀と柵に、みだりに近づく者は無くなった。

包囲の効果は、二ヵ月後に現われた。

顔面蒼白《そうはく》となり、眼が落ち窪《くぼ》んだ兵がふらふらと山の中から出て来て、柵に近づいて、なにかしきりに言った。声にならなかった。手を合わせて、食べる手真似《てまね》をやった。番卒は塀に梯子《はしご》をかけて男を外につれ出して、本陣へつれて行った。飢えに耐えられなくなって、出て来たのであった。男は与えられた粥《かゆ》をむさぼるようにすすって、

「お城では今日も三人、飢えて死にました」

と言った。草根木皮も、ほとんど取りつくしてしまって、もう食べる物はほとんどないと言った。

光秀はその男に厳重な監視をつけて、十分食べさせ、休養させてから乾飯《ほしいい》を持たせて、再び塀の向うへ送りかえした。その飢えた男が、あるいは秀治の回し者かと考えたからであった。

飢えた兵が十人、二十人と食を求めて、山から降りて来た。城内の兵が飢えていることは間違いなかった。

「食を求めて出て来る者は見つけ次第、殺してしまえ」

光秀は命令した。飢えた兵を食で誘い出して、敵の兵力を減殺させるよりも、敵のもっとも大事にしている食物を食べる人間を、より多く城内に止《とど》めて置いた方が

はるかに有利であったからである。敵兵は塀に近づけば殺されるから、山を降りては来なくなった。光秀は、高城山の山麓《さんろく》の僧をつぎつぎと山へ上げて、降伏を勧告させた。表面は降伏勧告であったが実は、城内の飢餓の状況の視察であった。

「馬や牛を殺して食べております」

帰って来た僧が言った。

「攻撃をかけましょう。敵は飢えているから、おそらく戦う力はないでしょう」

と光忠が言ったが、光秀は首を振って、

「いま攻撃をしかけたら、それこそ敵は死に物狂いでかかって来るだろう。生死の境に立った人間は、なにをするかわからないぞ。おそらく、敵に捕えられた者は、馬や牛のように食べられてしまうだろう」

そう言って、光忠をいましめた。

四

信長から光秀のところへ、書状があった。丹波でだいぶ難渋しているようだから、丹羽《にわ》長秀を摂津国から、羽柴《はしば》秀長（秀吉の弟）を但馬《たじま》国から応援にやろう、という内容だった。

高城山の八上城の波多野秀治が頑強に抵抗しているのは、丹波領内の支城が完全には陥《お》ちていないからで、場合によってはいっせいに立ち上ろう、という気配が見えたからであった。

「もう一ヵ月待っていただけば、八上城は必ず落ちます」

と信長のところへ光秀が書状を出したが、そのころは、丹羽長秀と羽柴秀長の軍は出発したあとであった。

（この光秀にすでに恭順を申出ている支城など攻めてもなんになろうか、丹波をおさえるには、この八上城を攻め落し、波多野三兄弟を捕える以外はない。そのことをお館《やかた》様は、ちゃんと知っておられるのに）

光秀は、例によって信長の性急なやり方に眉《まゆ》をひそめたけれど、丹羽長秀と羽柴秀長に丹波の国の大半を、たいして労せずに取られてしまうのも癪《しゃく》であった。

光秀は、力攻めの決心をした。

光秀は軍を三手に分けて、野々垣口、春日神社口、そして奥谷口の三方から、おし登っていく策を立てた。

それぞれの攻撃口の柵や塀は取りはずされ、堀には板が掛けわたされた。篝火《かがりび》は赤々と燃えた。いかにも、その翌日は、突撃に入りそうな気配を示した。が、その夜も、次の夜も、そして第三夜も攻撃は行なわれず、篝火は燃えつづけて、五日が過ぎた。

光秀の計画だった。攻撃の気配を示したら、敵は最後の糧食を兵たちに分け与えるだろう。それを食べ終わって、そろそろまた腹が減ったころになって攻撃をした方が有利だ、と考えたのである。

天正七年五月十七日未明、三つの登山口で鉄砲の音が聞えた。攻撃軍は、この鉄砲の音を合図に山をおし登って行った。

敵の伏兵をさけるために、部隊の先頭には近郷から集めた杣人《きこり》、百姓を入れて道の両側の草を苅《か》り、木を伐《き》り倒して登って行った。

高城山の八上城にこもる兵たちにとっては、この付近の村民は顔見知りであり、親類、縁者ばかりだった。みだりに殺すわけにはいかなかった。光秀はその敵の気持を見抜いて、この策を取ったのである。

各登山口で、衝突が起こった。予期していたとおり、波多野軍は隠れ道から現われて、明智軍の両脇《りょうわき》を突いた。

「それッ、戦《いくさ》だ」

と、百姓や杣人は山を逃げ降りた。逃げおりるときに、彼等は腰に下げていた弁当を捨てて逃げた。波多野軍は、この弁当を拾った。なんのことはない。この朝の衝突では、波多野軍に弁当を進上したような結果になった。双方の損害は軽少であった。

「土地の者は当てにはならない。なんらかの方法を用いて、山と外では連絡を取っているに相違ない」

光秀は、土地の者を使うことをやめて、その翌日は、明智軍の手によって草を苅り、木を伐って、山をおし登って行った。

二日目の攻撃はきのうと違って、波多野軍の抵抗は受けなかった。草を苅り、木を伐って進む明智軍は、その無気味なほどの敵側の沈黙に、かえっておびえていた。

その山の様子が、本陣にいる光秀のところへ刻々と知らされた。

「敵は、味方が延び切ったところを見て、列を分断してその上部を囲みこもうとするつもりであろう。十分に足場をかためて置いてから前進せよ」

光秀は、そう命令した。十分に足場をかためろというのは、敵が回りこんで来ないように、また回りこんで来ても余裕を持って戦えるように、山を切り開いて前進せよ、ということであった。

明智光忠は、春日神社口の攻撃軍の大将であった。彼は去年の春、弓月神社口で痛い目に会わされていた。その敵も今は飢餓に瀕《ひん》している。今度こそひどい目に会わしてやろう、と思っていた。その気持が全軍に伝わったのか、足場を固めるよりも進む方が速かった。巳《み》の刻（午前十時）になると、先頭は茶屋丸砦《とりで》の下に取りついて、砦を守る波多野軍に鉄砲を撃ちかけた。

鉄砲が鳴ると、明智軍は、いままでの、どこから敵が出て来るか分らないような不安が消えた。

兵たちは敵の砦に、なにがなんでもおしかけて行きたがった。一年以上の長い包囲戦であった。その長い一年間の労苦は、この日の一戦で決算されようとしているのだ。敵の大将首を挙げれば、たちまち立身出世ができる。立身出世ができないでも、恩賞を受けるためには、敵の首を取らねばならなかった。敵の首を取るがために、この一年余、この丹波の山の中にいたのである。明智の軍兵は、一人残らずそう思っていた。

明智軍の隊伍《たいご》が乱れた。道は一本道だから、はやいところ敵の砦に取りつくには、道から山の中へ入って行かねばならない。功名手柄《てがら》の前には密林など、ものの数ではなかった。

茶屋丸砦は、尾根の背を三段にけずり取って、それぞれそこに五十坪ぐらいの砦を設けていた。ざっと見て、一つの砦に百人ぐらいはこもっていそうであった。

砦の回りの木は切ってあるから、そこまで登って来ると、一番下の砦を守っている波多野勢の顔が見えた。その上の二つの砦は、人がいないように静かだった。

林から顔を出した明智軍の兵は、砦から射かけて来る矢にたじろいだ。急坂で、駈《か》け上ることができなかった。なにか奇声を発して駈け上って行った兵は、砦に着いたとたんに、ひょいひょいと出て来た五本の槍《やり》に同時に突かれて、坂をころがり落ちた。

だが、明智軍は続々とその砦の下へつめかけて行った。砦へ向って矢を射かけ、鉄砲を打ちこんだ。砦にいた兵が弾丸に当たって坂をころがり落ちて来ると、その首を奪い合った。

茶屋丸砦に対する総攻撃の命令が、明智光忠の口から出されようとしていた。

光忠は、采配《さいはい》を高く上げた。采配の上に、五月の青空があった。

鬨《とき》の声が、下の方で聞こえた。

光忠は采配をふりおろすのを止めて、下方へ眼をやった。いま、ここで上げようとしている鬨の声をさらった者は誰《だれ》であろうか。

（敵か……もしや、敵の伏兵が……）

そう思うと、彼の頭上の青空が、一度に落ちて来たような気がした。

伏兵が明智軍の横腹に槍を入れたことが、波がおし寄せて来る速さで伝わって来た。

（このままでは危い）

光忠は、退却の法螺《ほら》を吹かせようとした。

今度は、鬨の声が頭上で起こった。いままでひっそりしていた上の二つの砦から、軍兵が槍をかまえて、かけ降りて来るのが見えた。

「退《ひ》けっ！　退けっ！」

と、光忠は怒鳴った。

波多野軍の伏兵は、茶屋丸砦へ向う道の右側の鴻《こう》の巣《す》という、小さな窪地にひそんでいたのであった。鴻の巣から現われ出た波多野軍は、光忠らの退路を断った。そして、茶屋丸砦から追い討ちをかけて来る波多野の軍兵《ぐんぴょう》と力を合わせて、明智軍を攻めた。波多野勢は、

「首のかわりに敵の弁当を奪え」

と、口々に叫んでいた。弁当を一つ取れば、敵の首一つ取ったと同じ恩賞が与えられることになっていたのである。

激戦の最中で、首を掻《か》き切ることは、容易なことではなかった。取ったとしても、その重みで自由を束縛された。うっかりしていると、こっちの首を取られる破目になる。その首のかわりに弁当を取ればいいとなると、ことは簡単であった。明智勢は、つぎつぎと突き殺され、首のかわりに弁当を奪われた。弁当を投げて、その急場を脱出する要領のいい兵もいた。

光忠は死に物狂いで、ようやく敵のかこみを破った。二百三十二名が、この戦い

で討ち死にした。負傷者は多数であった。

光秀はにがり切った顔で、光忠の報告を聞いた。去年、ちゃんと体験させて置いたのに、よくよく光忠という従弟《いとこ》は能がないのだ、と思った。光忠が能がないのではなく、八上城主、波多野秀治が光忠以上に能があるのかも知れない。

兎《と》に角《かく》、飢餓に苦しんでいるはずの敵が意外なほどの反抗を見せたことに、光秀は驚いた。

(食べたいがための一戦かも知れない。首より、腰の弁当を狙《ねら》った戦いなのかもしれない。要するに、敵の方が味方よりも、生きるということが切実なのだ。だから強い)

その夜、高城山から放たれた矢文が、光秀の陣に届いた。

(本日の働き、お見事である。今宵《こよい》は思いもよらぬ明智料理に、歌の一つも出ようもの)

と、したためてあった。明智料理というのは奪った弁当のことだろうが、飢えている敵のことだから、もしかすると——人の死肉を食べる餓鬼の姿が眼に浮んだ。

光秀は頭をかかえて、深く、長い溜息《ためいき》をついた。

五

信長の使者として、池田勝三郎が般若寺《はんにや》の光秀の本陣に来た。

「八上城の波多野秀治は、なかなか手ごわい相手のようですな」

と、池田勝三郎は言った。信長からの用件は直ぐ口に出さずに、波多野との戦いの様子をしきりに聞きたがっているのは、時間つぶしというよりも、なにか言いにくい用件を持って来たに違いない。光秀はそう思った。軍目付から、合戦《いくさ》の様子はことこまかに信長に報告されていることだから、使者の池田勝三郎が知らぬことはあるまい。そうは思っていても、光秀は短兵急に、御用の向きはなどとは言わない。相変わらずの無表情な顔で、訊《き》かれたことに答え、時には摂津方面の模様などをちょっぴりと訊くのである。

「伊丹《いたみ》の荒木村重殿も、長いことはあるまいのう」

光秀は話を、そっちへ持っていった。

「さよう、ついこの間、高槻《たかつき》の高山右近殿が、荒木村重殿のところへ降伏なされるよう説得に行かれたが、やはり駄目《だめ》であった」

そういってから、池田勝三郎は、突然思い出したように、

「そうそう、その高山右近殿が近々、この地へ参られることと相成るだろう。右近殿と波多野秀治殿とは同じ吉利支丹《キリシタン》の教徒であるから、話は意外と運ぶやもしれぬという、右大臣様（信長）のおぼしめしでござる」

そんなことだろうと思っていたよ、という顔で光秀は池田勝三郎を見ていたが、心の動揺はいささかも見せずに、

「しかし、高山右近殿をこの地へさし向けるのは、摂津方面の風雲が急である現在はどうであろうか。それに、その件については、もはや手配は済んでいる。実は私の母も吉利支丹の信者で、高山右近殿、内藤忠俊殿、それから波多野秀治殿などを、よく存じておる。また、内藤忠俊殿の親類の曽地の城主内藤顕勝も吉利支丹信者であって、降参してわが陣におる。私は、ここ数日中に母を使者として八上城へ送り、秀治に抗戦の利なきことを知らしめようと思っている。八上城は、現在一千三百の兵のほかに女子供が二百人ほどおるが、ほとんど餓死寸前のところに追いこまれている。秀治は降伏したいのだが、面子《めんつ》にとらわれて降伏はできないでいるのである。なにか、降伏してもいいという面子が見つかれば、彼は降伏するであろう」

光秀は池田勝三郎に、しばらくここにとどまっておれば、かたがつくだろうと言った。

「と申しましても、使いの身分……」

と勝三郎が口ごもると、

「それでは、あと二日ばかり滞在なされてから、お帰りになったらいかがでしょ

う」

と、すすめた。池田勝三郎は、どうしようかと考えているうち、ふと小用をもよおして席を立った。その隙《すき》に光秀は、家臣の進士作十郎に耳打ちをした。

「すぐ、坂本へ発《た》て。母をつれて来るのだ。急ぐのだ。急がないと、たいへんなことになる」

進士作十郎は、その日のうちに丹波を発った。池田勝三郎が、二日滞在して帰るころには、坂本の城にいた光秀の母と朝路は、坂本を出発していた。光秀はさらに人をやって、母を乗せた駕籠《かご》と、安土へ帰る池田勝三郎が途中で会うように画策した。

池田勝三郎は安土に帰って、そのままのことを信長に伝えた。

「光秀は、母を使者にやると言っておったか」

信長は、はてなという顔をしたが、そのことをいいとも、悪いとも言わなかった。

光秀は、じっとしてはおられない気持だった。但馬口から丹波に攻めこんだ羽柴秀長の軍勢は、調子よく北丹波を進撃していた。たいして問題にするような大きな城はないし、明智に誓い文を入れている豪族たちだから今さら、抵抗することもあるまいが、遠くから事情をよく知らない人が見れば、羽柴秀長は戦さ上手で、八上城を包囲してからそろそろ一年半にもなるのに、その城が落せない光秀は、戦さ下手のように思えないでもない。このごろは、なにかというと怒りっぽく、粗暴になっている信長のことだから、如何《いか》なる叱責《しっせき》を受けるかもしれない。光秀は、信長の眼《め》が怖かった。

光秀は、井串城主の荒木氏綱と、曽地城主の内藤顕勝を呼んだ。荒木氏綱は、もともと波多野氏から出た支族であり、波多野秀治の勢力下にある七頭家の一人であった。七頭家というのは波多野氏を支える豪族で、久下越後守《えちごのかみ》重氏（久下城主）、長沢治郎部義遠（大山城主）、江田行義（綾部《あやべ》城主）、大館《おおだて》左近将監《さこんのしょうげん》氏忠（高山城主）、小林修理進重範（沢田城主）、荒木山城守氏綱（井串城主）、赤井悪右衛門尉《じょう》景遠（氷上《ひかみ》穂壺《ほつぼ》城主）の七人であった。これらの豪族は、それぞれ幾つかの支城、支砦《じさい》を持っていた。

七頭のうち、赤井悪右衛門を除いて他の六頭は、光秀に恭順を示していた。

内藤備中守《びっちゅうのかみ》顕勝は、七頭家と並んでいる七組家の一人であった。

七組家というのは萩野《はぎの》六左衛門朝道（萩野城主）、須知主水《すちもんど》景氏（須知城主）、内藤備中守顕勝（曽地城主）、波伯部治良左衛門光政、足立右近光永（足立城主）、野《の》尻《じり》玄蕃《げんば》康長（野尻城主）、酒井佐渡守重員の七人であった。

七組のうち、赤井悪右衛門の弟の須知主水景氏を除いては、ほとんど光秀に恭順を誓っていた。

「八上城内の将兵は、餓死寸前にいる。いま一月も経《た》てば、攻めずとも落城するが、今攻めると城兵たちは、この間のように死に物狂いで噛《か》みついて来る。それを、こちらが無理押ししようとすれば、双方に莫大《ばくだい》な死傷者が出る。先の見えている戦さに無辜《むこ》の人間を殺すことほど、おろかなことはない。そこで右大臣様から、使者を通じて御申し越しがあった。そこもとたちが城内の家老たちと力を合わせて、波多野三人兄弟を捕えてさし出すならば、恩賞として、波多野の直轄地《ちょっかつち》を分け与える。城内の家老も罪を許して、安堵状《あんどじょう》を与えるという御申し越しである。とくと二人で相談して、今宵《こよい》中にでも、そちらの手の者を八上城へ送りこんで、ひそかに城内の家老たちと相計るように」

荒木氏綱と内藤顕勝は光秀の言葉を聞いて帰ってから、その夜のうちに高城山へ人をやって、密書を筆頭家老の荒木藤内左衛門氏修に渡した。荒木氏修は荒木氏綱の実弟であり、和平を望んでいる一人であった。城内の将兵は、飢えに苦しんでいた。いざというときの用意に残して置いた食糧も、しばらく前の光秀の攻撃の際使って、ほとんど使い果していた。籠城《ろうじょう》当時、男、千五百人、女子供二百人いたのが、今は合わせて千三百人に減っていた。病気や栄養失調のための死者は、加速度的に増えていた。

筆頭家老の荒木氏修は兄の氏綱から密書を受取ると、他の家老の中で彼と心を同じくする者と相談して、波多野秀治に和平を説いたが、秀治は頑《がん》として聞き入れなかった。

「この城はデウスが創《つく》ったものだ。デウスは善《よ》き者に味方をされる。ついこの間の戦いが、そのことを証明した。この戦いは必ず勝つ。やがて敵は、城の包囲を解いて退散する」

波多野秀治は、家来の言うことを聞かなかった。家老の中に、渋谷播磨守《はりまのかみ》忠員と渋谷伯耆守《ほうきのかみ》氏秀の兄弟がいた。この二人は熱心な仏教徒であったが、和平説に反対することにおいては、波多野秀治と同じであった。

城内の六家老のうち四人は和平派、二人は抗戦派に分れていた。

波多野弥兵衛は、秀治と同じく抗戦派だった。

気が狂いそうに腹が減っていたが、降参はいやであった。城の外部にいる荒木氏綱や内藤顕勝と、城内の和平派の連絡は日を追って緊密になって行った。

六

坂本から駕籠《かご》に乗ってやって来た志野と朝路は、休む暇もなく光秀の前に出た。

「お疲れになったでしょう」

光秀は、母をいたわった。

「なんの、今は一年のうちで一番快よい季節。駕籠に乗って野を行くと、若葉はむせぶばかり、やぶうぐいすは鳴いているし、おそ咲きのつつじの花などがあって、まるで遊山《ゆさん》にでかけたような気持でした」

志野がいうことはほんとうらしく、彼女の顔にはいささかの疲労もなかった。彼女が丹波へやって来た用務の重さも、念頭にないようであった。

「まあ、ゆっくりお休みになって、そのうち――」

と、光秀が母を休ませようとすると、

「そのうちということはないでしょう。私は朝路をつれて明日にでも、あの山へ登るつもりです」

志野は、前にそびえ立っている高城山へ眼をやった。篠山《ささやま》川の流れをへだてて、こんもりと円く、高く、木々に覆《おお》われている高城山を見詰めている志野の眼には、なんの怖《おそ》れもないようであった。

「朝路もつれて行くのですか」

「朝路の夫となるべき人が、あの山の中にいることは、あなたも御存知《ごぞんじ》でしょう。一眼《ひとめ》でも合わせてやりたいと思いましてのう……御使者の私が、そんなことをしてはいけませせぬか」

「いえ、いけないということはございませぬが、母者《ははじゃ》にしてはずいぶんと粋《いき》なおはからいと思いまして」

光秀は、志野のことを母者と呼んだ。会話の間に、母上とか母者という言葉は、めったに出ないものである。そういう言葉がでるときには、なにかそこに、常にない緊張感がただよっているのだ。光秀はそれには気がついていないが、志野にはそれが分った。

志野は、光秀の実母ではなかった。光秀の両親は早逝《そうせい》したので、光秀は叔父の光安に育てられた。志野は光安の妻である。そんなわけだから、光秀は志野をずっと母と呼んでいた。明智家が土岐《とき》氏の一族として、貧乏暮しをしていたころであった。志野は、光秀が出世すればするほど、母としての座にいることが苦しく感じられた。別にそんなことを気にすることはないのだが、なにかの折、光秀のつめたい眼を感ずると、私は光秀の母ではない、母の座に甘えてはならない、と思うのである。

光秀に母者とか母上とか言われた時も、志野には、それがわざとらしく聞え、なにか光秀が家臣の手前、そのようにわざと言っているのではないか、と思うのである。

志野は、そのような考え方を、自分の年齢のせいにした。

「わたしのことよりも、お役目の方が大事でございます。どうぞ、明日、波多野秀治殿に申すべきこと、答えるべきことをおさしずなされ」

と志野は、改まって言った。

「こまったな。遠いところを旅して来たというのに、そんな性急なことを言われて、……城は、どっちみち落ちることにきまっているのです。一日早いか、一日遅いかという問題です。なにも明日、山へ登らずともよいのですよ」

光秀は、母の志野が着く早々、使者の用務のことを口に出すのは、相変わらず心配性の母のことだから、信長が丹波に羽柴秀長や丹羽長秀を送りこんで光秀を牽制《けんせい》していることを、憂慮してのことだろうと思った。

「でも、私にはしなければならない仕事は、はやくしてしまった方が楽なのです」

「そうですか、それほど言われるならば……」

光秀はいくらか胸を張って、志野の顔を正視した。

（ああ、あの眼つきは……）

志野は光秀が幼かったころのひとこまを、思い出した。光秀が五歳のとき、猫《ねこ》の子をいじめた。箱の中におしこんだり、首に縄《なわ》をつけて引っ張ったり、ひどく残酷ないじめ方をするので、志野が注意した。

「そなたは、母ではないわい」

光秀はつめたく光る眼で、志野を見詰めて言った。誰《だれ》かが光秀に、志野が実母ではないことを告げたのであろう。それにしても、光秀の言い方はひどかった。そしてその眼は、幼児の眼とも思われなかった。それ以来、光秀と志野の間には、眼に見えない溝《みぞ》ができていたのである。光秀はその後現在にいたるまで、志野を母と呼びつづけていた。母でない、などと言ったことはない。だが志野は、光秀の眼の中に冷酷な光が動くと、あのときのことを思い出すのである。そのときに、光秀にいじめられていた猫の声まで思い出すのである。

「八上城には城兵のほか、女子供を併わせて約千三百人が飢えている。このまま放《ほう》って置けば、一ヵ月経《た》たない間に、ことごとく飢死してしまうでしょう。母者は秀治に会って、秀治ひとりの武士道の意地のために、千三百人の無辜の人間を殺すことがいかに人道にそむいているか、を伝えていただきたい。その人たちの生命を救うために、一度光秀と会って話し合ってくれぬか、と言えばいいのです」

「よく分りました。使者のおもむきは、よく秀治殿にお伝え申します」

志野は、光秀に一礼した。

その日、明智の陣営から八上城の芥丸砦に向って、矢文が射こまれた。

「明朝、辰《たつ》の刻（八時）、弓月神社口より使者を送る。一行二十余人、うち数人は足弱（女）ゆえに、なにとぞ心使いくだされたい」

使者はこれまでにも何人か来たが、すべて男であった。女の使者が来るというので、波多野秀治は、一応は光秀の謀略かと疑って警戒を厳重にした。その夜から雨になった。梅雨に入ったのである。

翌朝、志野を乗せた輿《こし》が、弓月神社口より高城山のいただきをさして、登って行った。人一人やっと通れるような山道だから、輿を四人で担《かつ》いで行くのは、なかなか困難であった。途中から志野は、山駕籠に乗りかえた。その山駕籠も、急坂にかかると先がつかえて、担ぎ上げることはできなくなった。志野は、大力無双の亀戸伝馬の背に箱を置き、その上に坐《すわ》った。亀戸伝馬の身体《からだ》に綱がつけられて、他の者がそれを引っ張った。志野には五名の侍女がつき添い、荒木氏綱と内藤顕勝がそれぞれ三名の家来をつれて続き、荷物を背負った小者がその後に従った。雨の中で、道が滑った。

山の中は静かであった。要所、要所にある番所の部卒も、黙って一行を見送った。どの顔も瘠《や》せて、眼だけがぎらぎらと光っていた。天気のいい日は、頂上まで、どんなにゆっくり歩いても半刻（一時間）で行けたが、この日は一刻半（三時間）かかって頂上についた。

志野は亀戸伝馬の背の上で、高城山そのものが城としての構えを持っているのを、驚きの眼で眺《なが》めていた。要所、要所には、山を切り崩して、五十坪、百坪の平地を作り、そこに砦を設けていた。その砦も頂上に近づくにつれて規模が大きくなり、西南丸、蔵屋敷、茶屋壇丸、池上番所、そして頂上の三の丸、二の丸、本丸となると、この山の上に、こんな立派な館《やかた》がと思われるほどのものが、しっかりした石垣《いしがき》の上に立っていた。

その山城の構え方よりも、志野が驚いたことは、池上番所で休んでいたときに起こった。彼女を背負っていた亀戸伝馬が、そこで弁当を使った。弁当を使う時間には早かったが、腹が減ったのでは力が出ない。もし滑って転んだら大変なことになるというので、亀戸伝馬ひとりが、握り飯を食べたのである。

亀戸伝馬が握り飯を出すと、番所の兵たちがひとり、ふたりと現われて、いまにも飛びかかりそうな眼で、伝馬を見た。餓鬼の眼であった。伝馬も、そう見られたのでは落ちついて食べてもおられず、いそいで二つほど食べ終わると、ほいよと、一つの握り飯を傍で見ている兵に投げてやった。

その握り飯一つを奪い合って、死に物狂いの争いが始った。番所の小頭が、いくら怒鳴っても止《や》めなかった。飯粒が四散した。兵たちは、その飯粒の一つぶ、一つぶを奪い合った。

八上城では、波多野秀治が待っていた。身分の高い婦人が使者に来たという報告を受けたが、その婦人が光秀の母だとは思っていなかった。さらに驚いたことには、その使者の婦人の胸に十字架《クルス》が輝いていた。

書院といっても、山城のことだから、そう広くはなかった。牡丹《ぼたん》と虎《とら》の絵を書いた襖《ふすま》がその山城には不似合いのほど、華美であった。

「光秀の母でございます」

志野はそういうと、小者に持たせて来た土産の品を、秀治の前に置いた。

「私は光秀の母ではございますが、光秀の使者として参ったのではありません。私は神の子イエス様の御名において、あなた様にお話ししたいことがあって参ったのでございます。従って、この土産の品々は光秀からの物ではなく、私の心ばかりなるお見舞いの品としてお収めいただきとうございます」

土産の品々は食糧であった。三俵の米のほか、味噌《みそ》、塩、乾《ほ》し魚などであった。

「矢文には、使者を送ると書いてありましたが」

秀治は、不審顔で言った。土産物には、眼を向けなかった。

「使者は荒木氏綱殿と、内藤顕勝殿の二人でございます。使者の用向きをお聞きになる前に、まず私のいうことをお聞き下さいませ」

それから志野は、ゆっくりとした口調で餓死寸前に迫った千三百人を救うためには、秀治と光秀が直接会って話し合う以外に道はないことを説いた。

「話というものは、間に人を入れれば入れるほどむずかしくなるものでございます。もし、秀治様が光秀と膝《ひざ》を交えて話し合えば、心の中のわだかまりも、きっと消えることと存じます。秀治様、この城にこもっている千三百人は、あなたの家来ではありますが、すべてデウスの神が創り給《たも》うたものでございます。一人一人が生きる権利を与えられたものであり、それらの生命を秀治様一人の分別で殺すということは、許されないことです」

秀治は、志野の話を小半刻聞いた。志野はイエズス会に入っている天主教の信者であり、よく勉強しているから、教理は整然としていた。

とにかく、人の生命をそまつにしてはならない、人々を救うためには光秀と会って十分に話し合えというのだから、秀治も反対するわけにはいかなかった。

秀治は志野に負けた。

「よく分りました」

「それでは、私の見舞い品をお受取り下され。あの飢えた人たちに分け与えて下さるように」

それもまた、理窟《りくつ》であった。秀治は苦笑して、そこに積んである土産の品を受領した。

「私の用向きは、これで済みました。あとは荒木殿と内藤殿とお話し下さいますようにに。私はお話が終わるまで、しばらく休ませていただきます。輿や駕籠《かご》に乗り、あるいは人の背にすがっての登山でありましたので、すっかり疲れてしまいました」

志野は腰に手を当てて言った。

「休みの場を用意してございます。御承知のようになにもございませぬが、見はらしだけはよいから、二、三日御滞在下さったらいかがでしょうか……ただいま御案内させましょう」

秀治が戦いはもう終わったような言い方をすると、志野はその語尾に乗って、

「そうそう、秀治殿の甥御殿《おいごどの》に弥兵衛という若武者がおられるそうですね。その方に御案内をお願いしましょうか」

志野もまた、書院のまわりが槍《やり》や刀で取巻かれているのを承知で言った。秀治はびっくりした顔で志野を見たが、志野が、秀治の視線を導くように、朝路の方へ持って行ったので、そこではじめて秀治は、内藤顕勝の娘の朝路が、志野に随行して来たのを知った。

秀治は波多野弥兵衛を呼んで、志野たちを二の丸の曲輪《くるわ》に案内させた。

七

秀治は、志野が言い出した光秀と直接面談するという原則には賛成したが、その

会見場所について、荒木、内藤等《ら》との打ち合わせになると、我を張った。なんと言っても、旗色が悪いのは秀治の方だから、多少は遠慮すべきところであったが、秀治は、

「会見は五分、五分の状態で行ないたい」

と、主張して止《や》まなかった。荒木、内藤等が持ち出した会見場所は、全部否定された。

「では、波多野様に、なにかよい案がございますか」

と訊《き》かれると、秀治は、それについては家臣とも相談すると言って、中座した。

会見は長びき、使者たちは、その夜のうちに帰ることはできなくなった。志野等に従って来た従者が、そのむきを光秀に伝えるために山をおりた。

秀治を中心にしての重臣会議は、夜になっても続けられた。

和平派の家老荒木氏修ほか三家老と、抗戦派の家老渋谷忠員、渋谷氏秀の両家老との激しい言い合いが続いた。抗戦派は、秀治と光秀の会見はやるべきではない、と主張した。会見の席上でうまいことを言い、たとえその場で信長の誓書が見せられたとしても、そんなものは当てにはならぬ、信長という男は平気で約束を破る男だから、信用はできない。和平より、むしろ死を選ぼうと言った。

和平派は、このままでいたら、千三百余人は餓死するより他《ほか》に道はないから、と

にかく、信長が光秀を通じて、どういう条件を出すか、会ってみた上でもう一度考えようと言った。最後は、秀治が決めねばならなかった。

「会おう。光秀に会ってやろう。だが、敵が指定するところでは会わぬ。光秀がいかなる謀略を用意しているか、分らないからだ。会見場は、西蔵丸の下の石心寺としよう。石心寺は、高城山の続きのようなものだ。石心寺には、双方百人ずつの人数をつれて行くこと。会見時刻は明日の未刻《ひつじ》（午後二時）としよう」

秀治は結論を下した。

「では、その旨《むね》を早速、使者の荒木殿と内藤殿に申し伝えましょう」

と、荒木氏修が立ちかけると、抗戦派の渋谷忠員が、

「そんなことは、いそがないでもいいだろう。使者は、どうせ今夜はこの城に泊るのだから、明朝伝えればいいことだ。それとも貴殿には、それをいそいで知らさねばならない理由でもあるのかな」

皮肉であった。渋谷忠員は、筆頭家老の荒木氏修等が、すでに敵方に降っている荒木氏綱等とひそかに通じているのではないか、と疑っていたのである。

「なんと言われる」

荒木氏修は、刀に手を掛けようとした。

「そんなことは、どうでもよい。それよりも、会見場所が石心寺と決ったからに

は、今から石心寺に見張りを出して置くように手配しろ」

秀治は、そう言って席を立った。

石心寺で光秀と会見することが決ると、いままでにない不安が秀治の心の中に湧いた。双方百人ずつの会見であるし、石心寺が高城山の続きのようなところだから光秀に計られるということはないのに、なにかそこに大きな陥穽《かんせい》があるように思えてならなかった。

「誰かおらぬか」

秀治は居間に帰ると、すぐ人を呼んだ。近習の弥兵衛が来て、手をついた。

「弥兵衛か。なぜ、朝路のところに行ってやらないのだ。はよう行ってやれ。そちたちは祝言《しゅうげん》こそ挙げていないが、もう夫婦も同然だ。誰もなんとも言わぬ」

だが、弥兵衛は黙っていた。

「どうしたのだ」

弥兵衛は頭を上げて、外を指した。

回廊に出て見ると、松明《たいまつ》の火が三つ、尾根伝いに下へかけおりて行くのが見えた。

「なんだ、あれは」

「荒木氏綱様の家来衆が、明日の会見のことを知らせに走るところでございます」

当然なことだ、会見場所がきまれば一刻もはやく、そのことを本陣へ知らせたいのは使者の任務であろう。だが、秀治は、その火の子を散らして降りていく松明の火を、鬼火を見るような気持で眺めていた。

(あんなとりきめは、しなければよかった)

後悔の念が浮び上った。今となってはどうしようもないのだが、松明の火を見ると、いよいよ石心寺での会見のことが不安になった。

自分で石心寺と場所をきめて置いて、その石心寺が危くてしようがないのである。

「お館様が、明日、石心寺へお出でなされる前に、明智殿の母御前《ごぜ》は山をおりられることになるでしょうか」

「当り前だ。使者をこの城に閉じこめて置くわけにはいかない。しかも相手は女だ」

「でも、なにかしかるべき口実があれば、母御前をこの城へ止めおくこともできるでしょう」

「母御前を人質にしろというのか」

秀治は声を荒らげて言った。そんな武士道に欠けるようなことをしたら、それこそ丹波武士の名折れだ、といいそうな顔だった。

「人質に取るのでは、ございません。たとえば母御前自ら、もう一日、この城に留《とど》まりたいと言い出させるようにしたら、如何《いかが》かと存じます」

秀治は、その暗い回廊で話しているのを止めて、弥兵衛をつれて居間にかえって、灯《ひ》をかき立てた。

「そちは、朝路を帰すのが惜しいのだろう。だから、そんなことを言っておるのだな」

「それも、あります。だが、私には、なんとなく明日のことが不安に思われます。光秀殿の母御前がこの城にいるかぎり、もし敵がなにかをたくらんでいたとしても、なにもできないでしょう。だから、なんとかしてもう一日、母御前をこの城へ留め置いて……」

「手があるか」

「さきほど朝路殿に聞きましたが、母御前は、殿が持っておられるロザリヨに、たいへんな御執心とのこと。そのロザリヨを誘いの手に使ったら、いかがでしょうか」

「ロザリヨを……ロザリヨを謀略の道具とするのか」

秀治は唸《うな》った。

八

八上城は、夜が明けきらないうちから、人の出入りがはげしくなった。石心寺方面へ見張りに行った者がつぎつぎと帰って来て、情況を報告した。石心寺には未《いま》だに明智方の兵の姿は見えない、ということであった。

急坂をあえぎながら登って来た兵には、その労苦に対して、いっぱいの粥《かゆ》が与えられた。小雨が降りつづいていた。

秀治は朝のうちに家老たちを集めて、評議をした。光秀の出して来る講和条件を想定しての心構えであった。

辰《たつ》の刻になると、志野と荒木氏綱と内藤顕勝等が下山の挨拶《あいさつ》に来て、無事使者の役目を果たして本望でございますと言った。志野も晴れ晴れとした顔で、これで私も安心して眠れますと言った。

「この遠い山まで、お役目御苦労でございました。あなたには、いろいろと教えを乞《こ》いたいのですが、戦いの最中ですので、それもできず心残りに思っております。実はあなたとのお近づきのしるしに、先年亀山《かめやま》において司祭のオルガンチノから頂戴《ちょうだい》したロザリヨをお贈りしたい」

波多野秀治は、手元の貝の象嵌《ぞうがん》で飾られた小箱を開けてロザリヨを取出すと、それを両方の指に掛けて見せた。

それは、紐《ひも》のようにしなやかにできた鎖に、五十余個の大小の珠《たま》をかけ連ねた数珠《じゅず》であった。珠の輪の中央上部からは別な鎖が伸び、それには数個の珠がつらなり、その末端に金の十字架が輝いていた。そのロザリヨを首にかけると、丁度胸のあたりに十字架が届くようにできていた。

部屋は薄暗いけれども、バラの木で作ってよく磨《みが》きこまれたその珠と金の十字架は、はっきり見えた。

「これと同じロザリヨは、日本に三つある。司祭のオルガンチノが、ローマの大司祭から貰《もら》い受けて持って来られたものだ。一つは高山右近殿、一つは内藤忠俊殿、そして、もう一つはこれである」

よく存じております。その、日本に三つしかない尊いロザリヨを、ほんとうに私にくださるのですかという眼《め》で、志野は秀治の顔を見詰めていた。

「今、私はこのロザリヨをあなたの首にかけて進ぜたいが、これは、ただのものではないので、品物をさし上げるようなわけにはいかない。司祭のオルガンチノがこれを私に譲られたときのように、ロザリヨの玄義（mysterium）と天使祝詞の祈りを、百五十回唱えての上でお譲りしたいと思う。だが、今日は明智殿との会談があるので、神の前にひざまずく暇がございません。のう、明智殿の母御前、このロザリヨはあなたにお預けしますから、祭壇の前で守りながら、余が帰るまで待っていてはくださらぬか」

志野の頭の中を、ほんのかすかに人質にされるのではないかという疑念が走ったが、それよりも強く、ロザリヨが欲しいという気持が彼女をおさえつけた。

（あのロザリヨを首にかけてさえいたら、何時《いつ》でも天国《パライソ》へ行けるのだ）

「承知いたしました、秀治殿。あなたがお帰りになるまで、私はイエス様の祭壇の前で、このロザリヨをお守りしましょう」

そうして、いただけるか、それは有難《ありがた》い、と秀治は言った。その秀治の顔には、喜びとも、悲しみとも、あわれみとも、軽蔑《けいべつ》ともつかない、複雑な笑いが浮んでいた。秀治は小箱にロザリヨを収めると、箱ごと、志野に持たせて、彼女を天主の間に案内した。そこには、イエス・キリストの絵がかかげられた祭壇が設けられていた。志野は、その前に坐《すわ》った。

荒木氏綱も、内藤顕勝も、口出しをする暇がなかった。二人は背筋に水を浴びる思いがした。志野の身に、もしものことがあれば、身の破滅であった。

荒木と内藤は、城を出た。このつぎにここへ来るときには、この城は降伏したあとだろう、と思った。荒木、内藤の主従が高城山を途中まで降りて来たとき、うしろから追いかけて来た者があった。

「荒木様、忘れものでござる」

侍は荒木氏綱の前に、印籠《いんろう》を差出すと小声でいった。

「明智殿御母堂のこと、われら家老衆が生命にかけてお守り申す、御安心あれ、との荒木氏修様よりの伝言でござる」

氏綱は大きく頷《うなず》いて、印籠を受取った。

光秀は母の志野が自ら進んで城に残ったと聞くと、顔色を変えた。が、そうなったことについて、荒木や内藤を責めなかった。志野の行為について、批評がましいことも言わなかった。光秀はたったひとこと、

「秀治を許すことはできない」

と言った。

石心寺の会見の場へは、双方とも百人ずつの従者を従えて未の刻、ぴったりに集った。

主だった十名の者が寺の中に入り、他の者は寺の外で警戒に当った。

話は頭初から、とんとん拍子に進んで行った。光秀は信長の言葉として、丹波の国の半分を秀治の所領として認めてもいい、と言った。

「右大臣様がこのように仰せられるのは、このたびの籠城によって丹波武士の武勇がはっきりしたからだ。もし、秀治殿が右大臣様の部将となり、功を遂げられれ

ば、必ずや丹波の所領は、もともと通りとなるであろう」

無条件降伏を要求されると思っていた秀治にとっては、それは余りにも分《ぶ》のよすぎる条件であったから、秀治は警戒した。即答はできぬ、と言った。

「ごもっとものこと、今日は城に帰ってゆるりと考えられて、明日にでも、明後日にでもまたここで話し合いましょう」

光秀はそういうと、部下に命じて酒肴《しゅこう》の用意をさせた。

「そのようなもてなしを受ける筋合いはござらぬ。御遠慮申す」

と秀治が言ったとき、遠くで歌の声が聞えた。兵たちのざわめき声が聞えた。

「御家来衆は、すでにはじめられておられる」

秀治はそれを聞いて、しまったと思った。

波多野の従者百人と、明智の従者百人とは、はじめは距離をへだてて睨《にら》み合っていたが、明智の足軽の一人が猿《さる》の真似《まね》を始めると、両陣営から笑いが起きた。その男は、猿が木に登って柿《かき》の実を取る真似をやった。渋柿を取ってかじって見ては、それを投げ棄《す》てる恰好《かっこう》が真に迫っていた。

男は柿のかわりに、握り飯を使った。波多野の兵は、投げ棄てられた握り飯にとびついた。こっちにもよこせ、と手を出す者がいた。明智の兵は、それぞれ、腰にさげている食べ物を波多野の兵に与えた。敵と味方の境が取れて談笑が起ったころ、寺の中から、桶《おけ》の中に入れた酒と肴《さかな》が運ばれた。和議が調《ととの》ったお祝いだ、と伝えられた。兵たちは、桶の中の柄杓《ひしゃく》で酒を飲んだ。竹筒の水を捨てて、その中に酒を入れ、ちびちび飲む者もいた。

波多野の兵も明智の兵も酔ったが、酔い方は違っていた。波多野の兵は、すきっ腹に酒を飲んだから、ひとたまりもなく酔いつぶれた。

「外の者どもはなにを騒いでいるのだ」

秀治が、そう言って立上ったとき、秀治の足にすがりついたものがあった。それを合図に秀治、秀尚、秀香の波多野三兄弟に、つぎつぎと明智の手の者がとび掛った。波多野方の荒木氏修をはじめとする十人のうち、七人の付人は黙ってそれを見ていた。家老の渋谷忠員と従者の仁木頼国は刀を抜いて戦ったが、たちまち斬《き》り倒された。光秀は寺の中に、二十人の屈強な武士をかくしていたのである。波多野弥兵衛一人が、囲みを破って裏山へ逃げこんだ。

泥酔《でいすい》した波多野の兵たちもことが起こると、すぐ立ち上ったが、自由がきかなかった。ことごとくが憤死した。

すべてが、明智光秀、荒木氏綱、内藤顕勝、そして城内の家老荒木氏修一派によって計られたことであった。

波多野弥兵衛は、石心寺で主君等《ら》三人が捕えられたことを、いちはやく城内に残っている渋谷氏秀に知らせた。

渋谷氏秀はただちに本丸を占拠して、城の主導権を握るとともに、人質の志野を捕虜にした。

石心寺で変が起こると同時に、高城山の実権は荒木派が握ることになっていた。その手筈《てはず》は有馬信範、川辺修理等の和平派に任せてあったのだが、予期していたよりもはやく事変が起こり、波多野弥兵衛がいちはやくこれを渋谷氏秀に知らせたので、主導権は抗戦派に奪われてしまったのである。

城兵は、敵も味方もわからなかった。家老のうち、誰《だれ》と誰が敵に寝返ったのか、誰が捕えられて、誰が斬られたのかわからなかったが、そのうち、次第に真相が知らされて来るにつれて、抗戦派は本丸に集り、和平派と傍観派は中腹から下の砦《とりで》へ集って行った。

それらの和平派と傍観派に、下にいる和平派の家老から、降伏すれば、腹いっぱい飯を食べさせる、罪は問わない、と誘いの手が伸びた。城兵は、続々と城を降りて行った。渋谷氏秀は逃げる者は追うな、と命令を下した。城内にいた女、子供も、高城山からおりるようにすすめた。

あとに渋谷氏秀、波多野弥兵衛等三百名と、志野及びその侍女の五名が残った。

九

捕えられた波多野秀治、秀尚、秀香の三人の兄弟は、その日のうちに安土の信長のもとへ駕籠《かご》で送られた。波多野三兄弟を安土へ送れば、死刑になることはわかりきったことである。波多野兄弟が死刑になれば、八上城内にいる母の志野の命が危い。そう分っていながら光秀は敢《あえ》てそうしたのである。

城内の和平派の家老、荒木氏修が母御前の身を護《まも》ると言った言葉を、信用したのではない。光秀は、志野がロザリヨに心牽《ひ》かれて、自ら進んで城内に留まったと聞いたとき、志野を見限り、同時に、志野をロザリヨで誘って、人質にした波多野秀治を憎悪《ぞうお》した。いかなることがあっても、波多野三兄弟からめ取りの計画は中止すべきでない、と思った。

それでも光秀は、志野を完全に棄てたのではない。翌日から、城内につぎつぎと使者を送って、母をかえすならば、城内の者をすべて許す。もし母の身を引き替えに望むものがあれば、なんなりとも与えてやる、と言ってやったが、城内からは、すべて、波多野三兄弟の安否が、はっきりした上でお答えすると言って来るだけだった。

六月四日になって、波多野三兄弟は、安土慈恩寺町のはずれで磔《はりつけ》になった。三人は、かねて用意していた辞世の和歌を残して死んだ。この報は六月七日の夕刻になって、高城山八上城にこもっている三百余人の抗戦組の耳に入った。

城内では重だった者が集って評議が開かれた末、渋谷氏秀の発案で波多野秀治の甥《おい》、波多野弥兵衛を城主として、明智と決戦しようということに決められた。

「伝統ある波多野一族と丹波武士の最期《さいご》はかくあるべきものと見せてこそ、安土で亡《な》くなられたお館《やかた》様等御三方の志を継ぐものである」

渋谷氏秀は、そう言った。そこに連なる者は涙を流してその言葉を聞いた。氏秀は引き続いて言った。

「城主が決ったが、城主の奥方が決らないのはおかしい。城主となられた弥兵衛様には、かねて朝路殿が、奥方と決められており、亡き殿も祝言《しゅうげん》のことを気にしておられたから、明日夕刻、新館様の婚儀を取り行ない、明後日、決戦したいと思うがいかがであろう」

異存はなかった。

渋谷氏秀は、その夜のうちに使いを光秀のところに出した。

(明夕刻新しい八上城主、波多野弥兵衛様と朝路殿との婚儀を取り行なう。なにぶんにも城内では、婚儀の際汲《く》み交わす清酒が得られないで困っておる故、ご都合願いたい。肴《さかな》もあれば結構である。尚《なお》、酒肴《しゅこう》の代金は、渋谷氏秀の首を以《もっ》てかえたい

と思うから、明後日受取りに参られたい）

光秀は城内に酒一樽《たる》と米五俵、肴、野菜、塩等を送った。

米五俵は、城内に残った兵一人あたり五合余に当る量であった。

光秀は城内に残る三百人に米を食べさせて、生への未練をかき立たせて投降させようとしたのである。

その夜、新城主波多野弥兵衛と朝路の結婚式は、城内で行なわれた。祝用の食糧と酒は三百余人に平等に分け与えられたが酒については、石心寺のことがあるので、たとえ一人の分量が盃《さかずき》に二、三杯であっても、すきっ腹にいきなり流しこまないように、と注意が与えられた。

弥兵衛と朝路は寝所に入った。死を前にしての一夜の契《ちぎ》りとわかっているだけに、二人には、そこに敷き延べられている夜具が、死の床のように冷たく思われた。

「灯《ひ》を消そうか」

と、弥兵衛が言った。

「いいえ、灯を消さないで、朝路の顔をよく見て覚えていてください。私も弥兵衛様の顔を、よくよく胸の中に覚えこんでおきます。明日は、二人揃《そろ》って天国《パライソ》に旅立つことになりましょう。天国に行く途中で、もしはぐれても、必ず探し求めてお会いできるように、お顔を覚えて置きたいのです」

朝路は、眼を閉じなかった。彼女の初めての経験がなされているときでも、大きな眼を開いて弥兵衛を見詰めていた。

弥兵衛は契りが済んだあともなお、灯を消さないで、天国を語る朝路をいたわりながら、

「天国というものは、ほんとうにあるのか」

と訊《き》いた。朝路は、あると言った。熱心にその存在を説くのである。その朝路の眼は、異様に輝いていた。弥兵衛は、その朝路の上気した頰《ほお》の色と、白い肌《はだ》を見ていると、また新しい欲情が襲って来て、朝路をかき抱いた。

（天国は、ここにある）

弥兵衛は、そう思った。

死ぬのはいやだとふと思った。朝路と二人で、ひそかに山を降りて、どこかで暮したいと思った。が、それはごく瞬間に彼の頭をかすめて通った影のようなものであった。

弥兵衛は朝になるまで、いくたびか朝路と天国を彷徨《ほうこう》した。そして、朝日が昇ったころ、彼は眠っていた。人が呼ぶ声で眼を覚ますと、枕元《まくらもと》に朝路が坐っていた。

「渋谷氏秀様が参られておりまする」

そう聞いたとき、弥兵衛は、いよいよ今日は死ぬ日だなと思った。

「お館様、みなの者が集っております」

氏秀にお館様と言われて、弥兵衛はなにかからかわれているような気がした。

弥兵衛は氏秀に伴われて、本丸の評議の間へ行った。三十人ほどの主だった者が居並んでいた。

「敵は三つの口より、攻め登って来る気配を示しております。それについての評議でございます」

氏秀が言った。

「敵が攻め登って来るというのに、評議でもあるまい」

弥兵衛はそう言って、はじめて城主になったような気がした。

「お館様が来るまでに、この場の評議は大方まとまっております。三百余人ひとかたまりになって、藤木坂本道へ攻めおりて討死いたそう、というのでございます」

「それでよいではないか。今となったら、それしかない。斬って斬って斬りまくり、敵の囲みを破って外に出た者は、末長く生き永らえて、戦死した者の菩提《ぼだい》を弔うことにしよう」

弥兵衛は、玉砕の覚悟を示した。

「その前に、光秀の母御前を磔にかけようと、みなの者の意見でございますが」

渋谷氏秀は事務的に言った。

「それはならぬ。今さら老女を一人磔にかけて、なんとなろう。そんなことをすれば、丹波武士の名折れとなる」

「いや、母御前自らがクルスにかかりたい、と申されております。クルスとは、つまり磔ではないでしょうか」

「そんな馬鹿《ばか》な。それでは、まるで自殺行為ではないか。吉利支丹は、自殺はしないと聞いておる。母御前が、自らそんなことをいうはずがない」

渋谷氏秀は、聞きわけのない新城主だなという顔でいたが、それでは本人をここへつれて来ようと言った。

志野は弥兵衛の前に来ると、悪びれもせずに言った。

「お城の三百余人の方々は、いくらおすすめいたしても、自らのおいのちを捨てられると申される。私にも、一緒に死ねと云《い》われる。私はそのみなさまを、天国に導いてお上げ申したい。私がクルスにかかってお祈りすれば、みなさまは必ず天国へ行けるでしょう」

波多野弥兵衛は、そういう志野の顔をしげしげと見詰めていた。

「死にたいのか」

「死にとうはございませんが、死ぬべきときだと思います」

志野は、光秀のつめたい眼を、ふと思い出していた。

光秀が五歳のとき、そなたは母ではないわい、と言ったときのことを思い出した。あのとき、すでに自分は光秀に棄てられていたのだ。母としてまつり上げられていたのは、体裁上そうして置いた方がよかったからなのだ。光秀が、ほんとうに母と思っていてくれるならば、波多野秀治を捕える前に救い出してくれる筈だ。

「私は死をおそれてはいません。死ぬことは生きることですから」

志野はそういうと大事そうに抱いていたロザリヨの小箱を新城主の弥兵衛の前にさし出して言った。

「これは、前城主の秀治様からお預かりいたしたものでございます。秀治様は亡くなられたのですから、新城主のあなた様にお返しいたします」

弥兵衛はその志野を、哀れな女だと思った。ロザリヨに牽《ひ》かれて城に残され、しかし今、殺されようとしている。死ぬならば、このロザリヨを首にかけて死にたいだろう。それなのに、その欲しくてたまらないロザリヨをくれとは言えないのだ。

「もう一度、お尋ねしたい。あなたは、光秀殿のところに帰りとうはないのか」

「私は、光秀に棄てられた者でございます。おめおめと帰るよりも、死を選んだほうがよろしゅうございます」

それが、志野の本意のように弥兵衛には聞えた。

弥兵衛は、朝路を呼んで言った。

「このロザリヨを、城主波多野弥兵衛の名において、志野殿にお譲りする。朝路は吉利支丹の信者ゆえ、そなたの手によって志野殿の首にかけてやってくれ」

志野と朝路の口から同時に感動の言葉が洩《も》れ、祈りの言葉が唱えられた。

十

明智軍は藤木坂本道、市の谷口、春日神社口の三道から、八上城目ざして攻め登った。この前の失敗にかんがみて、猪突《ちよとつ》猛進は慎んでいた。八上城に残った三百人は、それこそ、よりすぐった丹波武士である。命を棄てて掛って来るのだからその戦力は計り知れなかった。

「敵の姿は見えませぬ」

という伝令が各登山口から、光秀の本陣に届いた。

「警戒を厳重にしろ、この前の轍《てつ》を踏まないように」

光秀は、攻撃軍をいましめた。

巳《み》の刻（午前十時）を過ぎたころ、藤木坂本道を登っていた攻撃軍の物見が、本陣に報告した。

「茶屋壇丸の近くの松の木の幹に、白木の板が横向きに打ちつけられております。磔の準備のように見受けられます」

光秀の顔色が変わった。敵は、母の志野を磔にするのだな、と思った。

「敵は母者を磔にして、藤木坂を攻めておりて来るに違いない。母者を取返せ。母者を取返した者には、恩賞は望み次第与える」

だが、そのときには、志野は、その松の木の下まで連れて来られていた。死の準備がすすめられていた。

「奥方の朝路様が用水池に身を投げられました」

山の上から知らせがあった。

弥兵衛は暗然とした顔で、その言葉を聞いた。朝路は、なぜそれほど死を急いだのだろうか、と思った。

「朝路殿は、一足先に天国に参られたか、では……」

と志野は、松の木に掛けられた梯子《はしご》へ自ら歩いて行った。

志野は、松の木に横に打ちつけられた白木の板に眼を止めて、

「立派な十字架ですこと」

と、彼女の介添いの兵にほほえみかけた。彼女の両手、両足は縄《なわ》で縛られた。彼女の縛られた両足の下には、踏み台の板が打ちつけてあるから、十字架にかけられていても、何等《なんら》の苦痛はなかった。その松の木の前に、梯子を向かい合わせに組み立てた急造の櫓《やぐら》が作られた。

八上城第一の槍《やり》の名人芳賀野《はがの》源九郎が、その櫓の上に立って、槍をかまえた。志野の口から、祈りの声が聞えた。祈りの声に合わせるように、志野はごくわずかであったが身体《からだ》を動かした。首にかけたロザリヨの金の十字架《クルス》が揺れた。彼女の祈りは、そう長くは続かなかった。彼女は祈りながら眼をつぶり、祈りの声が終わったときには、すでに天国へ行ってしまったような表情だった。

芳賀野源九郎の鋭い気合と同時に、槍が彼女の心臓を突いた。志野の首が前に垂れた。志野の顔には、苦痛の翳《かげ》は見えなかった。

志野の侍女たちが声を上げて泣いた。

その女たちの声に合わせるように、下の方から明智軍の鬨《とき》の声が聞えた。

「はやく、山をおりて、このことを光秀に告げよ」

弥兵衛は、四人の女に言った。

女たちが泣く泣く山をおりて行くその先を見やりながら、

「死のうぞ、皆の者、共に死のうぞ」

と、弥兵衛は叫んだ。死のうぞ、死のうぞと叫びながら、そこに集った三百余人の肩をいちいち叩《たた》いて歩く弥兵衛の姿は、気が狂った者のようであった。

八上城兵の突撃は、その日の夜まで続いた。城主波多野弥兵衛、家老渋谷伯耆守氏秀等三百余人は、ことごとく死んだ。

八上城は流血の中に落城した。

さる程に、丹波国、波多野館、去年より、惟任日向守《これとうひゅうがのかみ》（明智光秀）押し詰め、取り巻き、三里四方に堀《ほり》をほらせ、塀《へい》、柵《さく》を丈夫に、幾重にも申し付け、責められ候《そうろう》。籠城《ろうじょう》の者、既に餓死に及び、初めは、草木の葉を食とし、後には、牛馬を食し、了簡尽き果て、無体に罷《まか》り出で候を、悉《ことごと》く切り捨て、波多野兄弟三人の者調略を以《もっ》て召し捕る。六月四日、安土城へ進上、則《すなわ》ち、慈恩寺町末に、三人の者、張付に懸けさせられ、さすが、思ひ切り候て、前後神妙の由《よし》に候。（「信長公記」）

朝路が投身自殺した池は、池というよりも古井戸のような感じの池で、現在もなお八上城趾《じょうし》に朝路池として残っている。今年（昭和四十四年）四月に訪れたときは、藪草《やぶくさ》に蔽《おお》われていて、探し出すのに骨が折れた。その深さはわからない。暗くて底は見えなかった。

光秀の母が磔《はりつけ》になったという松は今は残っていないが、そのあたりに無銘（消えたのであろう）の碑《いしぶみ》らしいものがあり、そこにコブシの花が供えられていた。ほとんど訪れる人のないこの古城に、誰《だれ》が来て、この白い花をたむけたのか、筆者には想像の及ばぬことであった。

ガラシャ　謀反人の娘

植松三十里

一

ふいに幼い子供の笑い声が、どこかで聞こえた気がした。珠《たま》は、また空耳《そらみみ》とは思いつつも、立ち上がって探さずにはいられない。障子《しょうじ》を少し開けて、そっと庭先に目を配る。

暗雲が垂れ込める下、庭とも呼べないような小さな平地《ひらち》には、木々の根本に残雪が盛り上がり、そこから溶け出した水で、地面が黒々と濡れている。平地が途切れる先には崖が迫り、さらに向こうには、裸木《はだかぎ》の山肌が果てしなく続く。

まだ春浅い静寂《せいじゃく》の中、小鳥の声さえ聞こえない。子供など居るはずがなかった。もう毎度のことなのに、落胆の思いが湧く。

その時、続き部屋の板戸が開いて、侍女《じじょ》のイトが心配顔を出した。

「お方《かた》さま、いかがなさいました？」

珠は力なく首を横に振った。

「何も」

イトは部屋の手あぶりを目で示す。

「お寒うございますから、炭を、お足ししましょうか」

しかし炭火は赤々と燃え盛り、まだ注《つ》ぎ足すほどのことはない。珠は青い血管が透けて見えるほど白くなった細い手を、障子の桟《さん》にかけたまま、もういちど首を横に振った。

思えば物心つく頃から、明智《あけち》家の姫として、大勢の中で育った。親きょうだいや乳母《うば》はもちろん、家来衆《けらいしゅう》や、その家族たちも、いつも身近にいた。細川家に嫁《とつ》いでからも、舅《しゅうと》や姑《しゅうとめ》、そして子供たちに囲まれて、賑《にぎ》やかに暮らしてきた。

だが珠が二十歳《はたち》の時に、父が本能寺の変を起こし、密かにこの山中に送られた。以来、もう二年近くも、ここで潜《ひそ》んでいる。

二間《ふたま》だけの小さな苫屋《とまや》が隠れ家《が》で、イトと、もうひとりの侍女である霜《しも》とが、続き部屋で寝起きするばかりだ。

たがいの心情は、嫌というほど読み取れる。過去の悲しみも、淡い望みも語り尽くし、もはや交わす言葉もない。

それでもイトは言葉を重ねた。

「歌でも、お詠《よ》みになりませんか。墨を、お磨《す》りしますゆえ」

また珠は首を横に振った。イトは肩を落としつつも、なおも慰《なぐさ》めを口にする。

「春になれば花も咲いて、お気持ちが晴れましょう。そうしたら、また歌を」

珠は小さくうなずいた。

「そうじゃな」

そして障子を閉めようとした時だった。誰かが山道を登ってくる気配がした。

ここから谷を隔《へだ》てた場所に、もう一軒、隠れ家がある。珠が細川家に嫁いできた時に、明智家からついてきた家来たちが、警護役として暮らしていた。

年配者《ねんぱい》ばかりだが武芸の腕はあり、毎朝五人ずつ、こちらの山に登ってくる。苫屋の前に小屋があり、そこに一日中、詰めて寝ずの番も務める。そして翌朝になると、また数人がやって来て交代する。

だが今朝の交代は、とうに済んでいる。もしや探索《たんさく》の手が伸びたかと、珠は思わず身を固くした。

小屋にいた家来たちも気づいて、素早く配備につく。頭《かしら》の一色宗右衛門《いっしきそうえもん》が庭先に駆け寄り、開いていた障子の間に、押し殺した声をかけた。

「お方さま、お隠れください」

珠は黙って障子を閉めた。イトも顔色を変えて勧める。

「お方さま、裏の林へ」

だが珠には隠れる気はない。手あぶりのかたわらに崩れるように座り込んだ。

ここに来て以来、何度、こんな場面を過ごしたことか。たいがいは獣《けもの》の足音だったり、宮津城《みやづじょう》からの使いだったりした。宮津城は細川家の居城だ。

でも今、たとえ探索の手が伸びたとしても、もう捕まってもいい気がしている。

この二年間、子供たちとも引き離されて、来る日も来る日も何もすることがない。ただただ季節の移り変わりを慰めにするだけの、生きがいのない暮らしは、もう終わりにしたかった。

珠が黙って手あぶりの炎を見つめていると、外が騒がしくなった。争っている様子はないが、いつもの使者とも違う気がした。

庭先に何人もの気配がして、ふたたび宗右衛門が声をかけた。

「お方さま、宮津のお城から、お使いでございます」

イトが素早く障子に駆け寄り、桟に手をかけて大きく開けた。

すでに使者は庭先に片膝をついて、荒い息で激しく肩を上下させていた。そして息を吸い込むなり、大声で言い放った。

「殿からのご伝言でございますッ。すぐに宮津のお城に、お戻りくださいッ」

珠は耳を疑った。

「まことか」

「はい。お方さまにおかれましては、これからは皆さまと、ご一緒に暮らして頂けることになりましたッ」

やにわには信じがたく、手がふるえ始める。

この日を、どれほど待ち望んだことか。永遠に来ないかもしれないと覚悟しつつも、未練は捨てられなかった。

使者は、なおも荒い息で言う。

「お急ぎくださいッ。殿は出陣を控えておいでで、その前に、ひと目でもとのことです。荷などは後で取りにまいりますゆえ」

胸の高鳴りを抑えつつ、急いで身支度を整えた。しだいに帰城の実感が湧いてくる。

縁側では、霜が草鞋《わらじ》と脚絆《きやはん》を揃《そろ》えて待ち構えていた。珠は、それで足元を固めてから、沓脱石《くつぬぎいし》の上に立ち上がった。

庭先では白髪交じりの家来たちが、少年のように頬を紅潮させ、目を輝かせている。さっきまでの警戒の雰囲気は一変していた。

一色宗右衛門が背筋を伸ばして言う。

「ご帰城、おめでとうございますッ」

全員で声を揃える。

「おめでとうございますッ」

珠は胸を熱くした。

「皆々、よくぞ耐えてくれました。一緒に、お城に帰りましょうぞ」

男たちの目が潤《うる》み、口がへの字に曲がった。彼らも一日千秋《いちじつせんしゆう》の思いで、この日を待っていたのだ。

　庭に降りた時、頰に冷たいものが当たった。見上げると、灰色の雲から、春の名《な》残《ご》り雪が、はらはらと舞い降りてくる。

黒髪を濡らす雪を、珠は勢いよく手で振り払った。そして宗右衛門たちに前後を守られ、細い山道を一気に下った。

不安がないわけではない。なぜ急に帰城できることになったのか。はたして夫は快く迎えてくれるのか。子供たちは母の顔を忘れてはいまいか。それでも会えるのは嬉《うれ》しい。

　さっきまでの弱気も、わずかに残る不安も、山を下る勢いと逸《はや》る気持ちの前には、頰に当たる雪のように溶けていった。

二

　珠が生まれたのは永禄《えいろく》六（一五六三）年。物心つく頃には、父の明智光秀《みつひで》は、室《むろ》町幕府《まちばくふ》十五代将軍、足利義昭《あしかがよしあき》に仕えていた。

　しかし当時の義昭は、すでに将軍としての力を失い、朝倉義景《あさくらよしかげ》を頼って越前《えちぜん》に身を寄せていた。その後、光秀は、将軍を織田信長《おだのぶなが》に引き合わせ、いつしか義昭から離れて、信長の家臣へと転じた。

珠にとって光秀は、留守がちの父親だったが、帰宅すれば子煩悩《こぼんのう》ぶりを発揮した。特に三女の珠を膝に乗せては、愛《いと》しげに言った。

「珠は顔立ちがよいし、頭もよい。行く末が楽しみだ」

珠が九歳の時に、光秀は城持ちの身になった。信長から琵琶湖畔《びわこはん》の五万石を賜《たまわ》り、坂本《さかもと》という地に新しい城を築いて、家族を移したのだ。

湖の眺めと、広大で真新しい住まいに、珠ははしゃいだが、ふと父が見せる憂《うれ》いの表情が気になって聞いた。

「父上、どうなされたの？」

光秀は、すぐに笑顔になって答えた。

「いや、なんでもない」

そして娘の黒髪をなでて言い添えた。

「珠は鋭いな」

ほどなくして母の熙《ひろ》が急逝《きゅうせい》した。光秀との仲は睦《むつ》まじく、三男四女を授《さず》かり、熙は留守がちな夫に代わって、立派に家政を取り仕切っていた。それが急に倒れて、息を引き取ったのだった。

珠の耳に「比叡山《ひえいざん》焼き討ちのたたり」と、陰口《かげぐち》が聞こえてきた。何のことか不安になって、大人たちに聞いてまわった。侍女たちの口は固かったが、なんとはなしに理解した。

坂本城の背後には比叡山がそびえ、延暦寺《えんりやくじ》という名刹《めいさつ》がある。数万の僧兵と広大な寺領を持つうえに、都《みやこ》と近江《おうみ》をつなぐ要地でもあったが、かつて信長への従属を拒《こば》んだ。

そこで信長は焼き討ちに踏み切った。僧侶はもちろん、学僧や小坊主《こぼうず》たちまで、ことごとく殺戮《さつりく》したという。その攻撃の中心を担《にな》ったのが光秀だったのだ。

珠は父の手柄が、けっして後味《あとあじ》の良いものではなかったのだと、子供ながらに理解した。


それから七年後、珠が十六歳になった年に、信長の指示で縁談が決まった。相手は同じ年の細川忠興《ほそかわただおき》だった。

忠興の父、細川藤孝《ふじたか》は古くからの光秀の盟友であり、ともに足利義昭から信長配下へと転じた仲だった。和歌や茶の仲間でもあり、教養人同士で気が合った。

光秀は嫁ぐ娘を諭《さと》した。

「忠興どのは、まだ若いし、気性《きしょう》が激しいと聞くが、先々、武将としては頼もしい。ただ、そなたも気の強いところがあるゆえ、くれぐれも控えめにして、ぶつからぬようにな」

そして目を潤ませて、花嫁の輿《こし》の行列を見送った。

母が亡くなってから、父は後添《のちぞ》えも側室も迎えようとしない。まして信長の配下で、いまだ合戦に次ぐ合戦の日々が続く。珠は後ろ髪を引かれる思いで、坂本城を後にした。

細川家の居城は勝龍寺《しょうりゅうじ》城といって、京都の南西に位置し、古都である長岡京《ながおかきょう》に近かった。輿入れには一色宗右衛門と配下の侍や足軽《あしがる》たちが同行し、輿入れ後は、そのまま細川家の家臣になった。

細川忠興は意外にも穏《おだ》やかな容貌《ようぼう》だった。舅になる藤孝も、息子を上まわる穏やかさで、華やかな打掛《うちかけ》姿の珠に目を細めた。

「明智どのの自慢の姫とは聞いていたが、まさに手中の珠を手放す思いであろうな」

藤孝も光秀同様、側室を持たず、妻である麝香《じゃこう》との間に七人もの子を設《もう》けていた。麝香は奉公人たちの采配《さいはい》から、家臣の家族の世話に至るまで、きちんと気配りのできる奥方だった。

そのかたわらについて、珠は片端から、なすべきことを覚えた。すると麝香も手放しで嫁を褒めた。

「珠は呑み込みがよいし、そのうえ自分でも工夫する。これほど賢い嫁が来てくれて、細川の家は末代まで安泰《あんたい》です」

　忠興は当初、よそよそしかった。同じ年だけに見くびられてはならないと、虚勢を張っているような気がして、珠は夫を立てるように改めた。すると次第に馴れも加わってか、笑顔を見せてくれるようになった。

　夫婦ふたりになった時に、忠興は子供の頃の苦労談を聞かせてくれた。

「かつて父上は、将軍に従って越前に出かけてしまい、幼かった私は長い間、乳母の家に預けられて、何かと厄介者《やっかいもの》扱いされたものだった」

　それが幼心にもつらかったという。

「初めて自分の力で道が切り開けたのは、父とともに織田さまの家中に入ってからだ」

　だから拾ってくれた織田信長には、並々ならぬ恩義を感じているという。さらに忠興は、珠に嬉しい約束をした。

「わが父も、そなたの父上も、側室を持たぬ。私も生涯、そなたひとりを愛そう」

　忠興は藤孝のことも光秀のことも尊敬しており、それにならうというのだ。

　翌年には長女の長が生まれた。さらに次の年には、待望の長男にも恵まれ、熊千代《くまちよ》と名づけた。

　ここ何年も、細川父子は光秀と力を合わせ、丹波《たんば》から丹後《たんご》にかけての小領主たちと戦い続けていたが、その一帯を、とうとう平定した。すると信長は、京都の西に広がる丹波を光秀に与え、その北に位置する丹後を細川家に与えた。

細川家では宮津に築城し、珠や家族たちも新しい城に引き移った。若狭《わかさ》湾のもっとも西に位置する良港が宮津だった。

宮津城の奥では、幼い子供たちの笑い声や泣き声が賑やかに響いた。それをあやしたり、叱ったりする乳母たちの声も飛び交う。

男たちは合戦が一段落して、そんな家族の様子に目を細める穏やかな日々が続いた。舅姑と若夫婦とで歌を詠み合い、茶会も催《もよお》した。

家臣も飛躍的に増え、新築の城に祝いの挨拶《あいさつ》に来る。そして珠の姿を目にすると、誰もが目を丸くした。もともと地元の小領主だった荒くれ者などは、特に無遠慮にからかう。

「これは若殿には、もったいないような奥方じゃな。まして明智どのの姫君では、若殿は頭が上がらぬであろう」

もともと細川家は明智家よりも家格が上だったが、いつしか光秀が出世し、その下に細川家がつく関係になっていた。

からかわれた忠興は、当初、苦笑《にがわら》いでごまかしていたが、次第に、あからさまに嫌な顔をするようになった。そして珠に厳命した。

「人が来たら、奥に引っ込んでおれ。けっして顔を出すな」

麝香は珠を慰めた。

「そなたの評判が、あまりに良すぎるゆえ、忠興は面白くないのですよ」

ともあれ珠は、なるべく来客と顔を合わせないように努めた。すると今度は来客たちが、また冗談まじりに言う。

「美しい奥方さまの、ご尊顔を拝したいものじゃな」

忠興は酒が入ると、あえて客の前で妻をくさすようになった。

「なんの、あれしき。ただの愚妻じゃ」

そんなことを言われつつも、珠は三人目の子を宿し、舅姑は大喜びをした。

だが悪阻《つわり》の最中《さなか》に、衝撃的なことが起きた。忠興が藤《ふじ》という若い女を連れてきて、そのまま側室に据えたのだ。

藤孝は息子をとがめた。

「あんな女を城に入れて、いったい何を考えている？　これが明智どのの耳に入ったら、どうするつもりじゃ。珠が子を産まぬのなら言い訳もつくが、何ひとつ不足はあるまいに」

すると忠興は開き直った。

「私くらいの立場なら、側室を置くのは、よくあることです。それに藤は氏素性《うじすじょう》の怪しい女ではありません。父親は郡宗保《こおりむねやす》といって、羽柴《はしば》どのの家来です」

羽柴秀吉《ひでよし》は信長の気に入りであり、「猿」と気軽に呼ばれながらも、足軽から急激な出世を遂げていた。

藤孝は眉根《まゆね》を寄せて聞いた。

「藤とやらのことは、羽柴どのも承知なのか」

忠興は堂々と答える。

「もちろんです」

珠は不愉快だった。生涯、側室は持たないという約束は、どこに行ったのか。

麝香は珠に小声で言った。

「忠興は、そなたの上に立ちたくて、あんなことをしているのです。そなたのように美しい妻が我慢するほど、自分は偉いのだと、まわりの男たちに見せつけたいのでしょう」

そして申し訳なさそうに頭を下げた。

「愚かな息子で、そなたには、すまぬことです。でも、ここはどうか、こらえてたも」

こうして親さえもが嫁の味方についてしまう。それが忠興にとっては面白くないのだと、珠には想像がついた。

だが気がつけば、藤の腹が大きくなっていた。珠の妊娠よりも先に、子を宿していたのは明らかだった。

もし、これが実家の父に聞こえたら、どれほど気を煩《わずら》わすか。母だけを愛し続けた父だけに、実家と婚家の間に何か亀裂《きれつ》でも入りはしまいか。珠には気がかりでならなかった。

珠の腹が目立ち始めた頃、藤孝と忠興は、また信長から出陣を命じられた。光秀とともに西国《さいごく》に向かえという。羽柴秀吉が備中高松《びっちゅうたかまつ》城を攻めており、その援軍だった。

珠は不思議に思って忠興に聞いた。

「でも確か父は、今、徳川《とくがわ》さまの饗応役《きょうおうやく》を承《たまわ》っていて、合戦には出られぬはずですが」

徳川家康《いえやす》は三河《みかわ》から駿河《するが》までを治める大大名であり、尾張《おわり》から出た信長とは、長く同盟関係にあった。

だが信長は天下統一を目指し、琵琶湖南岸にそびえる安土《あづち》城に、家康を招くことにした。城に出向くということは従属を意味する。それでも家康は信長の力を認め、招待を受けたのだ。

それほど重要な賓客《ひんきゃく》だけに、万にひとつも抜かりがあってはならない。そこで信長は、有職故実《ゆうそくこじつ》にも通じた光秀に、饗応役を命じたのだった。そんな最中《さなか》に、援軍に出るわけにはいかないはずだった。

しかし忠興は平然と答えた。

「饗応役は外《はず》された」

「外された？　父が、ですか？」

「ほかに誰の話だ？」

「でも、まさか。何か不手際《ふてぎわ》でも？」

「上さまのご意向に沿わぬことが起きたらしい。徳川どのの饗応には、上さまも神経質になっておいでだしな」

それにしても大事な役を途中で外されるとは、考えられない不名誉だった。

「そんな、まさか、明智の父が」

珠が動揺してつぶやくと、忠興は鼻先で笑った。

「そなたは何かというと、明智が、父がと、実家を笠に着て、聞き苦しいぞ」

「いえ、そのようなつもりは」

これから一緒に遠征に向かう以上、舅と婿《むこ》の反《そ》りが合わなくなったら一大事だ。珠は慌《あわ》てて謝った。

「お気に召さぬことを申しましたら、どうか、ご容赦《ようしゃ》ください」

　珠としては、饗応役の件については納得がいかないまま、出陣の日を迎えた。

　天正十年（一五八二）六月三日、蟬がけたたましく鳴き始める朝、まずは先発の隊列が宮津城を出ていった。

　藤孝と忠興は甲冑《かっちゅう》に身を固めて、出発の順番を待つ。珠は麝香とともに、兵糧《ひょうろう》の送り出しを采配していた。

　いよいよ忠興が城を出るという間際になって、都からの使者が汗みどろで駆け込んできた。

　だがそれきり、いつまで経っても、忠興は外に出てこなくなった。炎天下で待たされる兵たちが飽いて、ざわつき始めた。

「何事でしょう」

　珠は麝香と不審顔を見合わせた。

　すると藤孝の小姓《こしょう》が現れて言った。

「大奥方さまと若奥方さま、おふたりとも大殿と若殿の御前《ごぜん》に、お出ましくださ い」

　いよいよ不審に思ったが、珠は目立ち始めた腹をかばいつつ、姑と広間に急いだ。

そこには藤孝と忠興だけでなく、主だった家臣たちが勢揃いしていた。珠が広間に足を踏み入れると、全員が硬い視線を向けた。珠は瞬時に、何か大変なことが起きたのだと直感した。

藤孝が、いつも通りの穏やかな声で言う。

「ふたりとも、ここに座れ」

自分のかたわらを示す。麝香に続いて、珠が正座すると、ふたたび口を開いた。

「都で懇意《こんい》にしている寺の坊主《ぼうず》が、大変なことを知らせてきた。珠、そなたの父が」

ひと呼吸置いてから続けた。

「謀反《むほん》を起こした」

珠には意味が呑み込めなかった。

「謀反?」

「上さまが命を落とされた。昨日の夜明け前に、明智どのの軍勢に襲われたそうだ」

自分の父の軍勢が信長を襲うなど、いよいよ、わけのわからない話だった。

「どういうことでございましょう」

「上さまは、わずかな供揃《ともぞろ》えで、京都の本能寺《ほんのうじ》に滞在しておいでだったそうだ。明智どのは、われらと同じく西国への出陣で、大軍を率《ひき》いていた。だが明智どのは、その大軍で本能寺を襲い、上さまを亡き者にしたのだ」

とうてい信じがたく、頭が混乱する。とっさに疑問を口にした。

「それは明智の父の意志なのでしょうか」

「軍勢が動いたのだから、大将の命令に間違いなかろう」

「でも、もしや、父も家来に謀反を起こされて、軍勢を乗っ取られていたら」

すると藤孝は困り顔を、忠興や重臣たちと見交わしてから、改めて珠に視線を戻した。

「それは、ありえぬことではないが、とにかく、こちらからも探索を出した。詳しい知らせは、おいおい届くことだろう。ただ」

藤孝は苦しげな顔に変わった。

「たとえ、これが明智どのの本意であろうと、なかろうと、上さまを亡き者にした軍勢に、わしは味方はできぬ」

次の瞬間、珠は息を呑んだ。

今の今まで穏やかに話していた藤孝が、素早く脇差《わきざし》を抜き、それを頭上に持ち上げるなり、みずからの髻《もとどり》を断ち切ったのだ。

「今から剃髪《ていはつ》して出家《しゅっけ》し、家督を忠興に譲る」

すぐまた穏やかさを取り戻し、静かに脇差を鞘《さや》に収めた。

「わしは織田家に恩義がある。それでいて明智どのとは信頼関係があり、どちらにも加担《かたん》はできぬ。もし偽《にせ》の明智軍だったとしても、距離を置く」

もし謀反が光秀の意志で行われたとしたら、明智光秀は織田信長に取って代わることになる。

だが織田家が滅びたわけではない。まだ信長には十人もの息子がおり、当然ながら彼らは光秀を恨《うら》んで反撃に出るに違いなく、光秀対織田家の合戦は避けられない。

その時、どちらにも味方できないと、藤孝は判断したのだ。そして忠興に目を向けた。

「わが細川の家中として、どうするかは、そなたが家来どもと決めるがよい。そなたは明智どのの娘婿だ。その縁を重んじるか、上さまの恩義を重んじるか」

忠興は目を伏せて黙り込んだ。だが珠は夫の心を読んだ。

忠興は信長に対する恩義を、藤孝よりも、なお重く感じている。乳母の家に預けられ、苦労を重ねた末に、信長に拾ってもらったという思いが、父親よりもなお強い。

一方、光秀との舅と娘婿という関わりは、最近のぎくしゃくした夫婦仲も相まって、さほどの重みはない。織田家に加担するのは疑いなかった。

それでも忠興は即答を避けた。

「とにかく続報を待ちたいと思います。まずは、すでに出陣した軍勢を呼び戻し、この城の守りを固めましょう」

信長が築いた武将同士の均衡《きんこう》や秩序は、その死によって簡単に崩れる。この機に乗じて、旧領を取り戻そうとする者が現れる。それを防ぐのが第一だった。

藤孝が采配を息子に差し出した。

「ともあれ忠興、今からは、そなたが細川家の総大将だ」

忠興は受け取るなり、甲冑の音を立てて勢いよく立ち上がり、采配を握って告げた。

「皆々、配下の者に伝えよ。都で異変が起きて、上さまが亡くなられたが、落ち着いて持ち場を守れと」

すると重臣たちも、激しく甲冑の音を立てて立ち上がり、いっせいに広間から飛び出していった。

珠は身のまわりのものを片づけ始めた。父の謀反が事実なら、明智家に帰らねばならない。

政略結婚で同盟を結んだ家同士が、敵対した場合、嫁いできた妻は離縁され、実家に戻される。それが戦国の世の習いだ。

四年前の輿入れの際に、同行してきた侍女たちにも、覚悟を促《うなが》した。

準備の最中、麝香《じゃこう》が硬い表情で部屋に現れた。

「続報が届きました。明智どのご自身の采配で、軍勢が動いているのは間違いないようです。都で別の場所においでだった上さまのご長男も、襲われて命を落とされたとか」

珠は思わず両手で顔をおおった。父が謀反など、なおも信じられないし、信じたくもない。

麝香が、苦しげにつぶやく。

「それにしても、なぜ明智どのが、このような無体なことを」

珠の脳裏に、ふいに父の憂い顔がよみがえった。かつて比叡山延暦寺の焼き討ちの後、父は間違いなく悔いていた。

珠自身も思ったものだ。たとえ信長からの命令であっても、あれほどまでに残《ざん》虐《ぎゃく》にしなくても、よかったのではないかと。

嫁いできてから、その件を夫に話したことがあった。すると忠興は笑い飛ばした。

「何を言うか。あの焼き討ちは手柄だ。そんなことを憂う義父上《ちちうえ》ではあるまい」

かたわらで聞いていた藤孝にも、軽くいなされた。

「少しは気になったかもしれんが、そのような些細《ささい》なことは、もう忘れているだろう。明智どのは肝《きも》の座った男だ」

珠は父が意外に繊細《せんさい》な心を持つことを知っている。だからこそ人に対して細やかな気配りができるし、人の信頼も得られる。その結果、人がついてくるのだ。

だが、そんな細やかな心を、親友である藤孝さえ理解していない。それが驚きだった。つまりは父は外で、けっして憂い顔を見せないに違いなかった。

徳川家康の饗応から外された件に、父の憂い顔が重なる。大事な賓客のもてなしだけに、合戦以上の力を注《そそ》いでいたに違いない。それを途中で外されて、腹が立たないはずがなかった。

伝え聞く限りでは、織田信長は感情に奔《はし》る面がある。激しい気持ちの高ぶりに任せて、敵を残虐に殺し尽くし、家臣の顔を潰《つぶ》す。そんな人物が天下人《てんかびと》になっていいのかと、珠でさえ疑う。

ならば自分が取って代わろうと、光秀が思い至ったとしても不思議ではない。しかし、そのためには信長の子息たちを抑えなければならない。

彼らに対抗するために、もっとも頼りにするのが、この細川家に違いなかった。

だが藤孝は、すでに出家して中立を宣言してしまったし、十中八九、忠興も織田方につく。

それは光秀の予想外に違いなかった。自慢の娘を差し出している限りは、明智と細川の同盟は盤石《ばんじゃく》だと信じているのだ。夫婦のぎくしゃくした仲については、まったく父には知らせていない。

さらに第三報が届いた。明智の軍勢は京都を制した後、近江に向かったという。信長自慢の安土城を手に入れ、さらに近江で覇権《はけん》を打ち立てつつあった。

ざわめきの続く宮津城内で、珠は夫に聞いた。

「明智方から、お味方を求められたら、いかがなさいますか」

忠興は言葉少なに答えた。

「もう求められた」

「使者がまいりましたか」

「そうだ。私は、明智からの使いの者など、その場で斬り殺そうとしたが、父に止められた。使者に罪はないと」

珠は衝撃を受けた。すでに実家と婚家が手切れになっていようとは。だが気持ちを立て直して聞いた。

「でも父は近江で勝ち進んでいると聞きます。ならば明智につくべきでは、ございませんか」

どんな大義名分《たいぎめいぶん》があろうとも、逆に、どんな卑劣《ひれつ》な手であろうとも、合戦は勝った方が正義だ。勝たなければ意味はなく、現状で有利な方に加担するのが鉄則だ。

しかし忠興は首を横に振った。

「まもなく羽柴どのが、大軍を率いて西国から戻ってくる。これが都に迫れば、明智の軍勢など蹴散《けち》らされる」

珠は羽柴秀吉が嫌いだ。今も夫の寵愛《ちょうあい》を受ける藤は、秀吉も認めた女だ。むしろ秀吉が勧めたのではないかとさえ疑いたくなる。かつては側室など持たないと、固く約束した夫なのだ。

珠は、なおも食い下がった。

「されど大軍で西国から戻るには、ひと月はかかりましょう。それまでに父は覇権を広げ、あなたは父に味方しなかったことを悔いるかもしれません」

「いや、謀反人になど、誰も味方せぬ。だいいち羽柴どのを見くびってはならぬ。かならずや想像を超える速さで戻る」

謀反人という言葉が胸を刺す。それでも気を取り直して言った。

「謀反と仰《おお》せですが、下剋上《げこくじょう》の世でございます。主人に非があるのなら、それに取って代わるのは当たり前でございましょう」

思い切って両手を前について頭を下げた。

「どうか父に、お味方してくださいませ。父は細川の軍勢を、何より頼みにしているはずです。この家が明智方につけば、その勢いに続く武将が、次々と現れましょう」

だが忠興の答えは冷たかった。

「だからこそ味方にはつかぬ。謀反人には背を向けるという規範を、わが家が真っ先に天下に示すのだ」

珠は奈落《ならく》の底に突き落とされる思いがした。それでも落胆を隠して言った。

「では私は明智の家に帰ります。亀山《かめやま》まで供を連れて行って、よろしゅうございますか」

光秀の居城は丹波の亀山にある。輿入れの時についてきた一色宗右衛門と、その家来たちに、そこまで警護させて行くしかない。

しかし忠興の返事は意外だった。

「亀山城には行かせぬ」

「ならば、この場で、お手討ちにでも？　それとも私が自害を？」

敵の娘を城内に置いておけば、敵に通じたと見なされ、後で織田方に言い訳が立たなくなる。実家に帰さないのなら、命を永《なが》らえることはできない。

「いや、死なせはせぬ」

そして妻の腹を目で示した。

「そこに私の子がいるゆえ」

珠は自分の立場を思い知った。謀反人の娘は不要でも、細川家の血筋を受け継ぐ子は大事なのだ。

「味土野《みどの》という山中に、そなたの実家の飛び地がある。そこに潜んで子を産め」

若狭湾の西側は、丹後半島が外海に突き出している。山がちな半島で、そのただ中に味土野という地があるという。

飛び地で幽閉同然にはなるものの、明智の領地に住まわすのだから、いちおう実家に帰したことにはなる。

それでいて、もし明智勢が有利になった場合には、珠を宮津城に戻すことができる。よくよく考えた策だった。

「わかりました。ともかく生まれる子は、こちらのお城に引き取るのですね」

子は珠から引き離され、宮津城内で乳母が育てることになる。

「ならば子が生まれた後は、私は、いかがいたしましょう」

忠興は、はき捨てるように言った。

「そんな先のことまでは、わからぬわ」

確かに、今後の勝敗次第で、珠の立場は大きく変わる。だが細川家で味方しないのだから、やはり明智の劣勢は色濃い。

いよいよ明日は味土野に向かうという夜、忠興は珠を閨《ねや》に呼んで言った。

「米も着物も炭も、こちらから味土野に届けるゆえ、何も心配するな」

今までの冷ややかな口調とは一転、真剣なまなざしで言う。

「ほかにも要《い》りようなものがあれば、なんなりと一色宗右衛門に申せ」

珠は慇懃《いんぎん》に礼を口にした。

「ありがとう存じます」

「珠」

忠興は突然、妻の手を取った。

「おまえは死ぬな。子を産んだ後も、けっして死んではならん。もしも敵の追手が来たら逃げよ。逃げのびて、どこかに潜んで生きよ」

珠は夫の真意を測りかねた。だが忠興は妻の手を握りしめ、言葉に力を込める。

「先のことはわからぬとは申したが、この先、どうなろうとも、いつか、かならず迎えに行く。それまで待っていよ」

思ってもみない誓いだった。別れを前にして、急に惜《お》しくなったのかもしれない。それでも、できることなら素直に信じたい。

その一方で、かつて反故《ほご》にされた約束が、抜けない棘《とげ》のように心に残る。それが思わず、ぽろりと口から出た。

「藤を、なぜ」

忠興は片頬を引きつらせて笑った。

「妬《や》いているのか」

「殿は仰せになりました。側室は持たぬと」

すると子供のように言い訳を始めた。

「あれは羽柴どのに勧められたのだ。一人前の武将なら、妾《めかけ》のひとりやふたりは置くものだと。それで」

ああ、やはり、という思いが湧く。夫は、むきになって言い募《つの》る。

「だが、おまえがどれほど妬こうとも、今さら藤を手放すわけにはいかぬ。あやつには何の咎《とが》もない。だいいち、そんなことをしたら、勧めてくれた羽柴どのの顔を潰す。これから織田家の配下で、羽柴どのは、いよいよ重きをなすであろうし」

珠は、それ以上は聞きたくなかった。夫の唇に指先を当てて、小さく首を横に振った。

「もう、よろしゅうございます」

忠興は目を伏せて口を閉じた。

「もし殿が、いつか迎えてくださると仰せなら、ひとつだけお願いがございます」

夫は一瞬で眉を上げ、目を輝かせた。

「なんだ？　何なりと聞いてやる」

「その時は」

珠は、ひと呼吸、置いてから続けた。

「私を正室として迎えてくださいませ。どうか藤を正室に据えないで。そうでなければ私には立場がなく、この家に帰れません」

いよいよ夫は目を輝かせてうなずく。

「わかった。細川忠興の妻は珠ひとりだ。今度こそ約束は守る」

また子供じみた空約束《から》かもしれない。夫も自分も、まだ二十歳だ。女の二十歳よりも、男の二十歳の方が、はるかに幼い。

でも信じてやりたかった。珠は夫の言葉を、声に出して繰り返した。

「細川忠興の妻は、珠ひとり」

忠興は妻の手を両手で包んだ。

「そうだ。細川忠興の妻は珠ひとりだけだ」

夫婦の間で繰り返される言葉が、思いがけないほど胸をゆさぶる。熱いものが喉元に込み上げ、涙がぽろりとこぼれた。

「珠、信じてくれ」

忠興は手をつかんだまま、妻の顔をのぞき込んだ。

「今度こそ、約束は守るゆえ」

さらに両手を握り直して言う。

「そなたが愛《いと》しかった。嫁いできた時から、ずっと。これほど美しい妻を得て、気持ちがねじれた。つらく当たって悪かった」

初めて聞く詫《わ》びだった。

「そなたほど愛しく思う者はいない。今も、これからも、ずっとだ。嘘ではない」

素直過ぎるまでの言葉に、不信が消えていく。あれほど仲違《なかたが》いを続けたのに、わずかな時間で夫婦の溝《みぞ》が埋まっていた。

珠は小刻みにうなずいた。

「信じます」

涙で言葉が途切れ途切れになってしまう。

「殿が、私を、妻として、迎えに来てくださると、信じます。それまで、きっと、待っております」

言い切ったとたんに抱きしめられた。珠は夫の腕の中で目を閉じた。ただただ明日の別れを忘れたくて。

味土野は予想以上に山深く、蟬の声があふれていた。苫屋《とまや》に落ち着いてしばらくしてから、一色宗右衛門に聞いた。

「その後、明智の父がどうなったか、そなたは知っているか」

宗右衛門は白髪頭をうつむかせて、黙っている。珠は重ねて聞いた。

「何を聞いても驚かぬ。ありのままに教えてたもれ」

すると宗右衛門は肩をふるわせ始めた。

一色宗右衛門以下、明智家からついてきた家来たちは、珠の離縁と同時に細川家から放逐《ほうちく》され、浪人《ろうにん》の立場になった。そのために光秀に対しては、なおさら恩義を感じている。それが男泣きに泣くとなれば、珠は父の敗北を覚悟せざるを得ない。

宗右衛門は拳《こぶし》で涙を拭《ぬぐ》い、声を潤ませた。

「殿が本能寺を攻めたのは六月二日のことでした。ご存知の通り、宮津のお城に知らせが来たのは、翌日の三日でございます」

四日には光秀は近江を制し、安土城に入ったのは五日だった。

「その一方で、羽柴どのは備中高松から、大軍を率いて駆け戻りました」

早くも十二日には畿内に戻り、信長の三男、信孝《のぶたか》を始め、織田方の武将たちと軍議を開いた。翌十三日には、都の南の入口ともいえる山崎《やまざき》の地で、明智方と合戦に至ったという。

宗右衛門は、なおも涙声で話す。

「殿はご武運つたなく、敗軍を率いて勝龍寺城まで退《ひ》かれたそうでございます」

勝龍寺城は、かつて珠が最初に輿入れした城であり、明智方の城だ。

しかし、そこで宗右衛門は黙り込んでしまった。珠は、なおも話を促した。

「それから、父上は、いかがなされた？」

だが宗右衛門は嗚咽《おえつ》するばかりだ。珠はかたずをのんで、次の言葉を待った。

しばしして宗右衛門は手で涙を拭い、顔を上げて、ふたたび話し始めた。

「勝龍寺城も危うくなり、殿は坂本城に戻ろうとされました。されど、その道中で」

続く言葉は、珠の覚悟を、はるかに超える衝撃だった。

「殿は、褒美《ほうび》目当ての落人《おちうど》狩《が》りに襲われて、お命を」

それきり言葉は続かない。

珠は呆然《ぼうぜん》とした。武将の娘として生まれ育ったからには、合戦の勝ち負けは覚悟している。

だが武将同士の正々堂々とした一騎打ちではなく、褒美目当ての亡者《もうじゃ》たちに殺されようとは、夢にも思っていなかった。

まして珠が輿入れした坂本城から勝龍寺城への道のりを、逆行する間に襲われたのだ。娘が幸せに通った道を、どんな思いで父は逃げたのか。まして亡者たちの手にかかって、どれほど屈辱《くつじょく》だったか。宗右衛門が号泣するのも道理だった。

この死に方によって、明智光秀の謀反人という汚名は、いよいよ確定したに違いなかった。謀反人だからこそ、そんな死に方が似合いだと見なされる。おそらくは歴史にも、そう刻まれる。

珠は父に対する憐憫《れんびん》と、本当に謀反人の娘になったのだという自覚とを、同時に感じた。


味土野の暮らしは何ひとつ楽しみもなく、ただただ暗かった。油蟬の声が蜩《ひぐらし》に変わり、木の葉が色づいて、木枯《こが》らしが吹く。いつしか樹木は裸木になって、雪が降り始めた。

それからは来る日も来る日も、灰色の雲が空をおおい、雪が降りしきった。昼も夜も雨戸を閉め切って、ただ手あぶりの炎を見つめて、珠は時をやり過ごした。年が明けても、何のめでたさもない。

産み月が近づくと、宮津から産婆《さんば》と乳母役の女がやって来た。乳母は家臣の妻で、まだ乳離《ちばな》れしていない自分の男児も連れてきた。生まれる子の乳兄弟《ちきょうだい》になる子だ。

苫屋は急に賑やかになった。男児の笑い声につられて、久しぶりに珠も侍女たちも笑顔になった。

乳母は城内の事情に詳しかった。

「藤の方さまは、女のお子さまをお産みになり、古保《こほ》さまと名づけられました」

とても癇《かん》の強い子で、乳母が手を焼いているという。

「麝香の方さまは、こちらの暮らしを、とても案じておいででした。でも、しばらくはこらえてほしいと仰せでした。ほとぼりが冷めたら、きっと、お城に戻すからとも」

珠は麝香の気持ちには感謝しつつも、父の死に方からして、ほとぼりが冷めることなど、ありえない気がした。

そして産気《さんけ》づいた。三回目の出産で慌てることはなく、赤ん坊は元気な男児だった。熊千代に続く細川家の次男坊だ。

生まれ落ちたとたんに、乳母の手に渡って、珠は乳を与えない。前の二回も同じだった。授乳中は月のものが来ないと信じられており、正室は、ひとりでも多く子を産むために、乳母を頼むのが習いだった。

乳母は乳を与え終えると控えめに言った。

「情が移る前に、お城にお連れするようにと、麝香の方さまの仰せでしたので」

次男坊は、まだ目も開かず、白い産着《うぶぎ》とおくるみに包まれて、穏やかに眠っている。その顔を忘れまじと、珠は見つめ続けた。

この子は生まれながらに、謀反人の孫という烙印《らくいん》を、小さな背中に負っている。宮津城に置いてきた熊千代も長も同じだ。

細川家としては、子供たちの祖父が明智光秀であることを、隠したいに違いない。結局、珠は子を産まなかったことにされかねない。

しかし、そうでもしなければ、明智光秀の汚名は、子々孫々まで伝わる。眼の前の赤ん坊の幸せのためには、自分はいなかったことになるしかない。それがつらかった。

その時、引き戸の向こうから、一色宗右衛門の声がした。

「お城から、若君のお迎えがまいりました」

さっそく次男誕生を宮津城に知らせ、折返しに城から迎えがやって来たのだ。

乳母は次男坊を抱き直した。

「お名残り惜しゅうございましょうが」

そして急いで立ち上がり、産婆を促して引き戸に向かった。

あえて珠は背を向け、板壁を前に正座をして耐えた。ひとたび振り返ったら、取り乱してしまいそうで、わが子が連れ去られるのを懸命にこらえた。

それからも味土野の冬は、長く続いた。いっとき賑やかだっただけに、いっそう寂しさが身にしみた。

次男は与五郎《よごろう》と名づけられたと聞いた。つい熊千代や長を思い出しては、珠は夜、ひとりで泣いた。

そんな長い冬が二度過ぎて、天正十二（一五八四）年の春、珠は二十二歳で、とうとう宮津帰城を果たしたのだった。

三

あらかじめ聞いてはいたものの、宮津城は出陣の最中だった。表門から続々と軍勢が出ていく。

一色宗右衛門たちは珠を取り囲みつつ、裏門から城内に入った。裏門も出陣の慌ただしさがあふれている。

珠は宗右衛門に先導されて、なんとか御殿《ごてん》の中に入り、忠興の御座所《ござしょ》までたどり着いた。

忠興は重臣たちと車座《くるまざ》になって、真剣な顔で話し込んでいた。膝元には大きな絵図が広げられている。

宗右衛門が声をかけた。

「お取り込み中、まことに失礼いたします。奥方さまが、お戻りになりました」

するど忠興が、こちらを向いた。珠に気づいて、みるみるうちに顔が輝く。

「珠、無事に戻ったかッ」

飛び跳ねるように立ち上がり、笑顔で駆け寄ってくる。

珠の心に安堵《あんど》が広がる。やはり夫は待っていてくれたのだ。眼の前まで来て、いかにも嬉しそうに言う。

「今から出陣だ。間に合ってよかった」

「出陣とは、いずこまで？」

また不安がよみがえる。いつものことながら、合戦となれば命の保証はない。ここまで戻ってきて、夫と永遠《とわ》の別れになるのは嫌だった。

だが忠興は笑顔を横に振った。

「心配は要らぬ。犬山城《いぬやまじょう》に援軍に行くだけだ」

珠の知らない城だった。すると忠興は、さっきまで見ていた絵図を取りに戻り、広げたまま珠に見せた。

「ここに信長さまが最初に持たれた尾張の那古野城《なごや》がある。そこから、だいぶ北にあるのが犬山城だ。その手前の小牧《こまき》や長久手《ながくて》という辺りでも、合戦になるだろう」

「敵は、どなたで？」

「織田信雄《のぶかつ》と徳川家康だ」

珠は驚いた。信雄といえば織田信長の次男だ。そのうえ徳川家康は、亡き父が饗応をめぐって、信長に退けられたほどの重要人物だ。それを敵にまわそうとは。まして敵とはいえ、呼び捨てとは。

忠興は絵図をたたみ、なおも笑顔で話す。

「このたび上さまの特別な思《おぼ》し召《め》しで、そなたとの再縁を認めて頂いた。これからは、そなたも、この城で暮らせるぞ」

珠は不審に思って聞いた。

「上さま、とは？」

「決まっているだろう。羽柴さまだ」

羽柴秀吉を上さまと呼ぼうとは、夢にも思わなかった。だが忠興は珠の戸惑いに気づかずに話し続ける。

「上さまの軍勢は十万、徳川方は三万だ。万にひとつも負ける懸念はない。それに、このたびの合戦には父上も参戦される。すでに出陣しておいでだ」

その時、小姓が声をかけた。

「殿、そろそろ、ご出陣を」

気づけば、すでに重臣たちの姿はない。忠興は珠の背中を軽くたたいた。

「すぐに片をつけてくる。積もる話は、それからだ」

そして軽い足取りで玄関に向かい、ふと振り返って言った。

「母上や子供たちは、大坂《おおさか》の屋敷に移った。おまえも一色宗右衛門たちと一緒に、そっちに行け。大坂の玉造《たまつくり》というところだ。上さまの仰せで、大名は大坂の城下に屋敷を構えることになったのだ」

慌ただしく軍勢が出払っていく。

誰もいなくなった城内に、珠は呆然と立ち尽くした。以前は大坂に屋敷などなかったし、城に戻りさえすれば、すぐに子供たちに会えると思い込んでいた。

だいいち羽柴秀吉を上さまと呼ぶということは、細川家は秀吉の家来になったことを意味する。

自分のいない二年間に、ずいぶん変わってしまったのだと、珠は思い知った。

珠が味土野にいた間に、大坂には壮麗《そうれい》な天守閣《てんしゅかく》を持つ城ができていた。とてつもない巨石を積み上げた石垣が、建物の足元を四方から固めている。安土城も及ばない、前代未聞《ぜんだいみもん》の築城だった。

城下町は商家で賑わい、城の周囲には大名屋敷の海鼠塀《なまこべい》が連なる。諸大名は、そこに妻子を住まわせるよう、秀吉から命じられていた。実質的な人質だった。

細川家の屋敷は、城の南、玉造という地にあった。珠の到着は先触れが伝えてあり、裏玄関に女子供が勢揃いして迎えた。幼い子供たちまで正座して、頭を下げる。

麝香《じゃこう》が笑顔で言った。

「珠、苦労したでしょう。待っていましたよ」

姑の優しさが心に染みる。

四人の子供には、それぞれ乳母がついていた。一番上の長は六つになっていて、切り下げ髪が愛らしい。長男の熊千代は五つ。味土野で産んだ与五郎は、じっとしておらず、よちよち歩きを始めていた。それよりも少し大きい女の子がおり、藤の産んだ古保に違いなかった。

藤は子供たちの後ろで、殊勝《しゅしょう》にも両手を前について頭を下げていた。

珠が土間《どま》を進んで、長男の熊千代に近づくと、乳母が言い聞かせた。

「熊千代さま、母上さまですよ」

だが熊千代は乳母の後ろに隠れてしまう。やはりなつかれないかと、珠は半ば諦めつつも、別れた時に四歳だった長ならと顔を向けた。しかし、こちらも硬い表情だ。

ただし末子の与五郎は顔見知りしないらしく、珠に向かって、よちよちと可愛らしく進み寄る。

だが、その時、古保が後ろからぶつかってきた。

与五郎は前のめりに転んで泣き出した。下手《へた》をすれば土間に転がり落ちるところだった。乳母が慌てて抱き上げてあやす。

一方、古保は藤の膝に腰かけ、実母の顔を見上げて笑っていた。

「これこれ、古保さま、いけませんよ」

側室の藤は、わが子であっても「さま」づけで呼ぶのがしきたりだ。それに諭しはするものの、本気で叱る口調ではない。

麝香が藤を示して言う。

「あなたがいなくなってから、藤が、よくしてくれてね。なかなか気が利《き》いて、心根もよいのですよ」

すると、ほんの一瞬、藤は勝ち誇った顔を見せた。

珠は不愉快だった。わが子が転ばされたのも腹が立ったし、そもそも藤が古保をけしかけたような気さえした。

それでいて、証拠もないのに、そんな風に疑う自分自身も、嫌でたまらなかった。

小牧長久手の戦いは、結局、秀吉と家康との間で講和が成立し、実質的な秀吉の勝利で終わった。そのため忠興は意気揚々《いきようよう》と、大坂屋敷に帰ってきた。

珠には他人行儀《たにんぎょうぎ》な子供たちが、大喜びで父親に駆け寄る。忠興は熊千代を肩車したり、長に頬ずりしたり、意外な子煩悩だ。

忠興は上機嫌なまま、珠を御座所に呼んだ。

「上さまが、そなたに大坂城に来いと仰せだ」

「秀吉どのが？」

「そうだ。しばらく前に上さまが、私に正室を持たぬのかとたずねられたので、思い切って、そなたがいると打ち明けたのだ」

すると細川忠興ともあろう男が、それほど執心の妻なら、どれほどの美人かという話になり、ならば大坂城に連れてこいと命じられたという。

「そなたを味土野から、ここに戻すための条件が、大坂城での謁見《えっけん》というわけだ」

珠は顔が強《こわ》ばるのを、どうすることもできない。すると忠興は不審顔で聞いた。

「どうした？　何か気に入らぬのか」

珠は急いで両手を前について頭を下げた。

「どうか、それればかりは、ご容赦ください。羽柴秀吉は父の仇《かたき》でございます。その城に出向くわけにはまいりません」

夫が臣従《しんじゅう》したとはいえ、自分は秀吉の下につく気は、まったくなかった。それどころか顔を見るのも嫌だった。

忠興は眉根を寄せて聞いた。

「何を申す？　そもそも、そなたの父が謀反を起こしたから、上さまが主君の仇を討ったのではないか。だいいち、そなたの父を殺したのは、上さまではない。道端《みちばた》で落人狩りに」

「おやめくださいッ」

それ以上、聞きたくなくて、思わず声が高まった。忠興は不審顔で言った。

「上さまを恨むのは筋違いだぞ」

「いいえ、まぎれもなく父の仇でございます」

この二年間、珠は味土野の苫屋で、来る日も来る日も考え続けた。なぜ父は信長を討ったのかと。

引き金になったのは徳川家康の饗応だ。信長と主従で対立したのは疑いない。だが、それだけで兵を挙げるほど、短慮《たんりょ》な父ではない。確固たる勝算があったのだ。

それは何か？

第一に細川家が味方につくと思い込んでいた。さらに秀吉が明智方につく可能性も、ありえないことではなかった。だが現実には、そうならなかった。

そこまで考えをめぐらせて気づいた。もしかして父は、秀吉に煽《あお》られたのではないかと。兵を起こせば味方するとでも、ほのめかされたのかもしれない。

本能寺の変の十日後に、備前高松城から引き返してきた急行軍は、「中国大返し」として羽柴秀吉の名を一挙に高めた。

だが京都に近い宮津城でさえ、第一報が届くのには丸一日かかっている。備前高松まで何日かかったのか。そこから陣を引き払って戻り、往復で十日とは、いくら何でも早すぎはしまいか。あらかじめ予測していたら、素早く行動できるかもしれないが。

それに本能寺の変の結果、もっとも得をしたのは秀吉だ。織田家を重んじたふりをしつつ、信長の息子たちを排斥《はいせき》し、いつの間にか信長に取って代わった。

味土野の二年間で、珠の疑惑が確信に変わった。父は秀吉にそそのかされて、誤った道に踏み出してしまったに違いないと。

珠は忠興の前で、きっぱりと言った。

「私は大坂城にはまいりません。もし強《し》いて行けと仰せなら、懐剣《かいけん》を携《たずさ》えてまいりましょう」

片頬を緩め、あえて声を低めた。

「そして女の色香で近づき、あの猿の喉を、掻《か》き切ってみせましょうぞ」

忠興の顔色が変わっていた。さらに珠は、はっきりとした口調で告げた。

「私は謀反人の娘です。夫の主筋を殺すことなど、ためらいは致しません」

これほど強硬な態度に出ようとは、自分自身でも意外だった。忠興は、それ以上、強いはせず、登城は沙汰《さた》止《や》みになった。


ある日、麝香が溜息混じりに言った。

「また、あなたが町で評判になって、忠興が面白くないようですよ」

珠は、またかと思った。

大坂の大名屋敷は、城の周囲に集中しており、出入りの商人たちの口もあって、あれこれと噂が広がりやすい。彼らのもっとも好む話題が、奥方の美醜だった。

麝香は、もういちど溜息をつく。

「前は信長公の妹さまだった、お市《いち》の方さまが天下一の美女と言われましたけれど、今は、そなただと評判ですよ。褒めていただくのは悪くはないのだから、忠興は自慢していればいいものを。また臍《へそ》を曲げてしまって」

お市の方は、最初に嫁いだ城を兄の信長に攻め落とされ、再縁した城は、秀吉に滅ぼされた。一度目は落城前に逃れたが、二度目は秀吉の妾にされるのを嫌って、城を枕に死んだのだと、もっぱら噂されている。

麝香は肩を落として言う。

「忠興は金輪際《こんりんざい》、あなたの近くには侍女以外は近づけないと、息巻いていますよ」

珠も思わず眉をひそめた。前に臍を曲げた時にも厳命された。

「人が来たら、奥に引っ込んでおれ。けっして顔を出すな」

今度も屋敷奥に隠しておきたいらしい。それで夫の気がすむなら、そうしようと珠は決めた。味土野での幽閉に比べれば、はるかに楽なことだ。

その結果、珠の部屋には、侍女以外は近づかなくなった。出入りの呉服商も小間物屋も奥までは入れず、侍女たちが預かった品物を部屋まで運んで、珠が選ぶ形になった。

それから季節がめぐり、夏の暑い盛りのことだった。縁側に下げた簾《すだれ》の向こうに、人影が動いていた。珍しいことと不審に思い、珠は立ち上がって簾越しに庭を見た。

すると庭の片隅に、下男《げなん》らしき男がしゃがんでいた。どうやら草取りをしている間に、ここが珠の部屋だと気づかずに、入り込んでしまったらしい。

珠は侍女のイトを手招きした。

「なんだか一生懸命、働いてくれているようですけれど、殿に見つかると厄介《やっかい》ですから」

イトはうなずいて、くるくると簾を巻き上げ、下男に声をかけた。

「ここはよい。奥方さまのお部屋ゆえ」

すると下男は飛び上がるほど驚き、抜いた草を入れた大笊《おおざる》を慌てて抱えて、何度も何度も腰を折りつつ、隣の庭に戻ろうとした。そんな素朴《そぼく》さがおかしくて、珠はイトとふたりで笑い出した。

だが次の瞬間、庭に怒声が響いた。

「何を笑っているッ」

見れば忠興が仁王立ちになっていた。視線は下男に向いている。さらに大声で下男を叱り飛ばした。

「ここには入るなと申してあっただろうッ」

珠は驚いて縁側に出た。

「この者は間違って入り込んでしまったのです。けっして、わざとではなく」

だが妻がかばったことが、忠興の怒りの火に油を注いでしまった。

「わざとであろうとなかろうと、ここに近づいたらどうなるかは、よくよく聞かせてあったはずだ」

次の瞬間、珠は凍りついた。忠興が腰の刀を鞘から抜いたのだ。銀色の刀身《とうしん》が、夏の日差しにぎらつく。珠は絶叫した。

「おやめくださいッ」

だが忠興は刀を高々と振りかぶった。下男は足がすくんで動けない。

珠は縁側を蹴《け》って、裸足《はだし》で庭に飛び降りた。だが下男に駆け寄ろうとした直前に、刀が激しい風切り音とともに、すさまじい勢いで振り下ろされた。

すんでのところで、下男は背を向けて逃げ出した。だが切っ先が背中を襲う。真っ赤な血飛沫《ちしぶき》が舞い上がり、下男は前のめりになって地面に転がった。

なおも忠興は刀を振りかぶる。珠は無我夢中で下男に駆け寄り、体におおいかぶさるようにしてかばった。また忠興の怒声が響く。

「どけッ」

だが珠も怒鳴り返した。

「どきませぬ。斬るなら私をッ」

だが忠興は、いよいよ猛《たけ》り狂って叫ぶ。

「下男などに手を触れるなッ」

「ならば、お医者を。この者のために、お医者を呼んでくださいませッ」

「お、奥方さま、離れてくださいませ」

イトと霜が血相を変えて駆け寄ってきた。

「お医者さまは、私どもが呼んでまいります。ですから、どうか離れてくださいませ」

夫を見上げると、いまだ鬼のような形相《ぎょうそう》で血刀を握りしめ、荒い息で肩を上下させている。珠は自分が下男から離れなければ、収まりがつかないと気づいた。そして後を侍女たちに任せて立ち上がった。

一歩、二歩と忠興に近づく。夫の顔が引きつっている。ふと立ち止まって、自分の手を見ると、真っ赤だった。着物も身頃から袖まで血で染まっている。

忠興は気を取り直したように、刀を振って血糊《ちのり》を飛ばすと、そのまま鞘に収めた。そして無言のまま、大股で庭から立ち去った。

以来、珠は手も洗わず、血染めの着物も着替えようとしなかった。忠興が見とがめて言う。

「なぜ、着替えぬ？」

珠は冷ややかに答えた。

「殿のなさったことを、殿に、よく見て頂くためでございます」

「おまえは変だ。上さまを筋違いに恨んだり、こんなことで意地を張ったり」

「殿も変でございます。些細なことで下男を手討ちになさるなど」

「些細なことではない。禁じたことを破ったゆえ、成敗《せいばい》したまで」

「殿は鬼でございます」

「ならば、おまえは蛇だ」

珠は、かすかに頬を緩めた。

「鬼の女房には、蛇がなります」

するとと忠興は苛立たしげに言った。

「そなたは、しょせん謀反人の娘だな」

「なんと言われようと、かまいませぬ」

「私はな、今も明智どのを恨んでいる。明智どののせいで、そなたを味土野に送らねばならなかったのだからな」

さらに意地悪く言い募る。

「明智光秀は歴史に名を刻む。天下の大謀反人として。おまえは、もういちど離縁されて、恥の上塗りをしたいか」

「私のために下男が斬られるくらいなら、離縁してくださいませ」

すると一転、忠興は両拳を握りしめ、喉から絞り出すような声を出した。

「私はそなたを愛しく思っている。私の大事な妻に、下男など近づけたくはない。謀反人の娘という烙印も消してやりたい。その心がわからぬか」

そんな言葉は珠の心を揺さぶる。なのに、なぜ気持ちがすれ違い、これほどまでに罵倒《ばとう》し合うのか。それが哀しかった。

翌日、藤孝が言った。

「珠、もう着替えよ。忠興も悔いているゆえ」

珠は、ようやく手を洗い、血染めの着物を脱いだ。


どれほど仲違いしようとも、忠興は珠の閨に来ては手荒く抱いた。珠は拒んでも無駄だと気づき、いつしか不思議な夫婦の関係が成り立っていた。

ある夜、忠興は天井《てんじょう》を見つめて淡々と話した。

「高山右近《たかやまうこん》どのという大名がいる。キリシタンで穏やかな人柄だ。私やそなたに足らぬのは、あの穏やかさだな」

珠は興味を持った。

「キリシタンの教えに従えば、私も穏やかになれましょうか」

「わからぬ。高山どのの穏やかさがキリシタンのせいなのか、持って生まれたものなのか。だいいち信長公もキリシタンを好んだが、穏やかではなかった」

「信長さまも?」

「そうだ。だが今の上さまはキリシタンを嫌う」

「なぜでしょう」

「南蛮人《なんばんじん》は東洋の国々に、まずキリシタンの教えを広め、次は軍船を送って合戦をしかけ、その国を従えてしまうそうだ。それを上さまは案じておいでなのだ」

秀吉が警戒していると聞いて、いよいよ興味が増した。

「キリシタンの教えは、どこでうかがえるのでしょう」

「キリシタンの坊主たちが南蛮寺を開いている。都でも大坂の城下でも。信長公がご健在の頃には、安土の城下に、キリシタンの坊主になるための修行の寺があったそうだ」

忠興は皮肉めかして聞いた。

「教えを聞きたいか」

珠は素直に答えた。

「聞きとうございます」

味土野で暮らしていた頃、秀吉に対して疑い深くなったり、藤のことを気にしたりする自分が、たまらなく嫌だった。

そんな感情から逃れるために、禅宗に救いを求めたことがある。書物を取り寄せて、隅々まで読んだ。だが嫌な自分を改める方法は見いだせなかった。でもキリシタンならと、一縷《いちる》の望みを抱いたのだ。

しかし夫の返事は落胆でしかなかった。

「私が許すと思うか。キリシタンの坊主は妻を持たぬそうだ。そのような者に、おまえを会わすわけにはいかぬ」

屋敷内でも人と会わせないのだから、南蛮寺行きなど望むべくもなかった。

秀吉は小牧長久手の合戦以降も、配下の武将たちに次々と出陣を命じた。その一方で関白《かんぱく》の地位を手に入れ、羽柴の姓を捨てて、豊臣《とよとみ》に改めた。

そして天正《てんしょう》十五（一五八七）年の春、九州への出陣を命じた。忠興と珠は二十五歳、藤孝は五十四歳になっていたが、父子で出陣に応じた。忠興は、くれぐれも珠を人と会わせるなと、留守居役に厳命していった。

九州遠征ともなれば、それなりの日数がかかる。その間に、珠は南蛮寺行きをくわだてた。キリシタンへの思いが、抑え切れないほど高まっていたのだ。

まずは戦勝祈願のお百度参《ひやくどまい》りのために、侍女たちを寺社におもむかせると称して、イトと霜を外出させた。ふたりは寺の参拝はそこそこに、町で南蛮寺について聞きまわってきた。

それによると大坂城の北西、淀川《よどがわ》の船着き場の近くに、高山右近が建立《こんりゆう》した南蛮寺があるとわかった。

七日に一度、礼拝があって、誰でも参列できるという。そこで次の礼拝日に合わせて、またイトと別の侍女を送り出した。

すると日が陰《かげ》る前に、イトたちは目を輝かせ、興奮気味に帰ってきた。

「素晴らしゅうございました。パードレさまのお説教も、お祈りも」

西洋人の司祭《しさい》たちをパードレと呼ぶという。

「デウスさまの前では誰もが等しく、男も女も家柄も、親が誰なのかさえ関わりないそうでございます」

それは衝撃的だった。謀反人の娘だろうと、大名の妻だろうと関わりないとは。

「それに見たこともないほど、お堂が美しゅうございました。ぜひとも奥方さまを、お連れしとうございます」

いよいよ期待が高まっていく。だが礼拝日には人が多くて、個人的に話がしにくかろうと、その日の訪問は避けることにした。

そして自邸の門の番士たちの顔ぶれを、霜に調べさせた。

かつて珠の警護役だった一色宗右衛門と、その配下の者たちは、すでに隠居して国元に帰っていた。代わりに留守居役を命じられたのは、小笠原少斎《おがさわらしようさい》といって、やはり年配ながら、古くからの細川家の家臣だ。

珠は会ったことがない。門の番士たちは少斎の配下であり、やはり珠の顔を知る者はいないはずだった。

　それに彼らは屋敷に他人が入り込んで、珠と顔を合わせることを警戒していた。珠自身が出かけていくなど、よもや予想はしていない。

　そこで珠は侍女に扮《ふん》して、イトとふたりで出かけることにした。やはり寺社への戦勝祈願を口実に、裏門を出ようとした。

　番士たちは珠の顔を無遠慮にのぞき込む。怪しまれているのではないかと気が気ではなかった。それでも外に出してもらえたが、背後で声が聞こえた。

「えらく別嬪《べっぴん》の御女中だな。殿さまのお手つきだろうか」

　ともあれ奥方と見破られなかったことに、珠もイトも胸をなでおろし、南蛮寺へと急いだ。


　南蛮寺に着いた時には昼を過ぎていた。

　大きな門が全開で、番士もいない。中は大名屋敷さながらの広い敷地に、御殿のような平屋が並び、そのただ中に、ちょっとした天守閣のような三階建がそびえていた。屋根の頂上に十字の印が掲げられている。

　イトが身を寄せて言った。

「三階建てが教会堂で、平屋はバテレンのパードレさまや、日本人の修道士の方々のお住まいと、修行の場だそうです」

教会堂の大扉にも鍵はなく、簡単に中に入れた。すると、そこには見たこともない空間が広がっていた。

三階分の大きな吹き抜けで、焦茶色の柱や梁《はり》が曲線を描き真っ白な漆喰《しっくい》の壁との対比が、きわめて美しかった。窓は障子ではなく、色とりどりのギヤマンがはめ込まれ、淡い陽光が満ちていた。

正面の祭壇《さいだん》には、銀細工の燭台《しょくだい》が置かれ、大壺には、こぼれんばかりに花が飾られていた。中央にマリア観音《かんのん》の像が、優しい微笑みを浮かべている。その背後の壁には、大きな十字の木組みが掛かっていた。

気配に気づいて、日本人の若い修道士が奥から現れた。イトが、キリシタンの教えについて話を聞きたいのでパードレに会いたいと頼むと、修道士は奥に戻っていった。

手前には木製の長椅子が並んでおり、そのひとつに珠は腰かけた。座っているだけで、心が洗われるような空間だった。

しかし、その後は待てど暮らせどパードレは現れなかった。それどころか、さっきの若い修道士も戻らない。イトが奥を見に行ったが、誰もいないという。

さんざん待たされた挙げ句、ようやく黒衣のパードレが現れ、片言《かたこと》の日本語で言った。

「ニホンジンノ、パードレガ、ハナシマス。マッテクダサイ」

　また長く待たされた。帰りが遅くなると、留守居役に気づかれる懸念があり、珠は気が急《せ》いてならなかった。

　ようやく現れた黒衣の日本人は、穏やかな顔立ちの男だった。

「お待たせしました。私は高井《たかい》コスメと申します。今日は城下の商家に、キリシタンの話をしに出かけて、今、戻ったところです」

　日頃からパードレたちは、大名屋敷や大きな商家に教義を語りに出かけるため、留守がちだという。

　珠は矢継ぎ早に質問した。キリシタンが仏教や神道と、どう違うのか。デウスの前には誰もが等しいというのは本当かなどと、次から次へと聞いた。

　高井コスメは納得のいく返事をしてくれた。特に今はイースターの季節で、キリストが十字架にかけられて亡くなり、その後、復活したことを祝う祭だと話した。

　珠は新たな疑問を口にした。

「キリストというお方は、十字架にかけられて、恨みを持たれなかったのですか」

「恨みなど、とんでもない。何もかも許したのです。むしろ、すべての人々の罪を背負って、昇天《しょうてん》されたのです」

もっと詳しく聞こうとした時だった。背後の扉が、大きな音を立てて開いた。珠は振り返って息を呑んだ。厳しい表情の侍たちが、大股で近づいてくる。自邸の留守居役だと直感した。

案の定、先頭の年配の男が、珠のかたわらに寄って床に片膝をつき、小声で言った。

「小笠原少斎でございます。お迎えにまいりました」

珠は目を伏せて立ち上がった。高井コスメが追いすがるようにして聞く。

「お名前を、お聞かせください」

だが少斎が目で制し、イトが首を横に振った。珠は男たちに囲まれて、黙って教会堂を出るしかなかった。大扉の外には、細川家の塗駕籠《ぬりかご》が待っていた。

自邸に戻り、塗駕籠の引き戸が開く前に、外から少斎が言った。

「どうか二度と、このようなことはなさいませぬように。私だけでなく、ここにいる何人もが腹を切らねばならなくなります」

珠は胸が痛かった。

それでもキリシタンの教義を知りたくて、何度もイトを南蛮寺に使いさせた。南蛮寺では珠の正体を、すでに把握《はあく》していた。駕籠で帰る際に、後をつけたという。

珠は何もかも許すという点を、特に詳しく知りたかった。

「どうやって恨まずに許すというのじゃ」

するとイトは高井コスメの返事を伝えた。

「ただ何もかも水に流せば、それだけで救われるとのことです」

「それは死んだ後に、極楽《ごくらく》に行かれるという意味か」

「いいえ、現世でも心が救われるそうでございます」

それは思いもかけなかった指摘だった。自分は秀吉を恨み、藤を恨み、忠興への恨みも捨てきれずにいる。それを、すべて無条件に許せばいいのだという。

そこで両手を組んで一心に祈ってみた。祈った後には、気持ちが落ち着くのが自覚できた。

すると子供たちが珠になつき始めた。藤とも自然に言葉を交わせるようになった。麝香《じゃこう》も不思議そうに言う。

「珠、ここのところ、顔が変わりましたね。なんとはなしに優しそうになりました」

夏になると秀吉が九州を平《たい》らげ、忠興も軍を率いて帰ってくると知らされた。

それまでに、どうしても洗礼《せんれい》を受けたくて、珠はイトを通じて南蛮寺に相談した。その結果、イトがパードレに代わって洗礼式を行うことになった。事情がある場合は、そんな方法も認められているという。

イトは清《きよ》らかな水を用意し、それを珠の額に注ぎながら唱えた。

「父と子と精霊《せいれい》との御名《みな》によりて汝《なんじ》を洗う」

そしてパードレから、ガラシャという洗礼名を授かったのだった。

忠興は大坂屋敷に戻るなり、外出の件を耳にして、すぐさま珠をとがめた。

「小笠原少斎が腹を切ると申しているぞッ」

珠は両手を前について必死に謝った。

「私が悪うございました。少斎には何の咎もございません。お許しください」

どうしてもキリシタンの教えを知りたかったと、正直に話した。さらに受洗の事実も打ち明けた。

「私は侍女の手で洗礼を受けて、ガラシャと申すキリシタンに生まれ変わりました」

忠興は驚き、いっそう激怒した。

「上さまがバテレンの追放を命じられたのだぞ。長崎の町がバテレンの領土になりかけていたのだ。そんな時に、なぜキリシタンに深入りするッ」

だが少斎の切腹が実行される前に、忠興は妻の変化に気づいた。珠は何を言われても、穏やかに対応できるようになっていたのだ。

そのため忠興は渋々ながらも少斎の処罰を棚上げにし、いつしか妻の受洗も黙認した。

四

慶長三《けいちょう》（一五九八）年、朝鮮半島にまで軍勢を出した豊臣秀吉が、とうとう六十二歳で病没した。豊臣家は秀吉の遺児で、まだ六歳の秀頼《ひでより》が継いだ。

しかし配下の大名たちは束《たば》ねを失い、たちまち分裂した。特に出兵の後方支援を担当した石田三成《いしだみつなり》と、実際に前線に出て戦った武将たちとの対立があらわになった。

武将たちは徳川家康のもとに結束した。細川忠興は、ことさら三成と不仲であり、率先して家康に味方した。

さらに奥州《おうしゅう》の上杉景勝《うえすぎかげかつ》が三成に接近し、上洛《じょうらく》命令を無視した。そこで家康は大軍を率いて、奥州に出兵することになった。

秀吉が没した翌々年のことで、珠も忠興も三十八歳になっていた。忠興は出兵準備のために、いったん国元に帰った。かつて居城だったのは宮津城だが、今は、やや東寄りの田辺《たなべ》城に拠点を移している。

忠興は、また妻の外出を厳禁して出かけ、珠は屋敷にこもって今後のことを考えた。

大坂に屋敷を持つ大名たちは、誰もが妻子を大坂に置いて出陣する。豊臣家に対する人質の意味があるからだ。

しかし、ひとたび家康の軍勢が東に向かえば、その隙《すき》に三成が幼い秀頼を担ぎ、西国の大名たちに檄《げき》を飛ばして、挙兵するのは疑いない。むしろ家康は、それを見越して挑発し、反徳川勢力を一挙にたたく目論見《もくろみ》に違いなかった。

そうなると、いよいよ人質としての意味が増す。おそらく妻子たちは、それぞれの屋敷から大坂城内に移れと、豊臣秀頼の名で命令が下る。

その時、珠はどうすべきか。人質になれば夫の足かせになる。武家の女としては自害が理想だが、キリシタンには自害は重罪だ。

あれからも珠は、たびたびイトを南蛮寺に使いさせて、教義を学び、信仰を深め続けている。その結果、イトや侍女たちもキリシタンに改宗した。

忠興が国元に向かった後も、珠は自害について、ふたたびイトに相談に行かせた。バテレン追放令により、すでに西洋人のパードレは南蛮寺を出て、城下の商家などに潜伏《せんぷく》している。

その中でオルガンティーノという高位のパードレが、質問に答えてくれた。やはり自害は重い罪になるという。ただし家臣に殺されることは否定しなかった。

そうしているうちに忠興が国元での出陣準備を終えて、大坂屋敷に戻ってきた。そして真剣なまなざしで珠に言った。

「わが軍勢が東に向かい次第、密かに国元から迎えを出す。それゆえ石田三成に気づかれぬように、この屋敷を出て国元に逃げよ。姫たちを伴って行け」

珠は大坂に来てから一男二女に恵まれ、全部で三男三女の母になった。その中で、すでに二十歳になった長男と、十七歳の次男は、父親に従って東に進軍する予定だ。三男は家康への人質として、すでに江戸で暮らしている。珠とともに大坂屋敷に残るのは、娘ばかりだ。

「ほかのお屋敷では、どうなさるのですか」

「それぞれ妻子を逃がす算段をしている。わが家では幸いなことに、さほど国元が遠くない。田辺の城には父上と母上がいるゆえ、頼っていくがいい」

珠は納得がいかずに聞き返した。

「でも西国の諸大名が大軍を起こしたら、おそらくは田辺城でも持ちこたえられませんでしょう。その時は？」

「たとえ落城しても女子供は落ち延びさせるよう、父上が手を打つ。心配はない」

「では義父上さまは、城を枕に討ち死になさるお覚悟ですか」

するとと忠興は苦しげにうなずいた。

「珠、これから天下分け目の大合戦が始まる。太閤《たいこう》秀吉さまが朝鮮にまで出兵したことで、誰もが戦いに倦《う》んでいる」

だから家康は、今度を戦国の世を終えるための最終決戦にするつもりだという。

「それだけのことを成すには、どうしても人柱《ひとばしら》が要る。こちらにある徳川さまの屋敷には、忠実な老臣が残る。討ち死には覚悟の上だ。父上も国元で、その役目を担う」

「戦国の世を、終えるための人柱に」

珠がつぶやくと、忠興は力強く言った。

「そうだ。父上は喜んで命を差し出すと言ってくれた」

「ならば」

不思議なことに、たちどころに覚悟が定まった。

「私にも、その役目を負わせてくださいませ」

三成と忠興の不仲からして、城内に人質を取るとしたら、真っ先に珠が狙われる。

「最初に当家で人質を拒めば、ほかのお屋敷にも影響を及ぼしましょう。だからこそ」

「駄目だ。そなたを見殺しにはできぬ」

「本能寺の変の後、明智に味方して頂きたいとお願いした時、あなたは仰せになりました。謀反人に背を向けるという規範を、わが家が真っ先に天下に示すと。それと同じことを、私にもさせてくださいませ」

珠は思いを打ち明けた。

「私はキリシタンの教えによって救われました。デウスの前には誰もが等しく、誰の娘かなどは問われないそうでございます。でも子供に対しては、今も後ろめたさを引きずっています」

言葉に力がこもった。

「このままでは子供たちは生涯、謀反人の孫という烙印を負い続けます。その次の世代も、また次も、細川家の子々孫々までも」

それは何よりつらいことだった。

「私は、細川忠興の妻として相応《ふさわ》しい最期を、遂げとうございます。それが明智光秀と、その娘の名誉を取り戻す唯一の道でございましょう」

忠興は目を伏せ、くちびるをかんで何も答えない。珠は言い添えた。

「勝負は時の運。もしも徳川さま方が敗北を喫《きっ》し、その一方で私が生き延びでもしたら、敵の妾にされかねません。そんなことは、殿も、お望みにはなりませんでしょう?」

それでも忠興は黙っていた。

しかし出立《しゅつりつ》の朝になると、真っ赤な目で告げた。

「おまえの覚悟はわかった。思う通りにせよ。かならずや細川家の誉《ほま》れになるであろう。私も自慢に思う。おまえを妻に持って」

珠の胸に満足と、夫と永遠に別れる哀しみとが、同時に込み上げる。

「ありがとう存じます」

忠興は何度も目を瞬《しばたた》くと、留守居役の小笠原少斎と乳母たちを呼んで、はっきりと言い渡した。

「田辺から迎えが来たら、乳母どもは姫たちを守って逃げよ」

それから少斎に命じた。

「珠のことは、その方に頼む。名誉を守り抜いてやってくれ」

少斎は真意を理解し、かしこまって答えた。

「かならずや奥方さまの名誉は、お守り申し上げます。この命をかけて」

少斎自身も覚悟を決めていた。

七月半ば、家康の軍勢が充分に遠のいたのを見計らったかのように、大坂城に入るようにとの命令が、案の定、豊臣家から細川屋敷に下った。

すぐさま珠は突っぱねた。すでに娘たちは、乳母たちが連れて逃げている。藤も同行させた。

十七日になると石田三成は、兵を繰り出して屋敷を取り囲んだ。力ずくでも連れて行くと脅《おど》す。珠は少斎に言った。

「では、かねてよりの手はず通りに」

少斎は家来たちとともに、部屋の障子と襖《ふすま》の際《きわ》に、鉄砲の火薬を帯状に撒《ま》き始めた。珠は袱紗《ふくさ》に包んだ短冊を、霜に差し出した。

「そなたは庭に出て、最後まで見届けよ。そして逃げ切って、これを殿に届けよ」

短冊には辞世《じせい》の歌がしたためてある。

「散りぬべき時知りてこそ　世の中の花も花なれ人も人なれ」

花は散る季節を知っているからこそ花であり、自分もそうありたいという意味を込めた。

「そなたが見たことを、オルガンティーノさまにも、お伝えせよ」

だが霜は袱紗包《づつみ》を受け取ろうとしない。

「どうしても、お供はお許し頂けませんか。お伝えの役は、どうか、ほかの者に」

珠とともに黄泉《よみ》に旅立つ侍女たちは、もう背後に控えている。珠は首を横に振った。

「そなたは私のことを古くから知る。だから伝えて欲しい。明智光秀の娘は、細川忠興の妻は、立派な最期を遂げたと」

塀の外から怒声が響く。敵兵たちが待たされて苛立ち、騒ぎ出したに違いなかった。珠は厳しく命じた。

「霜、もう時間がない。早《はよ》う外へ」

すでに家来たちは火薬を撒き終え、少斎は庭先の焚《た》き火から、炎のあがる薪《まき》を一本つかんで縁側に立っている。

踏み込まれる前に自害を遂げ、敵に遺体を奪われないように、何もかも焼き尽くさなければならない。

霜は目に涙をためながらも、ようやく袱紗包を受け取り、縁側から庭先に降り立った。家来たちも、すでに庭先に控えている。

珠はロザリオを手にして、部屋の中央にひざまずいた。侍女たちも一斉にならう。珠は少斎に言った。

「まず火をつけて、それから祈りが終わり次第、私の胸を槍《やり》で突き、イトたちも同じようにしてたも」

少斎は深くうなずき、低い声で告げた。

「では、始めます」

足元の火薬に炎を近づけ、それから部屋の反対側の火薬に向かって、薪を投げつけた。二箇所で派手に火花が散り、獲物を見つけた蛇のごとく、あっという間に燃え進む。

少斎が足を踏ん張り、両手で槍をかまえるのを待って、珠は腹の辺りで手を組んだ。火は障子紙へと燃え移り、一枚だけ開けた障子の向こうに、霜の泣き顔が見えた。

熱気が迫る中、珠は組んだ両手に力を込め、祈りの言葉を唱えた。

「デウスさま、このような死に方を、どうか、お許しください」

家臣の手にかかることが自害にならないことを、オルガンティーノが認めてくれたと信じて、珠は祈りを結んだ。

「父と子と精霊との御名によりて」

侍女たちが唱和する。

「アーメン」

次の瞬間、少斎が大きく踏み出し、銀色の槍先を一気に突き出した。とてつもない衝撃が胸を貫く。

槍先が抜かれると同時に、眼の前に大量の血飛沫が舞い、激痛が襲いくる。全身に力が入らなくなり、ゆっくりと上体が前のめりに倒れていく。

すでに炎は障子全体を包み、部屋の中に熱風が吹き荒れる。熱気の陽炎《かげろう》越しに、庭先の霜が恐れおののきつつも、踵《きびす》を返して走り去るのが見えた。

背後で侍女たちが倒れる気配が続く。少斎は槍を投げ捨てて、庭先に飛び降り、その場で脇差を腹に突き立てた。すぐに引き抜いて喉を掻き切る。家来たちも、それにならった。

珠の頰がふれる畳に、真っ赤な血溜まりが広がる。血の匂いが、木や紙が燃える匂いをしのぐ。遠のく意識の中、最後の力を振り絞って、かすれ声でつぶやいた。

「殿、明智光秀の娘は、こうして立派に」

細川家の屋敷が取り囲まれたのは、毛利輝元《もうりてるもと》が石田三成の誘いに応じ、軍勢を率いて大坂に到着した、その当日のことだった。

三成は徳川方の大名たちの屋敷から、引き続き人質を取るつもりだった。しかし最初に珠の強烈な拒絶に遭《あ》ってしまい、あとは諦めざるを得なかった。

関東に滞陣していた徳川方は、三成挙兵の知らせを受けて、一転、西に急いだ。忠興が妻の壮絶な死を知ったのは、その進軍の最中だった。

「石田三成を滅ぼして、仇を討たんッ」

そう叫んで先陣を務め、三成方だった岐阜《ぎふ》城を真っ先に攻め落とし、関ヶ原《せきはら》に向かった。

一方、田辺城の藤孝は、一万五千の敵兵に囲まれて籠城《ろうじょう》した。しかし帝《みかど》が藤孝の和歌の才を惜しんで、開城せよとの勅命《ちょくめい》を下した。これを退《しりぞ》けるわけにはいかず、藤孝は敵に下《くだ》り、麝香《じゃこう》とともに一命をとりとめた。

霜は珠の命じた通り、まずオルガンティーノに顛末《てんまつ》を知らせた。その後、関ヶ原の合戦で徳川方が勝利すると、忠興のもとに参じ、すべてを伝えた。

すると忠興は亡き妻のために、南蛮寺で盛大な葬儀を営んだ。また麝香は、洗礼を受けてキリシタンに改宗した。

さらに後年、霜の語り残しは細川家で記録され、珠の誇り高い死は子々孫々まで伝えられたのだった。

生きていた光秀

山岡荘八

一

その日曾呂利《そろり》新左衛門は、堺の西目口町の自宅の庭の小庵で香を聴いていた。

香道では志野流の建部隆勝の門下で、坂田宗拾と云う名取りの新左である。堺切っての武具商、馬具商であり、自分でもまた刀の鞘《さや》作りでは当代随一という特技を持っている。茶も紹鷗《じょうおう》門下の逸材だったし、金はあるしで、先ず堺衆としては何の不足もない数寄《すき》者の一人だったが、人柄にはどこか他人を容れない圭角《けいかく》が眼立っていた。

機嫌のよい時には今にも溶けだしそうな笑顔で洒落《しゃれ》のめしてゆく癖に、少し風向きのわるい時には、鋭い皮肉と毒舌で他人に口を利かせなかった。

そうした新左が香を聴いているときは大抵自分で自分の感情を扱いかねるといった、険悪な風向きの日が多い。

「旦那さま、京都から甥御《おいご》さまが、お客人を連れておいでなされましたが」

手代の平助がおずおずと小庵の露地で声をかけると、

「なに、玄琳《げんりん》が来たと。玄琳ならば用のあるのはわしではない。金簞笥の方じゃ」

新左はそう答えて、そのまま香具をしまいにかかった。

甥の玄琳は妙心寺の学僧である。たった一人の妹の子なので決して憎い筈はない。口では金簞笥に用があって来たのだろうなどと毒突きながら、肚《はら》の中では全く別のことを考えていた。

（そうだ。今日は久しぶりに坊主に酒の無理強いでもしてやろうか……）

梅雨に入ってうっとうしい天気の続くところへ近ごろ耳に入って来ることは、いちいち新左の癇《かん》にさわることばかりだった。

信長の天下がようやく定まったと思ったところで去年の本能寺騒ぎ。続いて山崎の合戦から、こんどは羽柴と柴田に織田信雄《のぶかつ》、信孝兄弟のからんだ大喧嘩となり、聞くところに依れば、柴田勝家は夫人の織田氏とともに先月末に越前の北の庄で自《じ》尽《じん》して果てたという……

天下が誰の手に落ちようと、そんなことは武具商馬具商の知ったことではない。いや、天下など乱れれば乱れるほど商売は繁昌するのだから苛立つ理由はないようなものだったが、やはりそうはいかなかった。

或いは、勝家に依頼されて、折角作りあげた兼光の太刀を納める鞘の注文が流れたのと、うっとうしい梅雨空と、数寄の友の津田宗及《つだそうぎゅう》の言葉などがひっからんで、やたらに新左の神経を刺戟《しげき》してくるからかもしれなかった。

津田宗及は、千宗易（利休）などと共に、新左にとっては心を許した数寄の友だった。その宗及が、勝家夫妻の自尽の話から聞き捨てならぬことを云った。

「――宗拾よ。おぬしの鞘作りも、まだまだじゃの」

「どうしてじゃ。ソロリと音もなく抜け、音もなく納まるところから曾呂利新左と異名をとったわしの鞘に、おぬしケチをつける気か」

「――と云うがな、おぬしに鞘を注文した者は、ここもとみな不運につきまとわれる。松永どの、織田どの、明智どの、神戸《かんべ》どの……そしてこんどは柴田どのじゃ。これはおぬしにまだまだ武具を通して泰平を祈り出すほどの誠が足りないからであろうが」

　そのあとで、宗及は、名人と云われるほどの鞘師ならば、よくよく人を見て、これこそ天下人と思う者の注文に精魂を傾けよなどと利いた風なことを云った。

「――すると、宗及は、羽柴こそ天下人……そう思うて茶の相手に罷《まか》り出たのか」

　はげしい皮肉で応じてはみたものの、この宗及の言葉は、いまでも新左の胸に後味わるい爪あとを残している。

（そうじゃ酒がよい。久しぶりに酒で甥の成道《じょうどう》の邪魔でもしてやろう）

　香具を箱に納め、ふと顔をあげて、新左はギクリと腰をうかした。

　手代の平助が、当然母屋の客間へ通してあるものと思っていた甥の玄琳が、自分と同じ雲水姿の僧侶と肩を寄せ合うようにして小庇《こびさし》の下に立っていたのだ。

　いや、その連れの僧侶が、見知らぬ人だったらこれほど新左は愕《おどろ》きはしなかったろう。新左はわが眼を疑った。瞬《しばた》いては見直し、見直してはまた瞬いた。

甥の玄琳をそのまま年取らせたと云ってよい連れの僧侶は、そうした新左の愕きの前で、縋《すが》るような、しみ入るような微笑をうかべて珠数をまさぐっている。

「伯父さま、玄琳一生のお願いがあってやって参りました。どうぞ入ってもよいと仰有《おつしや》って下さりませ」

その声を聞いたときに、新左は思わず眼を閉じた。玄琳の声にはそのまま妹の匂いがする。しかし、そのわきに立っている雲水はまた、何とよく姿も形も玄琳に似ていることか。

（玄琳めが、父親を連れて来くさった！）

いや、去年の六月十四日、信長を本能寺に弑逆《しいぎやく》してから十三日目、三日天下の名をわらわれて、勝竜寺の城から坂本へ引きあげる途中、小栗栖《おぐるす》の里で土民の槍にかかって果てた明智光秀の幽霊を連れて来くさった……

「伯父さま、お願いでござりまする」

と、又庇の雨にうたれながら玄琳は云った。

「このお方は、私同様、この世の恩怨《おんえん》とは縁を断った修行僧にござりますれば……」

新左衛門は、いきなり手にしていた香箱を、力いっぱい雨の庭に叩きつけた。

死ぬ奴ではない……と、どこかで新左も思っていた。誰に聞いても、何処でさぐってみても、光秀の首級を確かめたという者は一人もなかった。

二

山崎の戦で秀吉の先鋒、高山右近と中川瀬兵衛の両人に天王山を占拠され、六月十三日の合戦で全敗を喫した光秀は、わずかな近臣と共にいったん勝竜寺城に入り、深更、溝尾勝兵衛茂朝《しげとも》等を従えて坂本城へ向った。そして丑《うし》の刻（午前二時）ごろ、伏見の北方、大亀谷の山中で物具をぬぎ捨て、勧修寺《かじゅうじ》を経て小栗栖の村はずれに達し、そこで土民の槍にかかって死んだと云われている。介錯《かいしゃく》は溝尾勝兵衛がして、斬りはなした首は鞍の覆いに包んで近くの藪の中にかくし、隠した当人の勝兵衛もまたその場で切腹して果てたという……

ところが、その溝尾勝兵衛茂朝は、その後たしかに坂本の城で生きていたと語る者があったし、発見された光秀の首は面皮を剝かれていてふた目と見られぬむくろであったという噂も聞いている。

新左衛門が知っている限りの武将の中では、恐らく光秀ほど用心深く、光秀ほど雑学者で謀略好きな人物は類がなかった。しかも当日の正面の敵は、中川瀬兵衛にしろ高山右近にしろ一度は光秀に味方したほどの親友なのだ。それだけに、主従数騎で小栗栖の里を通ったなどと云うことは疑い出せば二重三重に不審のつのる噂であった。

正直に云って、妹の香矢《かや》と光秀の間に、玄琳という子まである関係から、新左はそれとなく光秀の生死を確かめようとしたものだった。

光秀の娘の嫁ぎ先である細川家をはじめ、光秀と深い交際のあった吉田兼見卿や多聞院《たもんいん》、それに秀吉側の関係では浅野家の内部にまで探りを入れてみたのだが、誰も、光秀の首級をハッキリと見たという者はなく、確かな所持品も現われた様子は無かった。

かつて、新左衛門と光秀は茶道でも香道でも同門であった。

それが生れながらにして仏門へ入らねばならぬ玄琳の不幸な誕生の機縁にもなったのだが、ひと頃の新左は、光秀に兄のような親のような気持で師事していた。

それでその光秀の心願のために、新左は、白牛十八頭の胸皮を剝いだ千筋《すじ》の鞘巻も作ってやったし、彼が身辺を離さなかった秘蔵の郷義弘《ごうのよしひろ》の鞘もみずから作ってやった。

したがって、坂本落城のおり光秀に代って娘婿《むすめむこ》の明智秀満（俗称左馬頭光春）が、焼くにしのびないとして、秀吉側の堀秀政に、光秀所持の名宝類を引渡した際、その義弘が品書の中にあったかどうかを秀政に問い合せたものだった。

するとと堀秀政の答えは、

「——わしも郷義弘は得難い名宝ゆえ、目録の中に無いが何《ど》うしたのだと秀満にただしたところ、義弘の一刀は、光秀が、常に生命に代えてもと秘蔵していたものゆえ、それがしが冥土《めいど》まで持ち行きて手渡す所存……そう答えて引渡さなんだ」と云って来た。

考えてみれば、それも臭い。やはり光秀は、巧々と影武者を立てて秀吉の眼をたばかったのかも知れぬ……そんな風に考えていたのだが、しかしそれから半年経ち、一年経とうとしている昨今では、やはり、これは死んだのだと思うようになっていた。

この一年間で光秀の評価はめまぐるしく上下した。はじめは信長という残虐無類な暴将を神仏に代って誅《ちゅう》したのだと、或る種の人々からは救世主のように云われたものだったが、今では、許しがたい主殺しの謀叛《むほん》人になり下ってしまっている。信長の後継者として秀吉が次第に地歩を固めて来たからで、その点では新左もなんとなくホッとしていた。

新左が光秀と義絶したのは、もう九年も昔のことになる。その頃光秀は、信長の秘命を受けてしきりに足利義昭を強諫《きょうかん》したり、煽動したりしていた。

足利義昭が信長の庇護によって京都へ帰っていながら、次第に信長を怖れて、秘かに信長打倒の画策をはじめていたからである。

しかし、今になって考えると、その義昭煽動の秘幕の中に、果して光秀も加わっていなかったのかどうか……？

とにかくそれよりずっと以前から、光秀は新左衛門の京の出店へも堺の本邸へもしげしげと出入りして泊っていた。

そして、忘れもしない九年前の、天正二年の秋に、光秀は、父無《てて》し子を抱えてひっそりと屋敷の奥に潜んでいる新左衛門の妹の香矢を、母子もろとも手許に引取りたいと申入れて来たのだ。

はじめ新左は啞然《あぜん》とした。香矢は、決して無器量な女ではなかったが、十六歳で誰とも知れぬ男の胤《たね》を宿し、その子が十歳になっているという、二十六歳の寡婦とも後家ともつかぬ女性《にょしょう》であった。

それを子供ごと引取って側室の地位を与えようという……新左はポロポロと涙が出て来てたまらなかった。光秀に逢うたびに洩した愚痴《ぐち》が、光秀の心を動かしたのだと思った。

「――どのように問いただしても父の名を明かしませぬ。明かさぬと約束したのだから許して欲しいと泣くばかりなのです。そうなると、たった一人の妹のことゆえ、一層ふびんが増して来て……」

そうした話が光秀を動かし、意志の強さと優しさを認められての求婚であろうと判断した。同情されることはたまらなかったが、そうした見栄以上に、不幸の妹に人間らしい生き方をさせてやりたいと希う気持は強かった。

それだけに、その名を明かさなんだ子供の父が実は、光秀その人だったと香矢に知らされた時の、新左の胸は泥土の中へ踏みつけられたようなやり切れなさでいっぱいだった。

「――有難うはござるが、お断わり申上げまする」

新左はわなわなと震えながら明智家からの使者を追返した。

「――すでに子供は、妙心寺の大和尚に頼んで仏門に入れることに致しましたし、香矢も、十年間も捨ておいて顧みない相手に懲りて、もはや生涯男は持たぬと申しまする」

むろんこれは新左の片意地で、香矢の意志ではなかった。香矢はどのように辱しめられても、光秀の許へ行きたかったものらしい。その証拠に、新左が光秀と義絶を申入れて半月ほど経って、香矢は、自分の居間で首をつって冷たくなっていた。

そして、香矢の産んだ子はその年の暮に、ほんとうに仏門に入ることになってしまったのだ……

新左衛門は今、五月雨《さみだれ》の中に笠を寄せ合うようにして立っている二人の雲水のうしろに、そのおりの香矢の死に顔をまざまざと見てしまったのだ。

三

「伯父さま、このお方を無理にお連れして来たのは、この玄琳でござります。玄琳は伯父さまが、うわべの気むずかしさとは違って、どのように広くやさしいお心を持たれたお方か……と、そのことを説いて、無理にお伴い申したのでござります」

しかし新左衛門は、まだ入れとは云い得なかった。

世間も男も知りようのない十六歳の娘を犯して、その娘の口を封じ、生れた子供を十年間もそ知らぬ顔で抛《ほお》っておいた男……その男を戦国の世には珍しい高潔な道義の人と信じて師事したのはこっちの甘さとしても、その後の光秀は、しかく簡単に許せる相手ではなかった。

妹の香矢を殺した男……それも或いは光秀ではなくて、新左の性格の偏狭さにあったかも知れない。しかし、今の光秀は、主殺しという名で葬り去られている、俗世の敵でありこの堺の町を握る秀吉の敵なのだ……

現に光秀がこうして生きている……という事は、秀吉もまた光秀の死の確証は摑めず、絶えず秘かに探し続けていると考うべきことであった。

しかもその秀吉は、この堺からは眼と鼻の大坂の石山城を修築し、そこを居城と定めて天下に臨もうと、すでに工事を起しかけている。

そんな時に、光秀をかくまったりしたら、新左衛門はとにかくとして、堺衆一般がどのような迷惑を蒙《こうむ》るか知れなかった。

「伯父さま！」と、玄琳は声をはげました。

「このお方は世間に見放されたお方、伯父さまならでは頼むところのないお方なのでござりまする」

「玄琳！」

はじめて新左は顔をそらして叱りつけた。

「そなたまでその手に乗ろうとするのか。たわけた奴だ。世の中にはのう、世事にうとい真ッ正直な人間を欺《だま》しては、してやったりと快をむさぼる獣がいるのだ」

「その獣でも、み仏は抱くのでござりまする」

「ならぬ！　抱くみ仏の許へゆくがよい。わしは、その獣を追いかける猟師の怖さも知っているのだ」

新左がそこまで云ったとき、笠の中ではじめて雲水は合掌した。

「宗拾どの、その怖い猟師をこなたのお手でお呼び下され。獣はそれを望んで来ました」

新左衛門は、思わず急《せ》き込んで、

「な……なんだと⁉　何と云ったのだ雲水は」

「悪い獣、ずるい獣が、こなたの手で猟師に捕えられようとしてやって来た……それが、何時かこなたの心を裏切った、獣の詫びじゃと信じて下され」

「うぬう、また誑《ばか》そうとかかったな。玄琳信じるな。これはな、わが朝へも唐土《もろこし》へも、類の無い古狐じゃ。金毛九尾《きんもうきゅうび》どころか、尾の尖《さき》の二十にも三十にも裂けた古狐じゃ。この手でこなたの母を欺し、総見公（信長）を欺し、世間を欺して、妻子眷族《けんぞく》を殺して来た曲者《くせもの》じゃ！」

大声でわめき立てると、玄琳はあわてて母屋の方を見やった。

「伯父さま、そのような声を出して下さりまするな。玄琳は悲しゅうなりまする」

「悲しいのはわしの方じゃ。選《よ》りに選って、そなたは又、何という悪い狐を伴うて参ったのじゃ」

「伯父さま！　玄琳は伯父さまをもっともっと心の温い分別のあるお方だと思うて居りました。たとえこのお方が、伯父さまの云われるような人であっても、笑うて力を貸して下さるお方じゃと……しかし、もう頼みますまい。これは玄琳の眼がね違い……これから母屋へ引っ返して、伯母さまからときの布施《ふせ》を受けて立去りまする。どうぞそのような大声は出して下さりまするな」

そう云うと玄琳は相手の雲水に、

「お許し下さりませ。お聞きのとおり、お羞《はずか》しゅう存じまする」

と、頭を下げた。

年寄った雲水はもう一度笠のふちに手をかけて新左衛門を見上げた。薄い唇辺がピクピクと震えている。しかし、何も云わずに合掌すると、そのまま玄琳のあとから雨の露地を出ていった。

四

新左衛門が、小庵の板木《ばんぎ》を割れるように叩いて、走って来た平助に、

「於夏《おなつ》を呼べ！」と、怒号したのは、それから小半刻ほどしてからであった。

一ぷくして気を静めようと炉に炭を継いだので、それでなくとも蒸し暑い四畳半のうちは、チンチンと湯の沸《たぎ》る音を加えてむれ返っていた。

「まあ、どうしたのでござります。その額のあぶら汗は……？」

於夏の云うのに押しかぶせて、

「玄琳はどうした⁉　まさかあの謀叛人めを家へなど入れなんだであろうな」

「謀叛人……とは誰のことでござりまする」

「あの雲水じゃ。あの雲水の正体がこなたにわからぬ筈はあるまい」

　すると於夏は悲しそうに首を振って良人の前に坐っていった。

「旦那さま、今日は香矢どののご命日、誰彼れの区別なく、命日に来られたご出家は、仏前で回向《えこう》を頼むがわが家の慣わしでござりまする」

　そう云ったあとで、

「めったなことはお口になさりまするな。旦那さまらしゅうもない。玄琳どのが羞ろうて、しきりに連れに詫びてでござりまする」

「なに玄琳が詫びて居ると……」

「はい。玄琳どのは、わが身の伯父御は日本一の器量人、生きたみ仏……そう信じてお連れしたのでござりましょう」

　新左衛門の汗だらけの顔がくしゃりと崩れた。歯痒《はがゆ》かったが於夏の言葉は急所をついていた。

　母の無い玄琳にとって新左衛門は今まで父であり母であった。生命につながるたった一つの支えであった。

「あのご出家が、誰であるかをお考えなさることはござりますまい。玄琳どのが納得するよう相手の申し分も一応はなぜ聞いておあげなさりませぬ。その上でとかくの仕様はあろうものを……」

「小賢しいことを！　そなたの指図は受けぬわい」

吐き出すように叱りつけてから、

「誰が会わぬと云ったぞ。二人きりで会う気でこの通り、釜まで沸らせているのが見えぬかい」

云ってしまってハッとなった。会うと自分が負けそうな気がする。知識でも弁巧《べんこう》でも光秀には何時も圧迫されて来た新左だった。

しかもその相手は、見向きもしなかったわが子の玄琳を語らって、玄琳の母の命日に訪ねて来ている。

きっちりと利己の計算を組み立てて否応云わさぬ構えのような気がするのだ。

「はいはい、これは私が悪うござりました」

於夏はすかさず新左の前へ両手をついた。

「そうとは知らず余計な差出口、では、早速これへ寄こしまするほどに、お点前《てまえ》ひとつ無心に振舞うてあげて下され」

新左衛門が、全身に闘志をみなぎらせて思いがけない来訪者に会う気になったのはそれからだった。

何よりも玄琳の純情を利用しての出現が許せない。あれだけ大きな博奕《ばくち》を打っておきながら、それまでかえりみもしなかった捨て児同様のわが子を頼ってこの家に現われる。どんなに追い詰められた果《はて》とは云え、あまりに未練でありすぎる。

（よし、そうなったら、こっちも相手を思いきり揶揄《やゆ》するまでじゃ）

新左衛門がそう決心した時には、もう於夏に伴われた光秀は小庵の入口に立っていた。

「さ、ずっとお入りなされ。話によっては茶も振舞おう」

「お邪魔仕《つかまつ》る。うっとうしい雨で」

相手はそう云って中に入ると、先刻とは打って変った落着き方で一礼した。於夏はそのまま心得顔に去ってゆく。

「さて、ご出家は堺の知人のようじゃが、生国は何れで、どこの寺で、何と仰せられるお方かな」

新左衛門は、隙を見せずに斬り込んだ。相手はさすがに狼狽《ろうばい》のいろを見せた。

「ご存知でもあろうが、曾呂利新左は、この堺では、口のわるいので通った男じゃ。言葉は飾らぬ。そのおつもりで」

「心得てござる。それがしは美濃の生れ、大日《だいにち》と申す学僧にて、ついこの間まで、焼け残った比叡山《ひえいざん》の松禅院にあって、深い迷いと相対して居た者にござる」

「ほう、叡山にござったか。叡山とあれば総見公に焼き払われて荒廃に帰した霊場、定めしそこで明智光秀などの噂も聞かれたことでござろうなあ」

いったん斬り込むと新左衛門の切ッ尖に容赦はなかった。

「どうじゃな、御僧、光秀をどう思われるな。叡山の仏敵に仇を報じた、あっぱれな人物と思われるか。それとも野心のためには主殺しも敢えてする奸物と思われるか」

「されば、まことに詰らぬ、小心な野心の徒であったと存じまする」

「では、その光秀に、もし今日お会いなされたら、御僧、いったい何と云うてさとされる？」

光秀はあまりに鋭い問いにあって、見る間につやつやと禿《は》げあがった額にいっぱい汗を噴かせていった。

「もし光秀が生きてあれば、罪の償いが第一じゃ。そうさとすつもりでござる」

「フン、罪の償いか……すると光秀を羽柴どのの手許に突き出して、火あぶりにでもさせると申されるか。たしか総見公は、本能寺にあってみずから火を放たれ、火中に焼け死《じに》なされた筈だと思うが……」

光秀は頭《こうべ》を垂れて、すぐには答えようとしなかった。いや、答えられないような問いを選んで連発しているのだから当然だった。

「どうじゃな？　それとも、無責任に捨てておいた、不義理な血筋をたよって生きよ、生きるが死にまさる贖罪《しょくざい》じゃとでも説かれるかな」

「…………」

「実はのう、その光秀は生きているようじゃ。わしもつい最近になって気付いたのじゃが、もともとあ奴、身を捨てて義挙の出来る男ではない。総見公に中国出陣を命じられ、手柄次第で出雲、石見《いわみ》の二ヵ国を所領させようぞと云われたときに、二ヵ国はまだ毛利のもの……それを手に入れないうちに、丹波と近江の旧領を召上げられるのに違いないと早合点して、器量にもない大それた謀叛をしてのけたほどのあわて者じゃ。しかし、目先の計算だけはなかなか隙のない男での、万一失敗したおりには、家来どもは見殺しても、わが身だけは生き残れる手筈を細かく立てていた、その辺のいきさつは知らぬかの……」

「…………」

「そうか、ご存知ないか。今にして思い当るのじゃが、あ奴め、勝竜寺城から坂本へ落ちる途中と見せかけて、伏見の北方大亀谷あたりで、わが身と影武者と入れ替った。世間の人は勧修寺を通って小栗栖の里へかかったと信じているが、わしがわざわざ歩いてみたのではこれは勧修寺ではのうて六地蔵を通る筈……この辺があ奴の奸智にたけた策略じゃ。恐らく小栗栖の土民たちに、影武者の通ることを前もって匂わせておいたのもあ奴自身の仕業《しわざ》かも知れぬ。そして影武者はむざんに顔の皮まで剝がれて処理されたが、あ奴はうまうまと叡山に遁《に》げこんだ。叡山は総見公を仏敵として呪っている。それゆえ主殺しの光秀を喜んで匿《かく》まう筈と、これも目先の勘定ずくじゃ。そして、あやつは叡山から妙心寺へ使者を出して、妙心寺の大嶺院にわざわざ首塚を築かせ、天正十年六月十四日に歿した態《てい》にして位牌までをととのえ、わが死を二重に装うた。そうそう法名はたしか明叟玄智大禅定門……妙心寺へ使者になって、永代供養料を納めに来たのは、明智光宗と名乗る武士であったそうな」

「………」

「その武士は、その折供養料のほかに大金を持参して来て妙心寺に預けていったというのじゃから、これも前もって光秀の命じてあったことに相違ない。いや、それどころか、その後になって、その預けてあった大金を受取りに現われた者があるとも聞いた。今にして思えば、それこそ光秀自身であったに相違ない。光秀は、やがて叡山に潜むことの危険をさとって遁げ出したのじゃ。仇敵の羽柴筑前の勢威が、再興の名目で次第に叡山まで伸びて来たのでは、坊主どもとの利害の勘定が合わなくなるでのう。それにしても、叡山を遁げ出すおりの路銀の用意までしてあったとは、何というすぐれた玄智《げんち》の深さであろうか。これはたしかに玄智大禅定門じゃ。身勝手もここまで来ればあっぱれ至極じゃ！　さて、そのような光秀に、御僧もしどこかで会われたら、仏徒としてどのようにおさとしなさるか、ゼヒともそれを伺いたいものじゃ。このような罪障はどうすれば償われるかとのう」

云っているうちに新左衛門は次第に自分の毒舌に酔っていった。期せずして彼の闘志と性格とが、火を呼び風を捲《ま》いて光秀をなぶりだしてしまったのだ。

光秀はと見ると、いつか眼を閉じてひっそりと坐っている。はじめに額から剃立ての頭いっぱいに噴き出ていた汗の粒は、きれいに拭かれて何か寒々とした止《し》寂《じゃく》のさまを帯びだしている。

「どうじゃな。何故お答え下さらぬな。仏徒として何もご意見が無いとはおっしゃれまい。わが身のためには、まことに至れり尽せりの計算じゃが、近づく者はみな犠牲者……その意味では光秀は、人間の善意のすべてを裏切っててんと恥じない大悪党じゃ。神仏というはそれをしもそのまま不問に付されるものかどうか」

詰め寄られてはじめて光秀は眼を開いた。

「宗拾どの、神仏はすでにその悪党を罰されてござる」

「ほう、どのような罰を喰わしたか、それが聞いておきたいものじゃ」

「宗拾どの、その前に、この大日が申すことにはっきりお答え願われまいか。こなたは、この身をこのまま堺奉行の許へ突き出すか、それとも、わが身のために住まう庵《いおり》をこの近くにご寄進下さるか」

「な……な……なんと云われる。この近くに住まう庵を寄進せよと⁉」

「それとも、こなたの手で突き出すかと申した筈……何《いず》れを選ばれてもわしは喜んで従う気じゃ」

「これはびっくり仰天じゃ。すると御僧はこのわしを突き出せぬ男と思うてやって来られたな」

「宗拾どの、よく考えてみて下され……人間はみな平等に、一度は死なねばならぬ身の上じゃ」

「それが、わしを甘く見させた原因か」

「生れた時から、その仏罰はきびしく約束されている。総見公もむざんな死を遂げられたが、やがてわが身も羽柴筑前も、お身も玄琳もみな死ぬのじゃ。みな一度は、死という仏罰に追いかけられて、わが身の罪障におののくのじゃ」

「始まったな。御僧も光秀に劣らぬ詭弁家《きべん》じゃ。話の構えがそっくりそのままじゃ」

しかし光秀は軽く無視して話しつづけた。

「今になって想うと、わしは香矢どのが羨ましい。香矢どのは、はじめから、その子の父に引取られていたからとて、今となってはやはり生きては居れますまい。いや、九年前の死に方よりも、もっとむざんな死に方を強いられたに違いない。と云うて、これは子供の父の罪が軽いというのではない。その父親は、戦国の武将と云うものの自分の地位に絶えず恐れを抱いていたのじゃ。何時、どのようなことから妻子諸共白刃のもとで生命を落すことになるかと……それで決断がつかなんだのじゃ。出来得れば、その恐れの少い町家にひっそりと生かしてみたいと……いや、それもこれも今は云うまい。さ、宗拾どの、ここでわが身を突き出すか、それとも小庵を寄進して追い詰められた身の苦悩をひき伸ばして罰されるか、何れにしても遁《のが》れぬ仏罰の続きなのじゃ。こなたの思案を決めて下され」

そう云うと、そのまままたひっそりと眼を閉じた。

五

新左衛門が動揺しだしたのはその頃からだった。会うとニガ手なのだ。裏に裏のある話術できっと巧みに説き伏せられる……そう思ってきびしく用心していながら、今の光秀には何の詐謀《さぼう》もない気がしだした。

すでに罰されていると云うのも頷けたし、妹を抛っておいたのも、そんな迷いからだったのかと、始めてわかった気もしだした。

いや、何よりも甥の玄琳がすでに光秀を憐れんでいるのがやり切れなかった。そして、伯父《も》ならばきっと力になって呉れようと、無邪気に信じて縋って来ている。ここで若し相手にならなんだら、玄琳は自分を冷たい伯父とさげすんで、この冷たさが或いは母を殺したのだとも解しかねまい。

（それにしても企んでのことであったら……）

そう思うと、じりじり腹立ちも募って来る。

全く、策略と考えるとやり切れないほどよく条件がそろっていた。ここが大坂に近いという点から隠れ棲むには却って恰好の場所であった。誰も秀吉の足許に、のうのうと光秀が余生を送っていようなどとは思いも寄るまい。それに新左衛門がかつて光秀と親交のあったことも、義絶して怨んでいることも堺では誰知らぬ者もない。その新左衛門がどこかの寺に小庵を建てて入れた僧……となったら、恐らく光秀の名などは連想の端へものぼらぬ道理であった。若しそれ等をうまく計算しての出現だったら何という忌々《いまいま》しいことであろうか……

（そうじゃ。相手も悪党だと、自分で自分を認めているのだ……）

そうなったら、こっちもそれ以上の悪党で裏切られることの無い垣を作っておくに限る……

そう考えだしたのが、すでに新左の人の好さであるとも云えるのだが……

「わかった！」と新左は云った。

「御僧はわしをナメて居られる。が、この新左とてただの飴《あめ》ではない。仮りにわしが、御僧を突き出せばどのような得があり、小庵を寄進すればどのような利益があるか、赤裸にそれを伺うて、算盤はじいて決めるとしよう」

光秀はびっくりしたように眼をみはった。

「よいかの、光秀ならばとにかく、玄琳の同行して来られたこなたに、怨みもつらみも無い新左、これは一つの取引じゃ」

「なるほどのう」

「さ、申されよ。御僧を突き出せば何の得が、わしにあるのじゃ」

「されば、……宗拾どのには、何の得もござるまいが、玄琳どのの為にはなろう……と云うのは、妙心寺へも羽柴の目が及びだしてござる。それゆえ、光秀に似た男……それを訴え出たということで玄琳どのは、あらぬ血続きの色目をのがれ、ほどなく塔頭《たっちゅう》にもあげられようでなあ」

「では、もう一つの方じゃ。もしわしがこの近くで小庵を寄進したらどうなるのじゃ」

そう云った時には、もう新左衛門は、腹の立つほど自分の気勢のそがれているのに気がついた。

光秀を突き出せば、あらぬ疑いをかけられず、玄琳の出世が保証されようとは、何という哀れで善良な老爺の愚痴になり下ったものであろうか……？

「さ、この方は、うっかり世間へ事が洩れると、わが家の興廃にもかかわる事じゃ。ちょっとやそっとの利益では算盤に乗らぬぞえ」

新左は口調の軽くなるのを警戒して、わざと大きく眼を据えた。

「宗拾どの笑うて下されい。生きるとなると、わしには一つの持病がある」

「持病があるゆえ、それで苦しみとおして、仏罰を味わい直すと云われるのか」

「いや、そればかりでは無い。実は、わしは叡山でも、秀吉の天下が早く定まり、万民泰平の世がひらけるようにと祈りつづけた……」

「フン、それが持病か」

「笑うて下され。わが身の持病は、どのようなみじめな境涯に落ち込んでも、天下のことが頭を去らぬ。おそろしい仏罰じゃ。恐ろしい持病じゃ……」

「して、その持病が、わしに何のかかわりがあると云うのじゃ」

「もし宗拾どのが、わしに小庵を寄進して下されたら、わしはそこで、羽柴が天下の安泰を祈りながら、ひそかにそれを手伝いたいのじゃ」

「な……なんと云わっしゃる!?　そのような追い詰められた世捨人になり下って、羽柴の手伝いがしたいとは……」

「それゆえ笑うて呉れと云っている。業《ごう》じゃ！　今も、こうして話していると、その手伝う夢が次々に瞼にうかんで困るのじゃ」

「ウーム」

さすがの新左衛門も唸《うな》り直した。たしかに光秀には、そんな持病が昔からあった。誰の天下の失政は何であったとか、誰の城の造りは巧いとか拙《つたな》いとか……

しかし、いまこのように追い詰められた境遇で、その追う相手の天下取りを手伝いたいとは、何という度はずれた奇想であろうか……？

（これは話が面白くなって来たゾ！）

そう思って、危く新左は自制した。これで何時も光秀の話にまき込まれ、必要以上に信じて悔いた過去のことが想い出されるのだ。

その点では、新左衛門にも、幾分光秀に似た病の気があるのかも知れなかった。

「これとても、むろん宗拾どのの助勢が無ければ出来ないことじゃが、生きてあると決まればそれをやってみたい。いや、やらずに居れぬ持病がわしを苦しめる」

「それと利益が、結びつくと思うなら云わっしゃるがいい」

「これは叡山にあるうちから、あれこれ思案していたことじゃが、羽柴の許には勇将は多くあるが、帷幕《いばく》のうちにあって政治の献言の出来る者は数少ない」

「それで、光秀が、改めてしゃしゃり出て政治の指南をさっしゃるお気か」

「宗拾どの、それを案じているのが羽柴の舎弟の秀長じゃ。道は必ずわしがつける。こなたのところへ羽柴から刀の鞘の注文を出させるのじゃ」

「なるほど……それで？」

「こなたはそれを一応断わってから引受けるがよい。こなたは常々云われていた。

わしは生涯に三十本だけ会心の鞘を残したら、その後はたとえ天下人の注文なりと作らぬと」

「それは云うた。今もそのつもりじゃ」

「そしてその鞘はすでに二十六本になっている筈と思うが間違いはあるまいか」

新左衛門はもう表情を取りつくろってはいられなかった。光秀という男は何という奇妙な男であろうか。十年近く義絶していて、自分の作った刀の鞘の数まできちんと知っていようとは……

「いかにも二十六本、あと四本で、決して鞘は作らぬ気じゃ」

「それそれ、それを羽柴に云うてやるのじゃ。あとの四本は天下泰平のため、天下人のためでなければ作らぬと……すると羽柴は、わしが天下を取ると思わぬかと、気色を損じて喰ってかかる。その日はそのまま退って来よ。そして翌日、あらゆるところで占卜《せんぼく》、祈禱者《きとうしゃ》の予言を求めてみたところ、何れも羽柴筑前こそ次の天下人と符節を合せたように云われる。ついては一本だけなりと、ぜひ献上させて欲しいと申入れるのじゃ」

新左衛門はポカンとした。そのあとはもう聞かずともわかっていた。こうして羽柴筑前のお伽衆《とぎしゅう》になれというのに違いない。すでに堺からも宗及や宗易は茶堂のことでしばしば秀吉のもとへ出入りを続けている。

それにしても光秀の秀吉分析は、何という的確さであろうか。曾呂利の鞘はあと四本より作らぬなどと放言したら、手を叩いて喜んで、すぐにも自分を近づけそうな気がしてくる。しかもそうしておいて背後から自分を操り、秀吉に光秀の体験と智恵とを注ぎ込もうとしているのだ。

（なるほどこれは、死ぬまで治らぬ持病だわい）

追い詰められて雨の中をさまよいながら、敵に対してこのような夢を追っている男を、果して悪人と呼んでよいのかどうか……？

ふと胸苦しさを覚えて新左衛門が顔をあげると、小庇の下にまた誰か立っていた。すでにあたりは暮れかけている。

「誰だ？　あ玄琳か。何をしているのじゃ。まだ酒が来ぬぞ。伯母に早う運んで来いと云え」

そう云ってから、新左衛門ははじめてテレたようにニヤリとした。

＊

光秀はその後新左衛門の助力で、泉州助松《すけまつ》村の蓮正寺内に助松庵《じよしよう》というのを建ててそれに住み、後に貝塚市鳥羽の大日庵（今は岸和田の本覚寺と合併）に移った。

　そして、秀吉の死んだあと一年、慶長四年の春、ふたたびここへ位牌を残して、飄然《ひょうぜん》と何れかへ立去ったことになっている。

　本覚寺に残っている位牌には「鳳岳院殿輝雲道琇大禅定門」とあり、輝雲の輝、道琇の琇に光秀の二字がかくされている。裏には慶長四年　月　日とあるだけで月日の記入はない。生きていた人の位牌というしるしであろう。この時光秀を連れ去ったのは家康の政治顧問であった天海僧正だと伝えられている。それが事実ならば、光秀の持病は徳川氏の天下にまで及んだことになるのだが、堺関係の資料にも、そこまでのものは見当らない。

　天海が光秀だったなどと云う伝説も、このあたりから出たものであろう。玄琳は、後の妙心寺大嶺院の南国梵珪《ぼんけい》和尚のつもりである。

解説

細谷正充《ほそやまさみつ》

二〇二〇年のNHK大河ドラマ『麒麟がくる』の主人公が明智光秀だと聞いて、とても期待している。名流土岐《とき》氏の出だといわれる光秀だが、前半生は不明な点が多い。また、主君である織田信長を討った本能寺の変に関しても、なぜ光秀が突如として逆臣になったのか、はっきりした動機が分からないままである。本能寺の変の裏には黒幕がいたのではないかという説も根強く、現在でも百家争鳴状態だ。山崎の戦いで羽柴秀吉に敗れ、敗走中に落ち武者狩りで殺されたが、密かに生き延びて、徳川家康のブレーンだった天海僧正になったという伝説もある。想像の余地が多く、創作者の解釈次第で、いかようにも光秀像は変化するのだ。だから大河ドラマが、どのように光秀を描くのか、ワクワクせずにはいられないのである。

そんな光秀に惹《ひ》かれるのは、作家の性《さが》であろう。昔から現在まで、光秀を主人公にした歴史小説が、数多く執筆されている。中山義秀の『咲庵《しょうあん》』を始め、南條範夫の『桔梗の旗風』、羽山信樹の『光秀の十二日』、真保裕一の『覇王の番人』、垣根涼介の『光秀の定理』など、読みごたえのある作品が並んでいるのだ。戦国小説の最大のヒーローは織田信長だが、その信長を討った光秀の人間像にも、興味は尽きない。本書に収録した六作から、光秀とは何者だったのか、考えてみてはどうだろうか。

「純白《しろ》き鬼札」冲方丁

映画にもなった『天地明察』以降、本格的に歴史・時代小説に乗り出した作者は、短篇集『戦《いくさ》の国』で、戦国小説にも並々ならぬ腕前を持っていることを示した。本作は、その短篇集からピックアップした。

まだ明智光秀が十兵衛と呼ばれ、越前国の朝倉家に仕えていた頃。当主を含む朝倉家の者たちも参加する〝かるた博奕《ばくち》〟を仕切るなど、ぬるま湯に浸るがごとき日々を過ごしていた。だが、織田信長との出会いを経て、彼に仕えるようになると境遇が一変。命懸けで働き、出世を重ねていく。ところが信長の行動が、しだいに変わっていったことで、光秀は疑惑と不安を覚えるのだった。

光秀はなぜ信長を討ったのか。戦国最大の謎を、作者は独自の解釈で明らかにする。それが何かは読んでのお楽しみ。朝倉時代のかるた（トランプ）の札や、戦国期の道の役割などを補助線にして、光秀の心中を見事に読み解くのだ。トップを飾るに相応《ふさわ》しい秀作である。

「一代の栄光――明智光秀」池波正太郎

本作は「歴史読本」一九六四年十月号に掲載された。作者は当時として可能な限り史料に当たり、謎多き光秀の生涯を俯瞰《ふかん》する。最初に光秀の母親のエピソードを置き、それが信用できない話であることを記す。どのような姿勢で光秀に向き合っているのか、ここで表明したのであろう。

その後も、光秀の出自や、本能寺の変について、事実と虚構を切り分けている。だからといって、無味乾燥な歴史読物で終わっていない。独自の史眼があるからだ。

「織田信長という偉大な人物を殺したことによって、光秀の名は不朽のものとなった」

という一文などは、作者ならではのものだ。こうした史眼があるからこそ、コンパクトにまとめられた光秀の一生を、楽しく読めるのである。

「忍者明智十兵衛」山田風太郎

本書の中で、もっともぶっ飛んだ作品である。なにしろ光秀が忍者なのだ。甲賀で忍法を修行していたことを看板に、朝倉家に仕えることになった明智十兵衛。切断した肉体が再び生えてくる忍法人蟹《ひとがに》を披露した彼は、褒美《ほうび》として家老の姪の沙羅を求めた。かつて一目惚《ぼ》れした信長の妹のお市と、そっくりだったからである。だが沙羅には、土岐弥平次という、好きな相手がいた。

ここから三人の関係が捻《ね》じれ、ストーリーは予想外の方向に進んでいく。ワン・アンド・オンリーの〝風太郎忍法帖〟というジャンルを打ち立てた作者だけに、奇想天外な忍法の面白さは抜群だ。そこに人間の複雑な心理を乗せ、驚きに満ちた物語にしているのである。ラストの一行の見事な着地点まで、忍法帖の世界を堪能《たんのう》した。

なお作者には、本能寺の変の後、羽柴秀吉を破った光秀が天下人になる、「明智太閤」という短篇もある。仮想戦国小説の先駆作ともいうべき、ユニークな物語だ。本作と併せて、一読をお薦《すす》めしたい。

「明智光秀の母」新田次郎

織田信長に命じられた丹波国の平定に手こずる光秀。特に、八上《やかみ》城に立て籠《こ》もる、波多野秀治・秀尚兄弟の抵抗が激しい。これを知った光秀の母親の志野は、秀治が自分と同じ吉利支丹《キリシタン》ということもあり、降伏の説得に赴《おもむ》く。だが志野と光秀に血の繋がりはなく、過去の出来事から隔意が生じていた。そんな母子の思いを押し流すように、事態は暗転する。

池波正太郎が「一代の栄光」の冒頭で否定していた、光秀の母親のエピソードを、作者は一篇の戦国絵巻に仕立てた。〝八上の飢え殺し〟ともいうべき戦いを描く筆致は冷徹だ。それは人物にもいえる。光秀に隔意を抱くことに悩む志野は、善良なだけの人間ではない。秀治のロザリヨに対して、生臭い欲望をちらりと見せる。そんな志野の実像を、光秀は理解していたのだろうか。

また、サイドストーリーに、弥兵衛と恋人の朝路の運命があるのだが、ラストの朝路の行動にも、割り切れないものが残る。おそらく作者は、人間同士が互いを真に理解することは難しく、掛け違った心から、さまざまな葛藤のドラマが生まれるといいたかったのではないか。本作を読んで、そう感じたのである。

「ガラシャ　謀反人の娘」植松三十里

母親の次は娘である。本書のために書き下ろしてもらった植松作品は、光秀の娘の珠が主人公。細川忠興に嫁いだが、本能寺の変により叛逆者の娘のレッテルを貼られる。さらに彼女は、嫉妬《しっと》深い夫との関係にも苦しみ、キリスト教に救いを求めるのだ。キリシタンの細川ガラシャになって、ようやく心の平安を得た珠。しかし彼女の心には、ある願いがあった。

本能寺の変以後の境遇と、夫の異常な嫉妬心。このふたつがガラシャの人生を捻じ曲げる。作者は本能寺の変のすぐ後から筆を起こし、ヒロインの揺れる心を鮮やかに表現しているのだ。よく知られたガラシャの悲劇的な最期にも工夫あり。それまでの展開があるので、彼女の選択が納得できる。このような作品を本書に収録できたのは、大きな喜びだ。

「生きていた光秀」山岡荘八

大長篇『徳川家康』の印象が強い山岡荘八だが、実は短篇の名手でもある。それは本書のラストに置かれた、この作品を読んでいただければ分かるだろう。堺きっての武具商、馬具商であり、刀の鞘作りにかけては当代随一だという曾呂利《そろり》新左衛門のもとを、意外な人物が訪ねてくる。死んだはずの明智光秀だ。妹との件で光秀を嫌う新左衛門だが、しぶしぶ光秀の話を聞くことになる。

基本的に、光秀と新左衛門が会話するだけなのだが、これがとにかく面白い。歴史秘話を織り交ぜながら、光秀の人間像に迫っているからだ。落ちぶれ果てても、天下に対する独特な渇望を抱く光秀は、すこぶるユニーク。それが、新左衛門が秀吉のお伽衆《とぎしゅう》になる理由や、さらには光秀＝天海僧正説が生まれた理由にまで繋がっていく。光秀の情念を巧みに表現した、切れ味鋭い作品だ。

本能寺の変という、大きなブラックボックスを抱える明智光秀は、それゆえに強く興味を掻き立てる存在として、戦国の世に屹立《きつりつ》している。彼は何者だったのか。本書に収録された六篇を参考にして、自分だけの光秀像を創り上げてもらえるならば、こんなに嬉しいことはない。

（文芸評論家）

出典

「純白《しろ》き鬼札」（沖方丁『戦《いくさ》の国』所収　講談社）
「一代の栄光——明智光秀」（池波正太郎『霧に消えた影』所収　PHP文芸文庫）
「忍者明智十兵衛」（山田風太郎『かげろう忍法帖』所収　ちくま文庫）
「明智光秀の母」（新田次郎『きびだんご侍』所収　新潮文庫）
「ガラシャ　謀反人の娘」（植松三十里　書き下ろし）
「生きていた光秀」（山岡荘八『生きていた光秀』所収　講談社）

著者紹介

冲方 丁（うぶかた　とう）

一九七七年、岐阜県生まれ。早稲田大学中退。在学中の一九九六年、「黒い季節」でスニーカー大賞金賞を受賞し、デビュー。二〇〇三年、『マルドゥック・スクランブル』で日本ＳＦ大賞、二〇一〇年、『天地明察』で吉川英治文学新人賞、本屋大賞、舟橋聖一文学賞、二〇一二年、『光圀伝』で山田風太郎賞を受賞。漫画原作、ゲームの企画制作にも携わる。

池波正太郎（いけなみ　しょうたろう）

一九二三年、東京浅草生まれ。新聞社の懸賞戯曲に二年続けて入賞。それを機に劇作家に。長谷川伸に師事、新国劇の脚本や時代小説を書く。一九六〇年、『錯乱』で直木賞、一九七七年、『鬼平犯科帳』『剣客商売』『仕掛人・藤枝梅安』の三大シリーズを中心とする作家活動に対して吉川英治文学賞、一九八八年、菊池寛賞を受賞。一九九〇年、逝去。

山田風太郎（やまだ　ふうたろう）

一九二二年、兵庫県生まれ。一九五〇年、東京医科大学卒業。一九四九年、「眼中の悪魔」「虚像淫楽」で探偵作家クラブ賞受賞。『甲賀忍法帖』が人気を呼び、忍法小説ブームを作る。一九九七年、菊池寛賞、二〇〇〇年、日本ミステリー文学大賞を受賞。二〇〇一年、逝去。

新田次郎（にった　じろう）

一九一二年、長野県生まれ。無線電信講習所卒。中央気象台に就職、一九六六年まで勤務。一九五六年、『強力伝』で直木賞、一九七四年、『武田信玄』ならびに一連の山岳小説で吉川英治文学賞を受賞。『八甲田山死の彷徨』はミリオンセラーとなった。一九八〇年、逝去。

植松三十里（うえまつ　みどり）

静岡市出身。東京女子大学史学科卒業。出版社勤務、七年の在米生活、建築都市デザイン事務所勤務などを経て、作家に。二〇〇三年、『桑港にて』で歴史文学賞、二〇〇九年、『群青　日本海軍の礎を築いた男』で新田次郎文学賞、『彫残二人』（文庫化時に『命の板木』と改題）で中山義秀文学賞を受賞。著書に『かちがらす』『大正の后』『帝国ホテル建築物語』など。

山岡荘八（やまおか　そうはち）

一九〇七年、新潟県生まれ。逓信講習所に学ぶ。一九三三年、『大衆倶楽部』の編集に携わる。長谷川伸に師事し、一九三八年、サンデー毎日大衆文芸賞入選を機に作家活動に入る。戦時中は従軍作家となり、戦後、公職追放されたが、一九五〇年、解除。大河小説『徳川家康』は、大ロングセラーとなり、一九六八年、吉川英治文学賞を受賞。一九七八年、逝去。

編者紹介

細谷正充（ほそや　まさみつ）

文芸評論家。一九六三年、埼玉県生まれ。時代小説、ミステリーなどのエンターテインメントを対象に、評論・執筆に携わる。主な著書・編書に、『歴史・時代小説の快楽　読まなきゃ死ねない全１００作ガイド』『あやかし〈妖怪〉時代小説傑作選』『なぞとき〈捕物〉時代小説傑作選』『なさけ〈人情〉時代小説傑作選』など。

・本書は、ＰＨＰ文芸文庫のオリジナル編集です。
・本文中、現在は不適切と思われる表現がありますが、差別的な意図を持って書かれたものではないため、作品発表時の表現をそのまま用いたことをお断りいたします。なお、収録にあたり、振り仮名を増やしています。

ＰＨＰ文芸文庫　光秀
歴史小説傑作選

2019年９月20日　第１版第１刷

著　者　冲方　丁　池波正太郎　山田風太郎　新田次郎　植松三十里　山岡荘八
編　者　細谷正充
発行者　後藤淳一
発行所　株式会社ＰＨＰ研究所
東京本部　〒135-8137 江東区豊洲5-6-52
第三制作部文藝課　☎03-3520-9620(編集)
普及部　☎03-3520-9630(販売)
京都本部　〒601-8411 京都市南区西九条北ノ内町11
PHP INTERFACE　https://www.php.co.jp/
組　版　朝日メディアインターナショナル株式会社
印刷所　株式会社光邦
製本所　株式会社大進堂

ISBN978-4-569-76955-4